Heike Schwandt · Ohne mich kannst du nicht leben!

Heike Schwandt

Ohne mich kannst du nicht leben!

Thriller

Loewe

ISBN 978-3-7855-7574-1
1. Auflage 2013

Umschlaggestaltung: Franziska Trotzer unter Verwendung von Motiven von iStockphoto/©M-I-S-H-A und iStockphoto/©-Dmytro Bershadskyy
Printed in Germany

www.loewe-verlag.de

1

Hauptkommissar Frank Berndorf duckte sich unter dem rot-weißen Polizei-Absperrband hindurch und erstarrte. Das Mädchen dort vor ihm auf dem Boden – das konnte nicht sein, es durfte nicht sein! Der dunkelblaue Kapuzenpulli, die blonden Locken, am Hinterkopf verklebt zu einem blutigen Klumpen.

»Frank!«

Wie durch ein Kissen hörte er die Stimme seines Kollegen Johannes Klein, der neben der Leiche kniete.

»Frank! Es ist nicht Luisa.«

Es dauerte einige Sekunden, bis die Worte zu seinem Hirn vordrangen. Nicht Luisa. Er schloss die Augen, schwankte kurz, dann hatte er sich wieder im Griff. Vorsichtig, um keine Spuren zu zerstören, ging er neben Johannes Klein in die Hocke und schaute dem toten Mädchen ins Gesicht. Nein, es war wirklich nicht seine Tochter, obwohl sie ihre Schwester hätte sein können, so verblüffend ähnlich sah sie ihr. Die Erleichterung schwappte als heiße Welle durch seinen Körper. Er räusperte sich.

»Weiß man schon was?«, fragte er. Seine Stimme klang kratzig.

»Das Mädchen heißt Annika Willmers. Hier: Schülerausweis und Mensakarte. Ein Passant hat sie gegen 22 Uhr 20 entdeckt. War mit seinem Hund unterwegs. Er hat erst das Fahrrad gesehen, das vorn am Weg abgestellt war, und ist dann neugierig geworden, weil sein Hund so gekläfft hat. Da hat er sie liegen sehen und sofort die Leitstelle alarmiert.«

In der Zwischenzeit waren die Spezialisten von der Spurensicherung eingetroffen und begannen, starke Halogenstrahler aufzustellen, die den Tatort in ein grelles, kaltes Licht tauchten. Frank Berndorf sah auf die Uhr. Es würde eine lange Nacht werden. Klein wühlte in seiner Hosentasche und hielt ihm eins dieser scharfen Pfefferminzbonbons hin, die im Rachen brannten – sein Allheilmittel zur Beruhigung der Nerven.

»Erinnerst du dich noch an den Mord an der Frau vor ein paar Jahren? Die auf der Baustelle?«

»Klar. Was meinst du?«

»Die sah auch so aus: schlank, sportlich, schmales Gesicht, blonde Lockenmähne. Das kann, aber muss kein Zufall sein. Der Täter wurde ja schließlich nie gefasst.«

Frank Berndorf rieselte ein Schauer über den Rücken. Wenn Klein mit seiner Andeutung recht behielt, dann hatten sie es mit einem Killer zu tun, der es auf einen bestimmten Typ Frau abgesehen hatte. Einem, der jederzeit wieder zuschlagen konnte.

2

Das Telefon klingelte Luisa erbarmungslos aus dem Schlaf. Sie schaute schlaftrunken auf ihren Wecker: halb sieben. Wütend zog sie sich die Bettdecke über den Kopf und versuchte, das Klingeln zu ignorieren.

Vier, fünf, sechs, zählte sie in Gedanken mit, dann Stille. Doch nach einer kurzen Pause fing es von Neuem an. Seufzend wühlte sich Luisa aus ihren Kissen und tapste ins Wohnzimmer. Immer dem Geräusch folgend, kramte sie den Hörer hinter dem Sofa hervor. »Luisa Berndorf, hallo?«

»Luisa? Na endlich! Warum gehst du nicht ans Telefon?«

»Mensch, Papa! Weißt du, wie spät es ist? Ich hab seit heute Ferien! Was ist denn los?«

»Sorry, hatte ich vergessen. Ich wollte eigentlich nur mal hören, wie es dir so geht.« Danach kehrte Schweigen ein, das Luisa verunsicherte.

»Sag mal, Papa, ist alles okay bei dir? Du hörst dich so komisch an.«

»Doch … Nein. Hör zu: Wir haben hier einen Mordfall. Ein Mädchen ist vergewaltigt und umgebracht worden. Spricht irgendwas dagegen, dass du heute zu Hause bleibst, bis ich komme?«

»Umgebracht? Scheiße. Aber warum muss ich deswegen zu Hause bleiben? Ich wollte mich nachher mit Nele in der

Stadt treffen. Wir wollten noch shoppen gehen und außerdem muss ich aufs Rathaus, meinen neuen Ausweis abholen.«

Zähneknirschend stimmte Frank Berndorf zu. »Na gut. Versprich mir, mit dem Bus zu fahren – und nicht irgendwo allein rumzulaufen. Ich will keine Panik verbreiten, aber ich würde mich einfach wohler dabei fühlen.«

»Ja, ist okay«, versprach Luisa widerstrebend. Normalerweise fuhr sie immer mit dem Rad, weil sie so unabhängiger war. Aber wenn ihr Vater diesen Ton anschlug, dann war es besser nachzugeben.

»Danke. Ich erkläre es dir später. Vergiss dein Handy nicht, lass es an, hörst du? Das Pfefferspray hast du ja noch, das ich dir mal gegeben habe. Wir sehen uns später irgendwann. Pass auf dich auf!«

Verwirrt starrte Luisa den Hörer an. Was war plötzlich mit ihrem Vater los? Als Hauptkommissar bei der Kripo von Lensburg hatte er ständig mit irgendwelchen Gewalttaten zu tun. Der regte sich doch sonst nicht so auf. Im Gegenteil – sie wunderte sich immer, wie nüchtern oder sogar kaltschnäuzig er manchmal sein konnte, wenn es um Verbrechen ging.

Luisa schlurfte in die Küche, schaltete Kaffeemaschine und Radio ein und tapste ins Bad. Als sie zurückkam, liefen die Nachrichten: »*… bittet alle, die gestern Abend in der Nähe des Radwegs am Aubach zwischen 21 und 22 Uhr 30 etwas Auffälliges bemerkt haben, sich umgehend mit der Kriminalpolizei in Lensburg in Verbindung zu setzen.*«

Luisa musste sich am Küchentisch festhalten, sie zitterte. Deswegen hatte ihr Vater so seltsam reagiert! Der Radweg am Aubach. Das war ihr Weg von der Stadt nach Hause, den war sie erst gestern Abend entlanggefahren. Da waren aber noch ziemlich viele Leute unterwegs gewesen … Wer war das Mädchen – vielleicht kannte sie sie sogar? Am liebsten hätte sie ihren Vater zurückgerufen, aber sie wusste, dass er ihr auch nicht mehr sagen würde, als in den offiziellen Informationen an die Presse stand. Sofort rief sie Nele an, doch ihre beste Freundin meldete sich nicht.

»Typisch, pennt mal wieder bis Mittag«, ärgerte sich Luisa. Sie tippte eine SMS an Nele, um sie wissen zu lassen, dass sie um halb eins statt mit dem Fahrrad mit dem Bus zum Marktplatz kommen würde, dann wandte sich Luisa ihrem Kaffee zu. Ohne ihren morgendlichen Milchkaffee konnte sie nicht vernünftig denken.

Am vereinbarten Treffpunkt wartete Nele bereits und winkte ihr aufgeregt zu: »Hast du das mit dem Mord schon gehört? Das ist ja der Hammer! Es kam vorhin im Radio.«

Luisa nickte. »Und ich bin gestern Abend genau dieselbe Strecke langgefahren – das muss kurz vorher gewesen sein.«

»Stell dir vor, du wärst später dort gewesen!«

»Nein, lieber nicht. Mir wird so schon ganz schlecht bei dem Gedanken.«

»Dein Vater ist doch bestimmt an dem Fall dran. Hast du mit ihm gesprochen?«

»Klar. Mehr als das, was sie im Radio gesagt haben, weiß ich trotzdem nicht. Aber er war total seltsam, hat dreimal gesagt, ich soll auf mich aufpassen. Ich musste ihm sogar versprechen, dass ich heute nicht mit dem Rad fahre. Sie scheinen dieses Schwein, das das Mädchen überfallen hat, noch nicht gefasst zu haben.«

»Und das hier in unserem Kaff! Bin ich froh, dass wir bald zu meiner Tante an die Nordsee fahren.«

»Geht mir auch so: gut, hier rauszukommen. Morgen fahre ich zu meiner Mutter nach Berlin, und wenn ich zurückkomme, fängt ja gleich das Sommercamp an«, meinte Luisa. Sie freute sich schon seit Wochen auf die Sprachfreizeit, an der auch Schüler aus der französischen Partnerstadt von Lensburg teilnehmen würden. In den Sprachen glänzte sie in der Schule, dafür waren Mathe und Physik ihre Horrorfächer, genau anders herum als bei Nele. Nach ihrem Schulabschluss wollte sie für mindestens ein Jahr ins Ausland gehen, das stand für sie jetzt schon fest. Am liebsten nach Paris. Oder nach London oder Australien.

Arm in Arm schlenderten die beiden Freundinnen durch die belebte Fußgängerzone.

»Sonnenmilch darf ich nicht vergessen«, sagte Nele.

Luisa grinste: »Für die Nordsee solltest du vor allem einen Regenschirm mitnehmen.«

»Sehr witzig. Lass uns feiern, dass wir endlich Ferien haben. Verdient haben wir es uns! Wie wär's mit einer kleinen Abkühlung?«, fragte Nele, als sie die Eisdiele erspähte.

»Aber immer. Hast du schon Cranberry-Joghurt probiert? Das ist der Hammer!«

»Ich steh mehr auf Nugat. Wenn schon Kalorienbombe, dann richtig.«

»Echt schade, dass du nicht mit auf die Freizeit kommst. Das wird bestimmt super«, meinte Luisa, während sie zusah, wie der smarte Eisverkäufer kunstvoll die Kugeln auf die Waffel türmte.

»Na ich weiß nicht. Drei Wochen! Ich habe von Lernen im Allgemeinen und Französisch im Besonderen für die nächste Zeit erst mal die Nase voll. Außerdem freue ich mich aufs Meer. Das würde sich überschneiden.«

»Gib's zu, du willst doch nur deinen angebeteten David nicht so lange allein lassen«, neckte Luisa sie.

»Alles nur Neid der Besitzlosen. Kann ich was dafür, dass du solo bist?«

»Wer weiß, vielleicht haben die Franzosen ja ein paar schnuckelige Jungs zu bieten?«

»Damit dir am Ende einer von denen *Isch liebe disch* ins Ohr flüstert und ihr euch danach über Facebook anschmachtet? Sehr romantisch! Weißt du eigentlich, wer noch mitkommt?« Nele grinste schadenfroh. »Marvin.«

»Nein!« Luisa fiel fast das Eis aus der Hand. »Nicht dieser Idiot! Woher weißt du das?«

»Hat er mir gestern selbst erzählt. Ich soll dir außerdem schöne Grüße ausrichten. Er gibt wohl immer noch nicht auf.«

Schlagartig sank Luisas Stimmung auf den Nullpunkt. Marvin war nicht nur der größte Angeber ihrer Jahrgangsstufe, obendrein hielt er sich für unwiderstehlich. Er und seine Kumpel waren nicht gerade beliebt: Sie suchten sich gerne Schwächere aus, auf denen sie herumhacken konnten, und spielten sich dann bei den Mädchen als große Macker auf. Seit mindestens einem halben Jahr versuchte Marvin schon, bei ihr zu landen. Dass sie nichts mit ihm zu tun haben wollte und das auch deutlich zeigte, schien ihn nur zusätzlich anzuspornen. »Lieber geh ich ins Kloster, als mit dem was anzufangen«, knurrte Luisa.

Plötzlich brummte es in Neles Hosentasche und sie sah nach, wer ihr eine Nachricht schickte. »Hey, cool! Das war Helen. Die anderen sind alle in der Strandbar und sie fragt, ob wir auch kommen?«

»Klar. Nichts wie hin.«

Als sie an dem bei Schülern beliebten Treffpunkt in der Altstadt ankamen und sich zu der Gruppe ihrer Freunde durchkämpften, brummte Neles Handy erneut. Sie las die Nachricht und steckte es sichtlich verärgert wieder ein.

»Was ist denn mit dir los?«, wunderte sich Luisa.

Nele schnaubte. »David. Wir hatten uns fest für heute Abend verabredet und jetzt fällt ihm ein, dass er lieber mit seinem Kumpel Andy Fußball spielen will.«

Luisa warf ihrer Freundin einen schnellen Seitenblick zu. Sie hatte seit ein paar Tagen das dumpfe Gefühl, dass es zwischen Nele und ihrem Freund kriselte. Sonst waren die beiden ständig im Doppelpack aufgetaucht. Eben wollte sie Nele darauf ansprechen, als ihr siedend heiß einfiel, dass sie ja noch aufs Passamt musste.

»Oh verdammt, ich muss los«, rief Luisa und sprang auf. Sie umarmte Nele und nahm sich fest vor, sie vor ihrer Abfahrt nach Berlin noch einmal anzurufen. »Mach's gut, wir sehen uns im Herbst und wir telefonieren. Und dass du ja braun gebrannt bist, wenn du wiederkommst!«

Zu Hause angekommen, wollte Luisa sich sofort aufs Sofa werfen und einen Film gucken. Aber dann fiel ihr ein, dass sie mit dem Hausputz dran war. In den letzten Tagen hatte sie sich immer wieder davor gedrückt, bis ihr Vater sogar damit gedroht hatte, dass sie nicht nach Berlin fahren dürfe, wenn sie nicht ihre Arbeit erledigte.

Missmutig griff sie nach dem Staubsauger, stülpte sich ihren Kopfhörer über die Ohren und schaltete ihren MP3-Player auf volle Lautstärke. Putzen war nur mit Musik zu ertragen – je lauter, desto besser. So hörte sie nicht, dass die Wohnungstür ins Schloss fiel und ihr Vater hinter ihr ins Wohnzimmer trat. Erst als er ihr auf die Schulter klopfte, fuhr sie mit einem Schrei herum.

»Papa, bist du wahnsinnig? Du hast mich zu Tode erschreckt! Na warte …« Sie wollte ihm spielerisch einen Boxhieb an die Schulter versetzen, aber sein Gesichtsausdruck ließ sie zurückzucken. »Was ist los? Warum schaust du so?«

»Ich bin nur gekommen, um zu duschen und mich umzuziehen, dann fahre ich gleich wieder ins Büro.«

Ihr Vater stand mit geschlossenen Augen vor ihr und knetete mit den Fingern seine Schläfen. In seinen Augenwinkeln glitzerten Tränen. So hatte sie ihn nur ein einziges Mal erlebt, damals, bei der Beerdigung ihrer Oma, seiner Mutter. Er sprach so leise, dass sie ihn kaum verstehen konnte.

»Als ich sie gestern Abend da liegen sah im Gebüsch, und dann auch noch auf *deiner* Strecke … Es war einfach grauenhaft! Im ersten Moment habe ich gedacht, das bist du.«

Wortlos schmiegte sich Luisa an ihren Vater, dessen Körper sich anfühlte, als wäre er aus Holz geschnitzt. Nur langsam ließ die Anspannung seiner Muskeln nach. Sie streichelte ihm den Rücken, so wie er es tat, wenn sie großen Kummer hatte. Dann warf Frank Berndorf den Kopf zurück und aus dem erschütterten Vater wurde wieder der kühl-professionelle Hauptkommissar.

»Entschuldige, Luisa. Ich will dir keine Angst machen, aber solange der Kerl nicht gefasst ist, wäre es mir wirklich lieber, wenn du statt das Rad immer Bus oder Taxi nehmen oder dich abholen lassen würdest. Und ich möchte auch nicht, dass du irgendwelche einsamen Spaziergänge unternimmst.«

»Was ist denn genau passiert? Ich meine, hat er –?«

»Ja, er hat sie vergewaltigt. Und übel zugerichtet«, schnitt er ihr das Wort ab, schien jedoch nicht näher darauf eingehen zu wollen.

»Da ist doch noch was anderes?«, hakte Luisa nach, die ihren Vater nur zu gut kannte. Er wich ihrem Blick aus.

»Luisa, du weißt, dass ich eigentlich überhaupt nicht mit dir darüber reden dürfte, aber ich will, dass du auf dich aufpasst.«

Verunsichert sah sie ihn an. Er hatte ihr nicht alles gesagt, das spürte sie deutlich. Aber er würde nicht darüber reden. Nicht jetzt. Nicht mit ihr. Was verheimlichte er? Bisher hatte sie sich hier in Lensburg immer so sicher gefühlt. Sie hatte gedacht, dass Mord, Vergewaltigung, Gewaltausbrüche anderswo passierten, in Filmen, in Großstädten, aber doch nicht hier in diesem verschlafenen Städtchen, wo jeder jeden kannte. Schlagartig wurde ihr bewusst, wie blind und naiv sie gewesen war.

3

In den Tagen nach dem Verbrechen legten sich Angst und Trauer wie eine graue Nebeldecke über die Stadt. Mehrere hundert Menschen kamen zu der Beerdigung von Annika Willmers. An der Stelle neben dem Radweg, an der sie ihrem Mörder begegnet war, brannte ein Meer von Kerzen. Blumensträuße, Stofftiere und unzählige Briefe und Zettel mit der verzweifelten Frage *Warum?* zeigten, wie sehr die Menschen von ihrem brutalen Tod betroffen waren.

Frank Berndorf hatte man zum Leiter der Sonderkommission im Fall Annika Willmers berufen. Er war froh, dass Luisa bei ihrer Mutter in Berlin war, denn er arbeitete fast rund um die Uhr. Und gerade jetzt wollte er Luisa nicht alleine wissen.

Müde rieb er sich die Augen. In den letzten Tagen hatte er nur wenig geschlafen. Seinen fünf Kollegen erging es nicht anders, was man ihnen während der täglichen Teambesprechung heute deutlich ansah. So manchen hielt nur noch der Kaffee wach. An diesem Morgen erweiterte Gerichtsmediziner Dr. Jürgen Vorbeck die Runde. Als alle Platz genommen hatten, nickte Frank Berndorf seinem Kollegen Johannes Klein zu.

»Frank hat mich gebeten, die bisherigen Fakten vorzutragen«, sagte der und schaltete den Beamer ein. Auf der Leinwand an der Stirnseite des Raumes flimmerten die Bilder des Tatorts auf.

»Bei der am Donnerstagabend aufgefundenen Leiche handelt es sich zweifelsfrei um Annika Willmers, 17 Jahre, wohnhaft in Lensburg, Schillerweg 6, Schülerin. Sie war mit dem Fahrrad auf dem Nachhauseweg vom Volleyballtraining, als sie – vermutlich – in Höhe des Tatorts auf dem Radweg am Aubach auf den Täter traf. Am Fahrrad und auch an ihrer Kleidung sind keine Spuren vorhanden, die darauf schließen lassen, dass sie gewaltsam aufgehalten wurde – das Rad war am Wegrand abgestellt. Hinweise darauf, dass sie sich gewehrt hat, finden sich erst im unmittelbaren Tatortbereich, etwa fünf Meter vom Weg entfernt im Gebüsch. Dies könnte darauf hindeuten, dass sie den Täter gekannt hat. Ihre Tasche befand sich noch auf dem Fahrrad, inklusive Schlüssel und Geldbeutel. Zu den Verletzungen und der Todesursache kann uns Dr. Vorbeck bestimmt mehr sagen.«

Der Gerichtsmediziner erhob sich. »Ich fasse noch einmal kurz zusammen: Das Opfer ist vergewaltigt worden, und zwar vor Eintritt des Todes durch Erwürgen. Das Blut am Hinterkopf stammt von einer Platzwunde – der Täter hat das Opfer mit großer Wucht rückwärts gegen einen Baum gestoßen – in der Wunde fanden sich Rindenstücke. Die Verletzungen an Händen, an den Oberarmen und im Gesicht sind durch Schläge mit der Faust und der flachen Hand entstanden, wie sie hier an diesem Hämatom deutlich erkennen können.«

Er klickte ein Detailfoto vom Gesicht des Mädchens an.

Während Vorbeck weitere Einzelheiten erläuterte, konnte sich Frank Berndorf nur mit Mühe auf das Gesagte konzentrieren. Die Gesichter von Annika Willmers und seiner Tochter überlagerten sich, sobald er die Augen schloss.

Die Stimme Jo Kleins riss ihn aus seinen Gedanken. »… gibt es Parallelen zu dem Fall Sarkowsky. Nicht nur aufgrund der äußerlichen Ähnlichkeit der beiden Opfer, sondern auch wegen Übereinstimmungen am Tatort und verschiedener anderer Indizien. Bei den weiteren Überlegungen sollten wir die Möglichkeit nicht außer Acht lassen, dass es sich in beiden Fällen um den gleichen Täter handelt.«

Der frei herumläuft und sich vielleicht schon sein neues Opfer aussucht, fügte Frank Berndorf in Gedanken hinzu.

»Gibt es verwertbare Spuren des Täters?«, stellte jemand eine Zwischenfrage.

»Fingerabdrücke: Fehlanzeige. Allem Anschein nach hat der Täter Handschuhe getragen. Hautpartikel, die sich unter den Fingernägeln des Opfers fanden und Sperma werden derzeit noch im Labor auf DNA untersucht. Ergebnisse müssten spätestens morgen bei mir auf dem Tisch liegen.«

Im Verlauf der weiteren beiden Stunden diskutierten die Mitarbeiter konzentriert über sämtliche Informationen und Hinweise, die sie bisher zusammengetragen hatten. Das Team lief sich warm. Frank Berndorf schaute in die Gesichter seiner Kollegen. Jeder von ihnen war von diesem Fall betroffen, auch wenn es einige nicht zeigen wollten. Die meisten hatten selbst Kinder und sahen sich hier mit dem Albtraum aller Eltern konfrontiert: dem gewaltsamen Tod eines Kindes.

»Wenn du einen Fall nicht mehr nüchtern betrachten kannst, gib ihn ab«, hatte sein früherer Chef einmal gesagt. Frank Berndorf war kurz davor, die Leitung der Ermittlungen in andere Hände zu legen. Jedes Mal wenn er an die Einzelheiten des Mordes dachte, fraß sich die Sorge um Luisa in seine Seele. Er ballte die Fäuste. Nein, er würde weitermachen. Er würde seine Angst in den Griff bekommen. Im Gegenteil: Sie würde ihm sogar ein Ansporn sein bei der Jagd nach dem Mörder. Nur gut, dass Luisa gleich im Anschluss an den Besuch bei ihrer Mutter in Berlin ins Sommercamp fahren würde. So konnte er sich voll auf seine Arbeit konzentrieren und musste sich zumindest für diese Zeit keine Sorgen machen, dass sie und der Täter sich begegnen könnten, glaubte er.

4

»Super hier – und das Schlossgut ist echt die Wucht! Schade dass du nicht da bist«, tippte Luisa in ihr Handy und schickte die tägliche Nachricht an Nele in der Hoffnung, dass sie sich endlich einmal melden würde. Die zehn Tage in Berlin waren wie im Flug vergangen. Mittlerweile verstand sie sich mit Olaf, dem neuen Mann ihrer Mutter, ganz gut und mit ihrer Stiefschwester Carla, die knapp zwei Jahre älter war als sie, hatte es von Anfang an keine Probleme gegeben. Tage- und nächtelang waren sie gemeinsam um die Häuser und durch die Läden gezogen.

Luisa zuckte erschrocken zusammen, als ihr jemand von hinten den Arm um die Taille legte und sie an sich zog. Marvin grinste breit auf sie herab.

»Heyho, wer wird denn da verbotenerweise während des Unterrichts mit dem Handy rumspielen?«

»Lass mich bloß in Ruhe«, meinte Luisa genervt und stieß ihn weg. Was erlaubte der sich eigentlich? »Das geht dich einen feuchten Hundekuchen an. Außerdem haben wir gerade Pause. Kümmer dich um deinen eigenen Kram!«

»Tu ich ja. Ich wollte dich gerade fragen, ob du heute Nachmittag mit mir schwimmen gehst?«

»Ich dachte, für heute Nachmittag wäre der Kochkurs zusammen mit den Franzosen angesetzt?«

»Na und? Ich stell mich bei dem Wetter doch nicht in die Küche! Überleg's dir. Tom, Hannes und Claudia fahren auch mit.«

»Lieber schieß ich mir ins Knie!«, murmelte Luisa unhörbar und klappte ihr Handy zu. Dass Marvin ebenfalls am Feriencamp teilnahm, war schlimm genug. Dass er aber ständig versuchte, sie anzumachen und sie sogar immer wieder wie nebenbei antatschte, war unerträglich.

Ein Gong kündigte das Ende der knappen Pause an. Luisa verschwand noch kurz einmal auf die Toilette und prüfte im Spiegel ihr Aussehen, dann hastete sie den gläsernen Verbindungsgang zum Hauptgebäude mit den Seminarräumen entlang. Sie schlüpfte durch das geschnitzte hölzerne Seitenportal und rannte, immer zwei Stufen auf einmal nehmend, die große Haupttreppe hinauf in den ersten Stock. Als sie das erste Mal das stuckverzierte Treppenhaus mit der geschwungenen Treppe aus dunklem Eichenholz gesehen hatte, war sie vor Staunen sprachlos stehen geblieben. So grandios hatte sie sich das »Jugendgäste- und Tagungshaus« nicht ausgemalt, auch wenn es im Prospekt als ehemaliges Schlossgut vorgestellt worden war.

Luisa hatte es mit ihrer Zimmergemeinschaft gut getroffen. Mit einem Mädchen aus ihrer Parallelklasse und zwei Französinnen teilte sie sich einen sonnigen Raum mit Blick in den Garten. Frieda und Emma waren »zwei echt schräge Vögel«, wie Luisa schon am ersten Tag Nele berichtet hatte. Die Zwillingsschwestern waren so etwas wie die Paradiesvögel der Gruppe. Zu Hause in Frankreich mussten sie an ihrem Collège Schuluniform tragen – was in Kombination mit ihren roten Stachelfrisuren sicher zum Brüllen aussah. Hier gab es keine Kleiderordnung, also liefen sie den ganzen Tag in ihren punkigen Klamotten herum, egal, wie oft ihre Lehrer sie darauf ansprachen.

»Hey, Pickelnase«, hörte Luisa, als sie die Tür zum Seminarraum öffnete. »Hast du die Brille deinem Großvater geklaut oder hast du die in der Mülltonne gefunden?« Sie musste gar nicht erst hinsehen, um zu wissen, was los war. Marvin und seine Clique hatten sich mal wieder Paul vorgenommen, einen schlaksigen Jungen aus ihrer Schule mit einer überdimensionalen Brille. Paul war so unsicher, dass seine Ohren jedes Mal in sattem Rot aufleuchteten, wenn er vor der Gruppe etwas vorlesen oder vortragen musste. Vor allem Marvin hatte ihn sich schon am ersten Tag als Zielscheibe ausgesucht. Mit Genuss stichelte und lästerte er so lange, bis Paul vor Wut in die Luft und auf ihn losging, um anschließend frech zu behaupten, Paul hätte angefangen. Genauso war es auch diesmal. Luisa bemerkte, wie Paul bereits die Fäuste ballte.

»Lass ihn. Der will doch nur, dass du ausflippst«, versuchte sie ihn zurückzuhalten, doch zu spät. Mit einem Schrei stürzte sich Paul auf den um einen Kopf größeren Marvin, genau in dem Moment, als ihr Lehrer den Raum betrat.

»Auseinander! Hört sofort auf!« Lars Westner konnte mit seiner Stimme die Wände zum Wackeln bringen. Marvin hob süßlich lächelnd beide Hände.

Luisa konnte gar nicht anders, als Paul in Schutz zu nehmen. Sie wollte auf keinen Fall, dass Marvin mal wieder mit seiner Masche durchkam.

»Merkst du eigentlich nicht, wie lächerlich du dich machst mit deinem Macker-Gehabe?«, fuhr sie Marvin an.

»Ich warne euch beide ein letztes Mal: Wer hier Stunk macht, fährt nach Hause. Ist das klar?«, donnerte Lars Westner, ohne auf Luisa zu achten.

Pauls Ohren nahmen die Farbe von Auberginen an. Mit hängendem Kopf setzte er sich allein an einen Tisch ganz am Ende des Raumes. Marvin dagegen schlenderte betont langsam zu seinem Platz und klatschte beim Hinsetzen mit Tom ab.

Herr Westner klopfte mit seinem Kugelschreiber auf den Tisch. »Mesdames, messieurs, votre attention, s'il vous plaît.«

Der Rest des Vormittags verlief ruhig. Beim Mittagessen setzte sich Luisa wie immer mit Emma, Frieda und ihrer vierten Zimmergefährtin, Anja, zusammen.

»Hast du heute keinen Hunger?«, fragte Anja mit einem Blick auf Luisas Tablett. »Oder hat dir Marvins Auftritt so den Appetit verdorben, dass du nur Salat isst?«

»Quatsch. Der doch nicht. Da müssen schon echte Kerle kommen. Nein, ich will nur genügend Platz für die Crêpes heute Nachmittag haben. Der erste Stapel ist nur für mich!«

»Der letzte wahrscheinlich auch«, lachte Anja, die mittlerweile Luisas Leidenschaft für Süßes kannte.

»Marvin hat bei euch wieder eine große Show abgezogen?«, fragte Frieda.

»Und ob. Und Paul, dieser Trottel, ist prompt auf ihn reingefallen. Der lernt's einfach nicht.« Anja grinste.

»Jetzt fang du nicht auch noch an. Du warst doch dabei. Und du weißt ganz genau, dass Marvin nicht aufhört, bis Paul ausrastet.«

»Ach Gottchen, Luisa, was ist denn mit dir los? Was findest du denn auf einmal an Paul? Der ist doch wirklich zum Abgewöhnen!«

»Ich finde gar nichts an ihm. Aber es ist einfach mies, wie ihn alle behandeln. Jeder hackt auf ihm rum. Der kann ja schließlich nichts dafür, dass er Pickel hat und schüchtern ist.«

»Aber die Haare könnte er sich öfter mal waschen und normal reden kann man mit ihm auch nicht.«

Luisa wusste, worauf Anja hinauswollte. Paul war nicht der Typ, den man spontan gerne zum Freund hätte. Man wusste nie so recht, woran man mit ihm war. Einerseits trug er teure Designerklamotten, andererseits wirkte er immer ein wenig ungepflegt. Seine unsichere, linkische Art machte ihn zum willkommenen Objekt des Spotts, gerade für solche Typen wie Marvin. Aber er konnte auch schlagartig und auf eine unberechenbare Weise aggressiv werden. Luisa fand es trotzdem ungerecht, wie ihn die meisten behandelten.

»Also ich werde bei ihm keine Styleberatung machen, viel zu viel Arbeit. Von mir aus könnten sie beide nach Hause schicken, Paul und Marvin – und den lieben Tom gleich mit dazu. Dann wäre es hier viel entspannter«, meinte Luisa, um das Thema abzuschließen, und stand auf.

Ohne sich umzusehen, schubste sie mit einem Tritt ihren Stuhl nach hinten, einem der Franzosen, Philippe, genau zwischen die Füße, der in diesem Moment mit seinem Tablett in der Hand den Gang entlangkam. Mit einer akrobatischen Drehung gelang es ihm gerade noch zu vermeiden, dass sein Teller wie ein Diskus durch den Raum schoss, aber dafür kippte seine Cola um und ergoss sich über sein Mittagessen.

»Merde!«, fluchte Philippe, während er sich die Spritzer auf seinem Hemd besah. Luisa wäre am liebsten im Boden versunken.

»Oh, Entschuldigung, das tut mir leid. Wirklich. Ich hol dir eine neue Portion.« Aber Philippe schüttelte den Kopf und zwinkerte ihr zu – mit diesem Lächeln, das fast allen Mädchen im Kurs die Knie weich werden ließ.

»Ah non, kein Problem. Das mache ich schon. Aber wer weiß, vielleicht ist das ein geniales neues Rezept und du wirst berühmt.«

Luisa brachte vor lauter Verlegenheit kein Wort heraus. Noch trampeliger konnte kein Nilpferd sein.

»Eine ungewöhnliche, aber durchaus interessante Art, den coolsten Typen vom ganzen Kurs anzumachen«, bemerkte Anja trocken, als Philippe ein paar Meter weg war. »Wie hast du das gemacht? Wenn er zurückkommt, muss ich das auch mal probieren.«

»Halt die Klappe«, zischte Luisa. »Das ist so peinlich. Gerade der! Entweder, der denkt jetzt, dass ich was von ihm will oder dass ich der größte Schussel bin, der hier rumläuft.«

»Das eine schließt das andere ja nicht aus.« Anja grinste und heimste sich dafür einen Knuff von Luisa ein.

Nie im Leben hätte sie zugegeben, dass sie Philippe mit seinen wuscheligen dunkelbraunen Locken und diesem unverschämt charmanten Grinsen ganz süß fand. »Ich geh noch ein bisschen raus, bis der Kurs losgeht. Wir sehen uns später.«

Als Luisa zu ihrem Zimmer ging, um sich ein Buch und ihre Sonnenbrille zu holen, sah sie schon von Weitem einen Zettel an der Tür hängen, zusammengefaltet und zugeklebt. »Für Luisa« stand darauf. Sie drehte ihn um, kein Absender. Stirnrunzelnd nahm sie ihn mit ins Zimmer und schnitt ihn auf.

Sollte das der neueste Scherz von Marvin sein? Sie hielt die Zeichnung eines Engels in den Händen. Offensichtlich war das Bild aus einer Zeitschrift ausgeschnitten und auf das schlichte weiße Din-A4-Papier aufgeklebt worden. Darunter stand in Blockschrift: *Du musst einen Engel erkennen, wenn er dir begegnet.* Sie spähte in den Gang hinaus, um zu sehen, ob sie jemand beobachtete, aber da war niemand. Wie seltsam. Während sie noch über die Bedeutung dieser Botschaft nachgrübelte, klingelte ihr Handy.

»Hallo Papa!«, rief sie fröhlich. »Nein, du störst überhaupt nicht, wir haben gerade Mittagspause …« Luisa stopfte den Zettel mit dem Engel achtlos in ihren Schrank und vergaß ihn sofort, während sie ihrem Vater von dem Schlossgut vorschwärmte.

Am Ende des Gesprächs fragte sie: »Wie geht es eigentlich mit deinen Ermittlungen voran?«

Die Stimme ihres Vaters klang plötzlich sehr ernst.

»Nicht so gut. Außerdem haben wir jetzt den Beweis, dass

Annika nicht das erste Opfer des Mörders war. Ich bin froh, dass du nicht hier bist.«

Bevor sie nachhaken konnte, hatte er aufgelegt. Luisa klappte verwundert ihr Handy zusammen. Ihr Vater hatte erschöpft geklungen. Klar, dass sich Eltern Sorgen um ihre Kinder machten, wenn so etwas passierte. Aber warum reagierte gerade er so seltsam? Sie beschloss, ihn danach zu fragen, wenn sie wieder zu Hause war.

5

Luisa klappte ihr Buch zu und schaute auf die Uhr. Sie hätte sehr gut auch den Rest des Nachmittags hier an diesem schattigen Platz am Teich verbummeln können. Aber die Aussicht auf die französischen Pfannkuchen ließ sie aufspringen und zum Hauptgebäude zurückeilen. Sie war so spät dran, dass sie vor Kursbeginn nicht einmal ihr Buch aufs Zimmer zurückbringen konnte.

Ein wenig außer Atem riss sie die Tür zur Mensa auf, zum Glück war sie nicht die Letzte. Hinter ihr huschte noch Carina in den Raum und lächelte Luisa verschmitzt an – ein Mädchen aus der Gruppe der deutschen Schüler, die immer, selbst bei dieser Hitze, eine Reggae-Strickmütze trug. Luisa ließ ihren Blick über die zahlreichen Köpfe in der Mensa wandern auf der Suche nach ihren Freundinnen. Schon reckten sich an einem Tisch in der letzten Reihe sechs Arme in die Luft und wedelten wie wild. Anja, Emma und Frieda warteten bereits auf sie und hatten ihr einen Platz reserviert.

»Na endlich, wir hatten schon gedacht, du wärst eingepennt«, rief Anja.

»Oder mit dem lieben Marvin schwimmen gegangen«, spottete Emma.

»Bin ich bekloppt? Und woher wisst ihr schon wieder, dass er mich eingeladen hat?«

Anja schnippte einen imaginären Krümel von ihrer Jeans. »Erstens wart ihr heute Vormittag nicht zu überhören und zweitens hat er es danach bei mir versucht. Wahrscheinlich dachte er, wenn ich mitgehe, kriegt er dich am Ende vielleicht doch noch rum.«

»So ein Vollpfosten!«

»Reg dich nicht auf, nächste Woche ist der Kurs rum«, versuchte Frieda sie zu beruhigen, aber Luisa kam nun so richtig in Fahrt.

»Du hast gut reden! Aber der Typ geht auf meine Schule! Den sehe ich jeden Tag! Weißt du, wie oft der mich anquatscht? Der hält sich echt für den Größten und es gibt auch noch einen ganzen Haufen Tussen, die ihm das glauben!«

Bevor Luisa noch mehr Dampf ablassen konnte, klatschte Madame Malcon in die Hände. »Mesdames, messieurs, un moment, s'il vous plaît. Bitte alles herhören, ich erkläre Ihnen nun den Ablauf des Backkurses.« Noch bevor sie ganz zu Ende gesprochen hatte, entstand ein großes Gewusel und Gedränge. Es dauerte eine Weile, bis sich die einzelnen Grüppchen eingerichtet hatten und ans Werk machten.

Plötzlich übertönte die Stimme von Lars Westner das Geklapper und Geplapper. »Wir haben noch einen Nachzügler. Welche Gruppe nimmt ihn auf?«

Luisa sah von der Rührschüssel auf – direkt in Philippes Augen, der neben Lars Westner stand.

Ohne zu zögern, kam Philippe auf sie zugesteuert, stützte sich lässig auf ihren Tisch und fragte: »Ist bei euch noch ein Platz frei?«

Frieda und Emma machten eine einladende Geste, während Luisa gar nicht wusste, wo sie hinschauen sollte.

Schon kurze Zeit später konnte sie gar nicht mehr verstehen, warum sie Philippe jemals für eingebildet gehalten hatte. Sie alberten herum und kicherten über ihre missglückten Versuche, gleichmäßig dünne Crêpes ohne Löcher hinzubekommen.

»Voilá! Darf ich vorstellen, die perfekte Crêpe!«, jubelte Luisa endlich und hielt einen wunderschön runden, goldgelben Pfannkuchen in die Höhe.

»Das muss für die Nachwelt festgehalten werden«, befand Anja und zog ihr Handy heraus, um ein Foto zu machen. »Los, stellt euch auf, bevor das Ding reißt.« Luisa stand mit Philippe in der Mitte, eingerahmt von Emma und Frieda. Wie selbstverständlich legte Philippe den Arm um Luisas Schultern und zog sie an sich, während er in das kleine Kameraauge lachte. Auch als Anja das Handy wieder wegsteckte, ließ er seinen Arm dort liegen. Luisa stellte überrascht fest, dass sich das richtig gut anfühlte. Wie beiläufig lehnte sie kurz den Kopf an seine Schulter und zuckte fast zurück. Hatte er sie jetzt wirklich an sich gedrückt?

»Pass auf, du wirst gerade ermordet«, raunte ihr Frieda zu und machte Luisa ein verstohlenes Zeichen, als Philippe zu der Gruppe am Nebentisch hinüberschlenderte.

»Wer mordet wen?«, drängte sich Anja neugierig dazwischen.

»Da drüben, das Mädchen mit dem blonden Zopf. Sie schaut Luisa an, als ob sie gleich mit Messern werfen würde.«

Anja schielte verstohlen in die Richtung, in die Frieda mit einem Kopfnicken deutete.

»Au Backe, das nenne ich harte Konkurrenz. Das ist Anne-Sofie aus meiner Klasse. Die ist schon die ganze Zeit in Philippe verknallt. Und normalerweise kriegt sie immer, was sie will. Tja, Luisa, find dich damit ab.«

»Darf ich auch mal was sagen?«, fragte Luisa, worauf ein dreistimmiges »Nein!« erschallte.

Luisa zog einen Schmollmund. »Spinnt euch aus. Da läuft doch gar nichts zwischen mir und Philippe.« Doch die anderen drei grinsten nur. Luisa sah verstohlen zu Philippe hinüber, wie er lachte und gestikulierte. Und wenn doch?, dachte sie plötzlich. Wir haben noch eine Woche, die werde ich genießen und dann tschüss. Wer sagt denn, dass ich mich gleich unsterblich verlieben muss?

»Was machst du heute Abend? Wir wollen einen Film gucken. Kommst du mit?«, raunte ihr Philippe ins Ohr, als sie Teller und Bestecke zu den Kisten mit benutztem Geschirr trugen.

Luisa holte tief Luft. »Schade, heute Abend ist schlecht. Ich habe mit meiner besten Freundin fest ausgemacht, sie anzurufen – und erfahrungsgemäß kann das dauern. Aber wie wär's mit morgen Nachmittag?«

Sie musste sich auf die Zunge beißen, um nicht sofort mit Begeisterung Ja zu dem Filmabend zu sagen. Aber sie hatte den Anruf Nele in ihrer SMS extra angekündigt, nachdem sie sie bisher nicht erreicht hatte, und Nele war so leicht eingeschnappt, wenn etwas nicht klappte – vor allem in letzter Zeit. Außerdem war es nie verkehrt, Jungs ein bisschen zappeln zu lassen – das hatte sie von Carla gelernt, die eine wahre Meisterin im Flirten war.

»Bon.« Philippe schien nicht beleidigt zu sein. »Wir könnten uns Fahrräder ausleihen und eine Tour machen, wenn du willst.«

»Klingt gut.«

Luisa schwebte auf Wolke sieben – auch wenn sie versuchte, so zu tun, als wenn nichts wäre. Doch ihr Flirt und ihr glückliches Lächeln blieben nicht unbemerkt. Ein Augenpaar verfolgte sie auf ihrem Weg zur Tür, Augen, in denen Eifersucht und aufkeimende Leidenschaft loderten.

»Oh Mann, du hast gestern echt nichts verpasst«, stöhnte Anja am nächsten Morgen beim Frühstück. »Ich hoffe, du hattest einen netteren Abend.«

»Kann man so nicht sagen. Ich erreiche meine Freundin weder auf dem Handy noch bei sich zu Hause, obwohl wir das fest ausgemacht hatten. Wenn sie sich schon rumtreibt, könnte sie mich wenigstens anrufen. Und dann hatte ich keine Lust mehr, rüberzugehen. Wieso, war's langweilig?«

»Der erste Film war echt Mist. Irgend so ein Fantasy-Schrott. Und dann haben Marvin, Tom und die anderen aus ihrer Truppe mal wieder angefangen, Paul zu ärgern, und ihm von hinten ständig Papierkügelchen und anderen Kram ins Genick geschnipst. Total kindisch.«

»Und der ist dann prompt explodiert, stimmt's? Marvin ist so eine Mistkröte. Hat Paul ihm eine auf die Nase gehauen?«

»So weit kam's nicht. Diesmal hat dein Philippe den edlen

Retter gespielt und ist dazwischengegangen, bevor das Ganze ausartete.«

»Oui, wie im Film«, erzählte Emma kichernd. »Er hat zu Marvin gesagt, er würde sich lächerlich machen, weil jeder weiß, dass er sich nur an kleine Jungs rantraut, die viel schwächer sind als er.«

»Oha, und was hat Paul gesagt? Der war bestimmt nicht begeistert, von Philippe *kleiner Junge* genannt zu werden. Ich glaube, der ist ziemlich fit. Man traut es ihm nicht zu, aber ich habe ihn neulich beim Schwimmen gesehen: drahtig wie ein Windhund.«

»Absolument non! Paul ist rausgerannt mit einem Kopf wie eine Tomate. Und Marvin hat Philippe gedroht, er werde ihn dafür drankriegen. Dann kam der Westner rein.«

»Wenn diese Idioten nicht dabei wären, wäre es richtig gemütlich. Will noch jemand ein Brötchen?« Die anderen drei winkten ab.

Auf dem Weg zum Buffet sah Luisa den Lensburger Tagesanzeiger auf einem Tisch liegen. Vermutlich hatte einer der Lehrer die Zeitung dort vergessen. Ihr Blick fiel auf die Schlagzeile: »Noch keine Spur von Annikas Mörder«. Sie vergaß ihr Brötchen und sank langsam auf einen der Stühle, während sie den dreispaltigen Artikel las. Plötzlich ließ sie Philippes Stimme hinter sich zusammenschrecken, sie hatte ihn gar nicht kommen gehört.

»Salut. Das muss ja spannend sein, was du da liest. Gibt es einen neuen Skandal? Oder ist das der Sportteil?« Er setzte sich neben sie.

Luisa runzelte die Stirn. »Das ist nicht witzig. Kurz vor

den Ferien wurde bei uns in der Stadt ein Mädchen umgebracht, auf demselben Weg, den ich auch immer mit dem Fahrrad fahre. Sie haben noch keine Ahnung, wer es war. Und mein Vater, der ist Kommissar bei der Kripo, ist seitdem total seltsam und macht sich Sorgen um mich.«

Philippe legte den Arm um sie und gab ihr einen Stups. »Jetzt bist du hier und ich pass auf dich auf.«

»Oh mein tapferer Ritter! Und wo hast du dein Pferd geparkt?«

Der Augenblick der Beklemmung war vergessen. Luisa und Philippe kicherten und turtelten, als wären sie ganz allein in dem Speisesaal. Sie bemerkten nicht einmal, dass sie schon die ganze Zeit von der anderen Seite des Raumes beobachtet wurden.

6 Die nächsten Tage verlebte Luisa wie im Rausch. Sie verbrachte jede freie Minute mit Philippe. Bisher hatte sie noch keinen Jungen getroffen, mit dem sie so unbekümmert herumalbern konnte. Schon am ersten Abend hatte er ihr gesagt, dass zwischen ihnen nichts Ernstes laufen könne. Er wolle keine Fernbeziehung.

Seltsamerweise fühlte sich Luisa nicht im Geringsten durch dieses Geständnis verletzt, im Gegenteil. Dass diese Urlaubsliebelei mit dem Kurs ein Ende finden würde, machte es ihr leichter, nicht den Kopf und vor allem nicht ihr Herz zu verlieren – dachte sie. Wenn sie zurück nach Lensburg fuhr, würde sie eine schöne Erinnerung mit nach Hause nehmen und mehr wollte sie gar nicht.

An den letzten beiden Tagen fand kein Unterricht mehr statt. Stattdessen freute sich die Gruppe auf das Abschlussevent, das für viele einer der Höhepunkte der Sprachfreizeit war: ein Ausflug in ein Filmstudio.

»Hey klasse, das ist ja wieder Michael!«, stellte Anja freudig fest, als der Reisebus vor dem Hauptgebäude vorfuhr und sie den Fahrer erspähte. »Dann gibt's wenigstens coole Musik. Wisst ihr noch, der Alte, der zwischendurch mal gefahren ist? Das war ja zum Gruseln!«

»Erinnere mich bloß nicht daran!« Luisa verdrehte die Augen. Michael, wie sich ihr Busfahrer schon bei der Anreise ganz jovial vorgestellt hatte, sah mit seinem Seitenscheitel und seiner Krawatte zwar reichlich spießig aus, aber er hatte eine erstklassige Sammlung an CDs und ließ seine Fahrgäste entscheiden, was aufgelegt wurde.

»Na, schon wach?«, begrüßte er die einsteigenden Jugendlichen. »Drängelt nicht, ist für jeden ein Platz da. Außerdem, meine Freunde«, er wandte sich der Gruppe um Marvin zu, die sich zu der hinteren Bankreihe durchboxte, »habe ich alle Sitze genau kontrolliert. Falls ich nachher also einen Kaugummi oder ein Graffiti finde, weiß ich, wer's war. Und der darf dann freiwillig den Bus sauber machen, und zwar den ganzen!«

Marvin schnaubte verächtlich, während alle anderen im Bus grinsten.

»Soll ich einen Kaugummi unter seinen Sitz kleben, wenn er draußen ist?«, flüsterte Philippe Luisa ins Ohr.

Sie lachte. »Untersteh dich! Ich würd's ihm zwar gönnen, aber wenn der Busfahrer dich erwischt, darfst *du* schrubben. Und ich habe morgen eigentlich was anderes vor, als dir dabei zuzugucken, wie du mit Gummihandschuhen und Putzlappen durch den Bus kriechst!«

»Du könntest ja mit mir zusammen durch den Bus kriechen.«

»Das könnte dir so passen, du Spinner!« Luisa wollte Philippe kitzeln, aber er griff schnell nach ihrer Hand, beugte sich vor und drückte einen Kuss auf ihre Nase.

»Seid ihr bald mal fertig?«, beschwerte sich hinter ihnen

eine Stimme. Vor lauter Flirten hatten sie völlig vergessen, dass sie immer noch im Eingang des Busses standen und der Weg vor ihnen längst frei war.

»Oh, ’tschuldigung« murmelte Luisa ganz und gar nicht verlegen.

Michael, der Busfahrer, sagte nichts, aber er starrte sie und Philippe durch seine dunkle Sonnenbrille schweigend an.

Nachdem sie endlich ihr Ziel erreicht und die Eingangskontrolle passiert hatten, zogen Luisa und Philippe gemeinsam mit Anja, Frieda und Emma los, um das Gelände zu erkunden. Doch schon nach einigen Metern blieb Luisa stehen und kramte in ihren Taschen.

»Oh verdammt, ich glaube, ich habe meinen Geldbeutel im Bus verloren. Bestimmt ist er rausgefallen, als mir vorhin die Tasche umgefallen ist. Ich muss noch mal zurück. – Herr Westner ...!«

Doch Lars Westner winkte nach Luisas kurzer Erklärung ab. »Der Bus ist schon zu einem der Parkplätze weitergefahren. Aber ich habe die Handynummer des Busfahrers. Der kann mal nachsehen, ob dein Portemonnaie dort liegt. Wenn du Geld brauchst, kann ich dir solange etwas leihen.« Lars Westner wählte die zuvor notierte Nummer. »Hallo? Ja, hier Lars Westner. Eine meiner Schülerinnen hat vermutlich ihren Geldbeutel bei Ihnen im Bus liegen gelassen. Könnten Sie kurz nachschauen?« Er sah Luisa an. »Wo hast du gesessen?«

»In der Mitte links.«

»Auf der linken Seite, in der Mitte, sagt sie. Ja, ich warte.«

Wenige Hundert Meter entfernt, schälte sich der Busfahrer aus seinem bequem nach hinten gekippten Sitz und ging die Reihen entlang. In der Mitte des Busses ließ er sich auf die Knie hinab und spähte unter die Plätze. Tatsächlich: Hinter einer der Fußrasten lag ein türkisfarbener Geldbeutel mit einem aufgedruckten schwarzen Blumenmuster. Er holte ihn hervor und öffnete ihn. In einer Fenstertasche steckte ein Schülerausweis mit dem Foto eines Mädchens mit blaugrünen Augen und einer blonden Lockenmähne. Behutsam strich er mit den Fingerspitzen darüber, starrte auf das lächelnde Gesicht auf dem Foto. Mühsam riss er sich los und ging zurück zum Fahrersitz, wo er sein Handy hatte liegen lassen.

»Hallo? Ja, der Geldbeutel ist hier. Sie kann ihn nachher bei mir abholen.« Wie in Zeitlupe drückte er auf die Aus-Taste und ließ sich auf seinen Sitz sinken. Seine Hände zitterten, als er den Geldbeutel aufklappte. Minutenlang konnte er seine Augen nicht von dem Foto abwenden. Dann legte er den Ausweis behutsam, als er wäre er zerbrechlich, in das Handschuhfach, schloss den Bus ab und machte sich auf den Weg.

Stunden später ließ sich Luisa auf ein Mäuerchen plumpsen und streckte die Beine aus.

»Also ich weiß ja nicht, wie es euch geht. Aber ich bin platt. Vor allem meine Füße. Und Hunger hab ich auch!«

»Na dann fang schon mal an und überlege, wo wir hin sollen. Auf irgendwelche Burger hab ich nämlich keinen Bock.«

»Ich auch nicht. Gibt's hier kein Café oder so?«

»Vorhin habe ich einen Mann gesehen mit einer, wie sagt man, *Brettzel*?«, sagte Frieda.

Anja grinste. »Breeezel heißt das. Das wäre okay. Eine Brezel würde mir für den Anfang reichen.«

»Mir auch.« Luisa nickte. Gemeinsam gingen sie zu dem Platz zurück, an dem sie den Verkäufer gesehen hatten.

»Oh, oh, das könnte eng werden«, rief Anja nach einem Blick in den Korb, der schon fast leer war. Zum Glück kaufte die Frau vor ihnen trotz der vier Kinder im Schlepptau nur zwei Brezeln.

»Wir nehmen den Rest«, bestellte Philippe. Der Mann packte sieben Brezeln in eine Papiertüte und zählte das Kleingeld ab, das ihm die sechs in die Hand schütteten. Keiner von ihnen hatte bemerkt, dass sich hinter ihnen noch jemand angestellt hatte.

»Sind keine mehr da?«, fragte Paul enttäuscht.

»Nein, aber so in einer halben Stunde bekomme ich frische«, antwortete der Verkäufer. »Ansonsten gibt's noch den McDonald's weiter vorne.«

Paul wandte sich geknickt ab und warf noch einmal einen sehnsüchtigen Blick auf die prall gefüllte Tüte in Philippes Händen.

»Na da dürfte Diät angesagt sein.« Anja angelte sich eine der Brezeln heraus.

Luisa machte ein verdutztes Gesicht. »Wieso Diät?«

»Weil Marvin und seine Kumpels in der Burger-Bude hocken. Da wird sich Klein-Paul bestimmt nicht dazusetzen. He, Moment mal, was machst du da?«

Luisa nahm Anja die Brezel aus der Hand, brach sie in der Mitte durch und eilte Paul hinterher. »Hier, bitte. Wir haben mehr als genug.«

Paul schaute Luisa völlig verblüfft an und stammelte ein Dankeschön. Er wirkte verlegen.

»Was sollte das denn?«, beschwerte sich Anja, als Luisa zurückkam.

»Ganz ruhig bleiben. Das war die gute Tat des Tages. Du kannst ein Stück von meiner haben.«

Emma unterstützte sie: »Das war gut, Luisa. Das wollte ich auch gerade machen.« Sie drehte sich um und winkte Maxime und Frieda zu. »Alors, ich brauche eine Cola.« Im nächsten Augenblick hatten alle die kleine Szene vergessen – alle, bis auf Paul, der noch immer der kleinen Gruppe hinterherschaute.

»Also ich freu mich total auf morgen«, meinte Anja, als sie gegen Abend wie vereinbart am Eingang auf die anderen warteten. »Das wird bestimmt cool – Abschiedsparty am Baggersee.«

»Auf jeden Fall!«, bestätigte Anne, ein Mädchen aus Luisas Schule, die sich zu ihnen gesellt hatte. »Westner hat vorhin gesagt, dass es morgen eine Überraschung gibt. Vielleicht macht er ja wieder Cocktails wie beim letzten Schulfest.«

»Solange kein Alkohol drin ist«, meinte Anja. »Mir ist jetzt noch schlecht, wenn ich an die letzte Party denke, auf der Marvin und seine Idioten was in die Bowle gekippt haben.«

»Wer sagt denn, dass du dich gleich besaufen musst?«

»Schon klar, aber das Fiese bei Cocktails ist, dass es immer schneller geht, als man denkt. Und dann merkst du erst, wie sehr du dich blamiert hast, wenn du deine Fotos auf Facebook siehst. Kann ich drauf verzichten.«

Luisa lachte. »Von dem Kotzbrocken Marvin hätte ich zu gerne ein paar peinliche Fotos. Vielleicht würde er dann endlich mal einen Gang runterschalten.«

»Darf ich auch mitlachen?«, ertönte plötzlich Marvins Stimme hinter ihnen.

Luisa drehte sich um. »Nein. Außer du kannst über dich selber lachen.«

»Also zumindest kann man mit mir eine Menge Spaß haben. Probier's doch mal aus – morgen auf der Party.«

»Warum lässt du Luisa nicht einfach in Ruhe?«, mischte sich Paul ein, der eben zu der Gruppe getreten war. »Kapierst du nicht, dass sie nichts von dir will?«

Philippe nahm Luisa in den Arm und warf Paul ein mitleidiges Lächeln zu. »Merci für die Hilfe. Aber ich kann meine Freundin selbst beschützen. Pass lieber auf, dass du nicht von Marvin aufgefressen wirst.«

Paul schien etwas erwidern zu wollen, überlegte es sich dann jedoch anders. Mit puterrotem Kopf bahnte er sich einen Weg durch die neugierig zuhörenden Schüler zum Bus, wo Michael gerade die Türen öffnete.

7 Als Luisa am nächsten Nachmittag ihre Reisetasche unter dem Bett hervorkramte, wurde ihr schwer ums Herz. Auch wenn sie es unbedingt hatte vermeiden wollen, war es doch passiert: Sie hatte sich in Philippe verliebt. Charmant war das erste Wort, das ihr zu ihm einfiel, auch wenn es etwas altmodisch klang. Er hatte so eine leichte, unbekümmerte Art an sich, die sie an den deutschen Jungs noch nie entdeckt hatte. So stellte man sich einen Franzosen vor! Sie würde ihn ganz fürchterlich vermissen, das war ihr jetzt schon klar. Traurig räumte sie ihren Schrank aus und stopfte die T-Shirts und Hosen achtlos in ihre Tasche. Plötzlich flatterte ein Zettel vor ihr auf den Boden, der zwischen der Wäsche gesteckt hatte. Sie hob ihn auf und begutachtete neugierig die Zeichnung mit dem Engel und den Satz darunter.

»Was ist das denn?«, fragte Anja, die ebenfalls am Packen war.

»Keine Ahnung, den hatte ich schon völlig vergessen. Den hat mir letzte Woche jemand an die Tür gehängt.«

»Wer macht denn so was? Und was soll dieser bekloppte Spruch dazu?«

»Das wüsste ich auch gerne. Marvin war das bestimmt nicht – so viel Fantasie traue ich dem nicht zu – und Philippe … Nein, der hätte schon längst was dazu gesagt. Vielleicht will mich ja auch jemand mit diesem Kitsch-Bild ärgern. Fragt sich nur, wer?«

»Nie wirst du es ergründen«, trällerte Anja. Achselzuckend zerriss Luisa den Zettel und warf ihn in den Papierkorb. »Ist auch egal.«

Lars Westner hatte mit seiner Überraschung nicht zu viel versprochen. Nicht weit enfernt, an einem Badesee, fand das jährliche »Rock am See-Festival« statt. Die Bühne war auf der großen Liegewiese gleich neben dem Strand aufgebaut.

Jeder in der Gruppe hatte von den Betreuern einen Getränke- und einen Essensgutschein erhalten, zusammen mit einem ganzen Sack voller Ermahnungen und der strikten Anweisung, sich um zehn Uhr am vereinbarten Treffpunkt einzufinden. Luisa, Anja, Philippe und der Rest der Clique stürzten sich zuerst einmal in den See.

»Los, wer als Erster an der Badeinsel ist«, rief Anja und hechtete los. Luisa ließ sich entspannt ins Wasser gleiten und beobachtete amüsiert, wie Philippe und Frieda vergeblich versuchten, Anja einzuholen. Vielleicht hätte sie ihnen verraten sollen, dass Anja mit der Schulmannschaft den Bezirksentscheid im Schwimmen für *Jugend trainiert für Olympia* gewonnen hatte. Nur Emma schien einigermaßen mithalten zu können und war Anja dicht auf den Fersen.

Als Luisa die anderen einholte, musste sie feststellen, dass die etwa fünf mal fünf Meter große Plattform schon völlig überfüllt war. Sie hängte sich an der Seitenwand ein, ließ aber erschrocken los, als sie plötzlich aus dem Wasser gehoben wurde. Eine Gruppe von Jungs benutzte die Insel als Trampolin und brachte sie gefährlich zum Schwanken. Schon brauste ein Boot der Wasserwacht heran und scheuchte die Störenfriede davon.

Unter lautem Gejohle ließen sich die Jungs ins Wasser fallen, darunter auch Marvin.

Na klar, wer sonst?, dachte Luisa, legte sich rücklings aufs Wasser und ließ sich in der Abendsonne treiben. Plötzlich legte sich von hinten ein Arm um ihre Schultern und packte sie. Ein Körper drückte sich schwer gegen ihren, eine Hand glitt in ihr Bikinioberteil. Sie versuchte, sie wegzustoßen, doch vergeblich.

»Ja, komm schon, jetzt tu nicht so. Erst machst du mich an und streckst deine Titten raus und dann zierst du dich«, keuchte Marvin neben ihr. Luisa wehrte sich verzweifelt. Sie wollte schreien, aber schluckte nur Wasser. Sein Griff verstärkte sich, er presste sich an sie, zog sie unter Wasser.

Auf einmal ließ er sie los. Luisa tauchte auf. Sie hustete und spuckte und erkannte im selben Moment, wer sie da gerettet hatte: Philippe reckte den Arm aus dem Wasser und schwenkte triumphierend eine Badehose. Er warf sie Emma zu, die sie geschickt auffing, in ihrem Bikini verstaute und in rekordverdächtigem Tempo Richtung Ufer durchstartete.

»Du kannst sie am Sprungturm wieder abholen«, rief Philippe Marvin hinterher, der versuchte, Emma einzuholen.

»Na warte, das wirst du mir büßen!«, schrie Marvin über die Schulter zurück. »Ich mach dich kalt!«

Aber Philippe lachte nur.

»So ein Schwein!«, schnaufte Luisa aufgebracht. »Der hat mich regelrecht überfallen. Ihr kamt gerade rechtzeitig. Ihm die Badehose zu klauen, war jedenfalls klasse.«

»Leg dich nicht mit einem an, der Unterwasser-Rugby spielt«, hörte Luisa die Stimme von Frieda neben sich, die ihr einen verschwörerischen Blick zuwarf. Sofort ging es Luisa wieder besser, auch wenn ihr der Schreck noch in den Gliedern saß.

Eine halbe Stunde und ein großes Käsesandwich später konnte Luisa über den Vorfall schon wieder lachen. Außerdem hatte sie Philippe fest versprechen müssen, dass sie es einem Lehrer oder ihrem Vater erzählen würde, wenn Marvin noch einmal so unverschämt werden sollte.

Die erste Band des Abends war eine fünfköpfige Reggae-Gruppe, deren Sänger rothaarige Dreadlocks hatte, die ihm bis zum Hintern reichten. Luisa und die anderen suchten sich ein freies Plätzchen auf der Wiese und genossen die letzten Strahlen der untergehenden Sonne.

Auf einmal tauchte Paul auf und ließ sich neben ihnen aufs Gras plumpsen. »Der ist echt cool, der Gitarrist. Hat vorher bei *Noise Machine* gespielt«, meinte er. »Ist bei euch noch Platz?«

»Du sitzt ja schon«, kam Luisa der zu erwartenden Abfuhr von Anja zuvor und kuschelte sich in Philippes Arme. Sie musste Paul recht geben. Der Gitarrist war wirklich gut, aber den Sänger fand Luisa noch besser.

»Na, wenn das kein Karibik-Feeling ist!«, seufzend schloss Anja die Augen. »Fehlt nur noch ein cooler Cocktail und das Rauschen der Wellen.«

»Das mit dem Cocktail kannst du haben. Ich hol zwei für alle. Für mehr reicht mein Geld nicht. Aber das mit den Wellen musst du dir dazudenken«, sagte Luisa im Aufstehen.

»Soll ich dir helfen?«, bot Philippe an.

»Vielen Dank. Aber ich muss erst mal aufs Klo. Und das mache ich besser alleine.«

Etwas genervt musste Luisa feststellen, dass die Schlange an der Cocktailbar fast genauso lang war wie die vor der Mädchen-Toilette. Während sie wartete, studierte sie die handgeschriebene Karte hinter den hin- und herwuselnden Barkeepern. Luisa zählte noch einmal ihr Geld. Es reichte genau für zwei Cocktails, mehr war nicht drin, aber welchen sollte sie nehmen? Die Namen klangen alle verführerisch und sie hätte am liebsten jeden probiert.

»Na, wie wär's? Ich geb dir einen aus«, riss sie jemand aus ihren Gedanken. Neben ihr, an den Tresen gelehnt, stand Michael, der Busfahrer, und lächelte sie an. »Der Double Donkey soll sehr empfehlenswert sein.« Er rückte etwas näher und deutete auf ein Schild neben der Kasse. Dabei strich er wie zufällig mit dem Arm an ihrem Hals entlang. Luisa rückte ein Stück ab, so gut es in dem Gedränge ging. Die Berührung und seine Nähe waren ihr unangenehm, vor allem nach der Aktion, die Marvin vorhin gebracht hatte. Was wollte der Typ von ihr? Er war doch mindestens doppelt so alt wie sie.

»Nein danke. Ich bin selber gerade dabei, den anderen was auszugeben. Und außerdem besteht dieser Double Donkey ja fast nur aus Schnaps.«

»Na und? Du musst doch nicht fahren. Das mache ich.« Er lachte. »Und so ein bisschen Alkohol lockert die Stimmung. Es ist schließlich euer letzter Abend.«

»Nein, wirklich nicht. Trotzdem danke.«

Luisa versuchte, Abstand zu gewinnen, doch Michael tat so, als würde er von hinten geschubst und drängte sich noch näher an sie. Sie überlegte, ob sie einfach weggehen und sich später noch einmal anstellen sollte, als Paul sich einen Weg zu ihr bahnte.

»Bringst du mir auch einen mit?«, bat er mit einem Seitenblick auf Michael, der sofort ein Stück von Luisa abrückte. »Ich nehme den Coconut Dream. Hier ist das Geld.«

Dankbar lächelte Luisa ihn an und kam endlich dazu, ihre Bestellung aufzugeben. Als sie und Paul die eisgekühlten Gläser in den Händen hielten, traten sie den Rückweg an und ließen Michael stehen, der ihnen etwas nachrief, was sie aber nicht verstanden.

Keine Minute später kam ihnen Philippe entgegen. »Ich wollte nachsehen, warum du so lange brauchst. Alles in Ordnung?«

»Ja, alles bestens. Es ist nur so höllisch viel los an den Ständen.« Luisa wollte Philippe nicht von Michael erzählen. Nicht dass er dachte, sie schlitterte andauernd in solche seltsamen Situationen hinein und er müsste ihr ständig aus der Patsche helfen! Möglicherweise war sie auch einfach überreizt wegen der ständigen Gefechte mit Marvin und hatte sich vorhin getäuscht. Die Berührung des Busfahrers war ihr zwar unangenehm gewesen, konnte allerdings durchaus Zufall gewesen sein. Schließlich hatte wirklich ein ziemliches Gedränge geherrscht. Vielleicht hatte Michael tatsächlich nur freundlich sein wollen.

»Hier, kannst du haben«, sagte Paul plötzlich und drückte ihr sein Glas in die Hand. »Ich mag das süße Zeug gar nicht. Ich dachte nur, es wäre gut, dazwischenzugehen.«

»Wo dazwischen?«, fragte Philippe argwöhnisch.

»Ach, nichts Schlimmes. Michael, der Busfahrer, wollte mir einen Cocktail ausgeben und ist mir dabei ziemlich auf die Pelle gerückt. Aber vielleicht lag's auch nur an dem Gedränge.«

Philippe sah Paul an. »Vielen Dank. Aber ich habe dir schon mal gesagt, ich kann auf meine Freundin selbst aufpassen. Alors, merci et au revoir!«

»Anscheinend kannst du das nicht«, fauchte Paul. »Und ab morgen bist du sowieso weg.« Wütend stampfte er mit geballten Fäusten davon.

Verdattert wandte Luisa sich an Philippe. »Warum bist du denn so eklig zu ihm? Er wollte doch nur helfen.«

»Ich weiß nicht. Ich mag es einfach nicht, wie sich dieser Typ an dich ranschleicht.«

»Ach Quatsch. Ich will heute nichts mehr von irgendwelchen Marvins oder Michaels oder Pauls hören. Ich will einfach nur einen schönen letzten Abend mit dir haben. Müssen wir denn die ganze Zeit mit den anderen rumhängen?«

»Mais non, das wollte ich dich auch schon fragen. Ich hätte da einen Vorschlag. Oder nein, lass dich einfach überraschen. Komm. Wir trinken unsere Cocktails mit den anderen und dann verschwinden wir.«

»Wo willst du denn hin? Wenn der Westner uns erwischt, können wir uns auf was gefasst machen!« Luisa stolperte auf dem unebenen Weg, der vom Festivalgelände wegführte, obwohl der Mond die Landschaft um sie herum in silbriges Licht tauchte. Sie waren über einen Bauzaun geklettert, der einen Teil des Baggersees absperrte, an dem vor Kurzem noch Kies gefördert wurde.

»Hab ich vorhin entdeckt. Da hinten ist noch ein See. Und wie sollte Westner auf die Idee kommen, uns hier zu suchen? Bis zur Abfahrt sind wir längst zurück.«

Es dauerte nicht lange und sie standen am Steilufer eines Kiesweihers. Ein Bagger hob sich wie ein stählerner Dinosaurier vor dem Nachthimmel ab. Schemenhaft waren am gegenüberliegenden Ufer mehrere Baracken, Lastwagen und Baumaschinen zu erkennen.

»Sehr romantisch«, meinte Luisa sarkastisch.

»Aber dafür sind wir hier ganz alleine«, raunte Philippe ihr zu.

Er nahm sie an der Hand und führte sie weiter den Pfad entlang. Das Ufer senkte sich fast bis an die Wasseroberfläche, ein Stück weiter reckte ein kaputter Kran seinen rostigen Ausleger übers Wasser. Philippe drehte Luisa zu sich um und küsste sie – erst zart, dann immer leidenschaftlicher. Luisa spürte eine heiße Welle durch ihren Körper jagen. Sie roch den leichten Schweißfilm auf seiner Haut, berauschender als jedes Parfum. Jede Zelle ihres Körpers schrie: Ja! Ich will!

Ineinander verwoben, ließen sie sich auf ein grasbewachsenes Fleckchen neben einer krüppeligen Kiefer sinken. Die

Gestalt, die ihnen wie ein Schatten gefolgt war und sich nun im dichten Gestrüpp verbarg, bemerkten sie nicht.

»Ich werde dich vermissen«, gestand Luisa.

»Ich dich auch, mehr als ich wollte, Chérie.« Er zog sie in seine Arme, sie schmiegte sich an seine Schulter. Er streichelte ihr Gesicht und zog die Konturen ihrer Wangen und Lippen mit den Fingerspitzen nach. Luisa bog den Kopf nach hinten, ein warmer Schauer überlief sie. Sie griff in seine wuscheligen Locken, während er ihren Hals mit Küssen bedeckte. Luisa spürte, wie seine Hand unter ihr T-Shirt glitt. Sie drängte sich an ihn und wünschte, dass dieser Moment nie aufhören würde.

»Verdammt noch mal, jetzt habe ich mich doch in dich verliebt!«, flüsterte sie.

»Schsch, keine Sorgen. Dieser eine Abend bleibt uns noch. Lass ihn uns einfach genießen.« Seine Hand glitt tiefer, seine Fingerspitzen wanderten über ihren Bauchnabel.

Luisa riss sich aus ihrer Verzauberung. Sollte sie wirklich? »Nein, noch nicht. Komm, wir gehen schwimmen.«

»Wie du willst.« Seine Stimme klang etwas enttäuscht, aber er lächelte. Beide liefen auf das abfallende Ufer zu, um nach einer Stelle zu suchen, an der sie sich ins Wasser hinablassen konnten. Weil es überall zu steil war, kletterten sie schließlich vorsichtig auf den alten Kran und hangelten sich durch das Gewirr des Metallgestänges.

»Das ist ein perfekter Sprungturm«, meinte Philippe.

»Du weißt doch gar nicht, wie tief hier das Wasser ist!«

»Das lässt sich testen. Aber vorher will ich noch einen Kuss!«

DIE SCHEMENHAFTE GESTALT löste sich aus ihrem Versteck im Gebüsch und schlich im Schutz der Dunkelheit näher. Ohnmächtige Wut brandete in ihr auf. Dieser Franzose hatte es doch nur auf eine schnelle Nummer abgesehen! In ein paar Tagen würde er weg sein und vielleicht sogar zu Hause vor seinen Freunden damit angeben, eine kleine Deutsche flachgelegt zu haben. Luisa war zu gut für diese Welt. Sie war ein Engel. Ein Engel, der blind war für das Böse. Jemand musste etwas unternehmen, bevor sie etwas tat, was sie später bereuen würde – er musste etwas unternehmen, nur was?

Der Schemen beobachtete, wie Philippe Luisa von hinten umarmte und liebkoste und dabei dem Ufer den Rücken zudrehte. Er krallte die Finger in den Boden. Plötzlich schlossen sich seine Finger um einen Stein. Er fühlte seine kühle Glätte, die kleine Kante, wo ein Stück abgesplittert war. Als hätte er nur auf ihn gewartet.

In einem blinden Reflex schleuderte er den faustgroßen Kiesel in Richtung des umschlungenen Paares.

8

Luisa hörte Philippe aufstöhnen, spürte, wie er zusammenzuckte. Sie konnte sich gerade noch an einer Strebe festhalten, als er auch schon neben ihr von dem Ausleger stürzte. Sie hörte seinen Körper auf das Wasser aufschlagen.

»Philippe! Was ist los?«, schrie Luisa entsetzt, als sie ihn wie leblos im Wasser treiben sah. Ohne nachzudenken, hechtete sie Philippe hinterher. Nach wenigen Zügen bekam sie ihn am Arm zu fassen. Er schien benommen, reagierte kaum auf ihr Rufen. Luisa sah sich hektisch um. Es war niemand in der Nähe, der helfen konnte. Sie musste ihn alleine ans Ufer schleppen. Aber wie sollte sie mit ihm im Schlepptau den Abhang hinaufkommen? Der Rand des Kiesweihers war steil und rutschig. Sie versuchte, sich und Philippe an der nächstbesten Stelle hochzuziehen, doch immer wieder gaben Sand und Kies unter ihren Füßen nach. Das Wasser war hier so tief, dass sie nicht stehen konnte. Verzweifelt versuchte sie, festen Halt zu finden. Langsam ließen ihre Kräfte nach und Philippe hing immer noch leblos wie eine Puppe in ihrem Griff. Luisa keuchte vor Anstrengung, ihr blieb kaum Luft zum Schreien.

»Hilfe! Hört mich denn keiner?«, rief sie voller Panik. Sie fühlte sich wie in einem Albtraum gefangen, das konnte doch nicht wirklich geschehen! Was war nur mit Philippe los? Endlich rührte er sich wieder. Kraftlos wie ein Betrunkener begann er, mit den Beinen zu schlagen, er schüttelte immer wieder seinen Kopf und redete wirres Zeug auf Französisch.

Lange würde Luisa sich nicht mehr halten können, ihre Arme zitterten bereits. Sie hätte sich selbst nach oben hieven und dann versuchen können, ihn hochzuziehen. Doch dazu hätte sie ihn zunächst loslassen müssen und in diesem Zustand würde er einfach untergehen, er hätte keine Chance.

Aus dem Nichts heraus hörte sie über sich eine Stimme. »Los, gib mir deine Hand.«

»Philippe … Ich kann ihn nicht loslassen. Er ertrinkt!«

»Gib mir deine Hand!«, befahl die Stimme. »Wenn du näher kommst, kann ich ihn packen!«

Luisa spürte, wie sehnige Finger ihr Handgelenk wie ein Schraubstock umschlossen und sie und Philippe ein Stück emporzogen. Philippe schaffte es, sich halbwegs an den Wurzeln festzuhalten, die aus der Böschung ragten. Der Unbekannte über ihnen ließ Luisa los und zerrte Philippe an seinem Hemd in die Höhe. Luisa spürte plötzlich einen Widerstand unter ihren Füßen. Sie griff nach Philippes Beinen und schob und stieß ihn so gut sie konnte aus dem Wasser.

Es kam ihr wie eine Ewigkeit vor, bis sie zu dritt völlig erschöpft und mit aufgeschürften Knien und Händen auf dem sicheren Land lagen. Philippe schien endlich wieder richtig zu sich zu kommen. Er stöhnte und hielt sich den Kopf. Luisa erkannte erst jetzt, wer sie gerettet hatte.

»Paul! Was machst du denn hier?«

»Den Helden spielen, schätze ich. Alles klar bei dir?«, fragte Paul keuchend.

»Ja. Danke, vielen Dank! Was für ein Glück, dass du mich gehört hast. Aber wieso bist du eigentlich hier?«

»Ich war in der Nähe.«

»In der Nähe? Wie das denn?«, fragte Luisa verwirrt. Argwohn keimte in ihr auf. Hatte Paul ihnen hinterherspioniert?

»Ist das etwa euer Privatgelände?« Pauls Stimme klang abweisend. »Ich hatte einfach keinen Bock mehr auf die anderen und das ganze Festival und da wollte ich mal gucken, was hinter diesem Zaun ist.«

Luisa verkniff sich eine Bemerkung und wandte sich besorgt Philippe zu: »Geht's wieder? Was ist eigentlich passiert? Ich hab richtig Panik gekriegt, als du ins Wasser gestürzt bist. Ich dachte schon …«

»Ich muss mir an einer Strebe den Kopf angestoßen haben. Da war ein Schlag und ich war weg. Schätze, wir waren ein bisschen zu stürmisch.«

Luisa wurde rot.

»Sollen wir Westner oder einen Arzt rufen?«

»Bloß nicht. Was meinst du, was wir für Ärger kriegen, wenn sie rauskriegen, wo wir waren. Nein. Es geht ja schon wieder. Ich glaube, es ist nur eine Beule. Und wenn es schlimmer wird, kann ich immer noch zu Hause zum Arzt gehen.«

»Bist du dir sicher?« Ganz wohl war Luisa bei diesem Vorschlag nicht.

»Ja ganz sicher. Kein Wort zu irgendjemand!« Dann wandte er sich an Paul. »Ich hoffe, du hältst auch dicht?«

»Klar.«

»Wir sind anscheinend doch nicht die Einzigen, die das Eck hier kennen«, meinte Luisa, als ihnen kurz darauf auf dem Rückweg zwei Personen entgegenkamen, die sich als ihre Freundinnen entpuppten.

»Frieda! Emma!«, rief sie überrascht.

»Wir dachten, wir gehen euch lieber mal suchen, bevor Westner das Militär holt«, meinte Frieda grinsend. »Es ist nämlich schon kurz nach zehn und er ist auf hundertachtzig, weil nicht alle da sind. Wir haben uns schon gedacht, dass ihr hier seid – Maxime hat euch vorhin still und heimlich in Richtung Zaun verschwinden sehen und da ihr nicht zurückgekommen seid … Aber was machst du denn dabei, Paul?«

Luisa war versucht, den beiden von dem überstandenen Abenteuer zu erzählen, aber ein warnender Blick von Philippe ließ sie ihre Worte hinunterschlucken.

»Wir haben ihn auf dem Rückweg getroffen – er wollte uns auch suchen«, meinte sie stattdessen. »Dann sollten wir uns beeilen, sonst kriegt Westner einen Anfall.«

Lars Westner war tatsächlich kurz vor dem Explodieren. »Wie schön, dass die Herrschaften sich doch noch herbemühen«, schimpfte er. »Wir hatten Punkt zehn ausgemacht, jetzt ist es zwanzig nach. Nicht einmal der Busfahrer war pünktlich! Ihr könnt froh sein, dass das der letzte Tag war, sonst hätte ich euch früher heimgeschickt!«

»Was hat er denn, warum regt er sich wegen der paar Minuten so auf?«, wunderte sich Luisa.

»Weil er kurz vor zehn Tom und noch einen aus Marvins Clique sturzbesoffen aufgegabelt und kurz danach Marvin mit einer halb vollen Flasche Wodka erwischt hat«, meinte Anja. »Wo wart ihr eigentlich? Wir haben euch gesucht!«

»Wir waren schwimmen, in dem anderen See dahinten«, antwortete Luisa. »Wir wollten einfach noch ein bisschen allein sein.«

»Schwimmen? Sieht mehr nach Nahkampf oder wilden Spielchen aus. Du hast ja ganz verschrammte Arme.«

Luisa machte eine wegwerfende Handbewegung. »Bloß keine falschen Verdächtigungen. Ich steh nicht auf Sado-Maso. Ich bin nur das abschüssige Kiesufer runtergerutscht.«

»Na, da hast du ja noch eine Weile ein persönliches Andenken an diese drei Wochen.«

9

Es war nicht das einzige Andenken, das Luisa mit nach Hause brachte. Sie konnte es kaum erwarten, Nele wieder zu treffen, ihr die vielen Fotos zu zeigen, die sie geschossen hatte, und ihr vor allem von Philippe zu erzählen. Doch weder auf dem Handy noch auf dem Festnetz hatte sie Nele in den letzten Tagen erreichen können.

Das wertvollste Stück in Luisas Sammlung war natürlich das Sweatshirt, das ihr Philippe zum Abschied geschenkt hatte. Es war ihr zwar zu groß und die blauen Blockstreifen waren ganz verwaschen, aber jedes Mal wenn sie es anschaute, sah sie Philippe mit seinem braunen Wuschelkopf und seinem umwerfenden Lächeln vor sich stehen.

Allen Vorsätzen zum Trotz wachte Luisa am ersten Morgen im eigenen Bett doch früh auf. Sie rollte sich noch ein paar Mal von einer Seite auf die andere, dann fand sie, dass sie genauso gut aufstehen und mit dem Fahrrad zu Nele fahren könnte. Luisa hatte sich über die Nachricht von ihr, dass sie zu Hause sei und sie erwarte, riesig gefreut. Bis sie dort war, wäre Nele bestimmt wach und sie könnte auf dem Weg sogar ein paar Brötchen besorgen, damit sie gemeinsam frühstücken konnten. Mit einem Sprung war Luisa auf den Füßen. Sie stopfte noch schnell ihre dreckige Wäsche in die Waschmaschine und schwang sich aufs Rad.

Sie ließ sich Zeit, trotzdem machte Nele noch einen reichlich zerknitterten Eindruck, als sie die Tür öffnete.

»Hi, da bist du ja endlich, du treulose Tomate!«, empfing sie Luisa verschlafen.

»Du musst gerade was sagen! Ich telefoniere mir die Finger wund, aber du bist nicht zu erreichen.«

»Sorry, ich hab mein Handy aus Versehen im Watt versenkt. Ist mir aus der Tasche gefallen. Ich hab's zwar gleich sauber gemacht, aber danach hat es nur noch rumgesponnen. Ich glaube, das kann ich wegschmeißen.«

»Ist wohl besser so.« Luisa wedelte mit der Brötchentüte. »Hier, hab ich mitgebracht. Und wehe, du sagst mir jetzt, eure Schokocreme ist alle.«

»Wenn dir ein XXL-Glas reicht …«

Als Neles Mutter mittags vom Einkaufen zurückkam, saßen die beiden immer noch auf dem kleinen Balkon und pickten gerade die letzten Krümel von ihren Tellern.

»Weißt du, Philippe ist so total anders als die Jungs hier. Bei uns könnte er sich wahrscheinlich vor Mädels gar nicht retten«, schwärmte sie schon wieder. »Aber sag du doch auch mal was. Wie waren denn deine Ferien?« Schlagartig zwickte sie das schlechte Gewissen. Sie hatte ihre Freundin bisher kaum zu Wort kommen lassen.

»Falls es dich wirklich interessiert: beschissen.«

»Beschissen? Was ist passiert?« Luisa sah Tränen in Neles Augenwinkeln glitzern.

»Alles Scheiße, das ist los. Die Ferien waren ein einziges Fiasko. In den ersten beiden Wochen hat es ständig geregnet, und als endlich die Sonne kam, wurde ich krank. Meine

Mutter hat sich ständig mit ihrer Schwester gestritten, mein Handy ist kaputt und ich habe kein Geld, um mir ein neues zu kaufen. Und mit David ist Schluss.«

Also das war der Grund! Luisa pfiff durch die Zähne. »So ist das! Ich hatte ja schon den Verdacht, dass ihr Stress miteinander habt, aber wie kam das jetzt so plötzlich?«

»Er ist einfach ein gefühlloser Mistkerl!«, brach es aus Nele hervor. »Stell dir vor, ich hatte ihn von meiner Tante aus angerufen, mein Handy war ja kaputt. Da machte er noch auf Friede, Freude, Eierkuchen. Und kaum bin ich zurück, hat er plötzlich keine Zeit, mich zu treffen. Er müsste seinem Vater helfen, lernen, bevor die Schule wieder losgeht, sein Fahrrad sei kaputt und so weiter. Und drei Tage später treffe ich ihn Händchen haltend mit dieser Zicke von Lara in der Stadt. Ich frag natürlich, was das soll, und dann sagt sie, stell dir vor, *sie*: ›David ist jetzt dein Ex. Er stand schon die ganze Zeit auf mich, hat sich aber nie getraut, es dir zu sagen. Find dich damit ab.‹«

»Und was hat David darauf gesagt?«

»Nichts! Er hat gar nichts gesagt! Er hat nur schief gegrinst und mit den Schultern gezuckt. Und dann hat er noch ›Sorry‹ gesagt und ist mit Lara weggegangen.«

»Ich glaub's ja nicht! So ein Kotzbrocken! Ich hatte zwar schon immer meine Zweifel bei ihm, aber für so fies habe ich ihn nicht gehalten. Am besten du vergisst ihn einfach. Ach Nele, wärst du nur mit auf die Freizeit gekommen. Da waren echt ein paar nette Typen dabei.«

»Ach ja? So wie dein Philippe oder Marvin und all die anderen? Die waren doch eh alle nur in dich verliebt.«

»Was soll denn der Spruch?«

»Ich kann's nicht mehr hören. Philippe hier und Philippe da! Außerdem schmeiße ich mich nicht jedem Kerl an den Hals, der mir schöne Augen macht.«

»Ich glaube, du spinnst! Das ist jetzt voll daneben. Deine miese Laune musst du nicht an mir auslassen. Du kannst dich ja melden, wenn du wieder normal bist.«

Wutentbrannt schnappte sich Luisa ihre Tasche, verließ die Wohnung und schlug lautstark die Tür hinter sich zu.

Als sie zu Hause ankam, war ihre Wut zwar weitgehend verraucht, hatte aber einer tiefen Enttäuschung Platz gemacht. Neles Launen kannte sie mittlerweile zur Genüge. Aber so wie heute hatte Luisa sie noch nicht erlebt. Sie überlegte, ob sie sich falsch verhalten hatte. Klar, sie hatte fast die ganze Zeit von Philippe geschwärmt, aber wenn Nele frisch verliebt war, machte sie es auch nicht anders. Außerdem hatte Luisa das mit David ja nicht riechen können. Sie entschied abzuwarten, bis Nele sich beruhigt hatte und sich bei ihr meldete. Kaum hatte sie es sich auf dem Balkon gemütlich gemacht, klingelte das Telefon.

»Luisa? Gut, dass ich dich erwische. Du müsstest mir bitte einen Umschlag vorbeibringen, den ich heute Morgen vergessen habe. Ich komme hier einfach nicht weg und von den Kollegen hat auch gerade keiner Zeit. Er müsste auf meinem Bett liegen.«

»Oh Papa, muss das sein? Kannst du den nicht morgen mitnehmen?«

»Es ist dringend, sonst würde ich dich nicht darum bitten.«

»Na gut, aber das kostet dich ein Eis.«

»Schon klar, bis gleich.«

Seufzend schälte Luisa sich aus dem bequemen Liegestuhl und ging in das Zimmer ihres Vaters. Auf dem Bett lag ein dicker großer Briefumschlag ohne Beschriftung. Nur zu gern hätte sie gewusst, was darin so Wichtiges war, aber er war verschlossen. Vielleicht hatte sein Inhalt ja mit dem Mordfall zu tun. Sie stopfte den Umschlag in ihre Umhängetasche und verließ die Wohnung. An den Briefkästen bremste sie ab und fischte die Post heraus. Zwischen Werbung und einem amtlichen Schreiben an ihren Vater befand sich auch ein schlichter weißer Umschlag mit nichts als ihrem Namen darauf.

»Was soll das denn?« In dem Umschlag steckte eine Postkarte mit dem Bild eines Engels und ein Foto von ihr, aufgenommen während des Besuchs in der Filmstadt beim Sommercamp. Sonst nichts.

So langsam geht mir der Engel-Scheiß auf den Keks, dachte Luisa. Wenn einer was von mir will, soll er es mir direkt sagen.

Sie stopfte den Umschlag mit den beiden Bildern in die nächste Mülltonne. Bis sie im Präsidium angekommen war, hatte sie ihn über ihrer Grübelei wegen des Streits mit Nele schon wieder vergessen.

»Ich gebe ihn deinem Vater, wenn er vorbeikommt.« Der Beamte an der Pforte wollte ihr den Umschlag abnehmen, doch Luisa schüttelte den Kopf.

»Er hat gesagt, ich soll ihn ihm gleich bringen. Es ist wichtig.«

»Okay, du kennst ja den Weg. Ich melde ihm, dass du kommst.«

In dem Büro im ersten Stock empfing sie Johannes Klein, der Kollege von Frank Berndorf.

»Hallo Luisa, dein Vater kommt gleich wieder. Du kannst hier auf ihn warten, wenn du willst.«

Luisa setzte sich auf den Drehstuhl am Schreibtisch ihres Vaters und betrachtete neugierig die Fotos, die an der Wand dahinter angepinnt waren. Es waren eine ganze Reihe von Aufnahmen von Mädchen und Frauen, jeweils mit Namen, Datum und Ort versehen. *Sonja Duffner, München*, las sie, *Monika Maas, Paderborn, Milena Sarkowsky, Lensburg.* Beim letzten Bild stutzte sie.

»Das ist Annika Willmers?«, fragte sie erstaunt. »Auf den Fotos in der Zeitung sah sie doch ganz anders aus. Irgendwie jünger und mit kurzen Haaren.«

Johannes Klein blickte kurz von seinen Unterlagen auf. »Das waren ältere Fotos, die sich die Pressefritzen selbst besorgt hatten. Die da drüben sind aktuell.«

Luisa zog sich der Magen zusammen. Es kam ihr vor, als würde sie in einen Spiegel sehen: das schmale Gesicht mit den lebhaften blaugrünen Augen, die blonde Löwenmähne. Schlagartig verstand sie, weshalb ihr Vater sich die ganze Zeit über so seltsam verhalten und sie zur Vorsicht ermahnt hatte. Das Mordopfer auf dem Foto hätte sie selbst sein können.

10

Die wenigen Tage bis zum Schulbeginn vergingen wie im Flug, doch die Stimmung zwischen Luisa und Nele besserte sich kaum. Luisa hielt sich an ihren Entschluss, diesmal nicht als Erste klein beizugeben, und Nele spielte immer noch beleidigte Leberwurst. Erst als sie wieder nebeneinander im Klassenzimmer saßen, kehrte so etwas wie Burgfriede ein.

»Hey, die Listen für die AGs hängen schon aus«, empfing Nele Luisa ein paar Tage später morgens auf dem Schulhof.

»Guter Tipp. Dieses Jahr muss ich schneller sein als im letzten. Da waren die besten Kurse sofort voll. Lass uns doch gleich mal gucken.«

Vor dem Aushang mit dem Angebot der verschiedenen Arbeitsgruppen standen die Schüler bereits dicht gedrängt.

»Mist, dieses Jahr wird kein Kanufahren angeboten«, schimpfte Luisa, als sie sich endlich bis in die erste Reihe durchgeboxt hatten.

»Wie wär's denn mit dem Business-Plan-Spiel Schüler-Firma?« Plötzlich schlug sich Nele an die Stirn. »Oh ich Schaf! Ich hab vergessen, meinen Antrag für die Busfahrkarte im Sekretariat abzugeben. Wir treffen uns in der Klasse!« Und schon war sie weg.

Luisa studierte weiter die Angebote. Ein auffällig gestalteter Zettel erregte ihre Aufmerksamkeit: *Schul-Musical – wer macht mit? Gesucht werden Sänger, Tänzer, Musiker ab der neunten Jahrgangsstufe und Leute für Technik, Kostüme, Requisite etc. …*

Spontan kramte Luisa einen Stift heraus und trug sich in die darunter angehängte Namensliste ein. Ein Musical, das klang cool. Sie war zwar keine begnadete Tänzerin oder Sängerin, aber für den Chor würde es schon reichen. Sie zuckte zusammen, als ihr jemand auf den Rücken tippte.

»Hallo, Luisa«, hörte sie eine Stimme hinter sich. Sie drehte sich um, stutzte.

»Oh, hallo Paul. Ohne deine Brille hätte ich dich ja fast nicht wiedererkannt. Kontaktlinsen? Steht dir. Was gibt's?«

Paul schaute ihr über die Schulter. »Wo hast du dich denn eingetragen?«

»Beim Musical. Irgendeiner muss das Niveau ja drücken.«

»Quatsch. Du bist bestimmt super«, meinte er, ohne sie anzusehen.

»Und du? Weißt du schon, was du machst?« Luisa ignorierte seine Schmeichelei.

»Den Robotik-Kurs.«

»Roboter? Stark. Bist du so ein Technik-Freak?«

»Ja schon. Mich interessiert vor allem Programmieren.«

»Für mich wäre das die Hölle.« Der Gong zur ersten Stunde ertönte. »Tschüss, ich muss dann los.«

Paul wartete, bis Luisa um die Ecke gebogen war. Dann nahm er einen Kugelschreiber, strich seinen Namen von der Liste des Robotikkurses und trug sich für das Musical ein.

Nele war völlig begeistert, als Luisa ihr in der Mittagspause von dem Kursangebot erzählte. »Klasse. Da mach ich auch mit!«

Doch als sie im Gang vor dem Lehrerzimmer mit den Aushängen standen, war die Namensliste unter dem Plakat schon entfernt und stattdessen klebte ein handgeschriebenes Blatt darunter: *Wegen der vielen Anmeldungen können sich Interessierte nur noch auf der Warteliste bei Oberstudienrätin Fehrenkamp eintragen.*

»So ein Mist«, fluchte Nele. »Warum hast du mich eigentlich nicht gleich eingetragen?«

»Woher sollte ich denn wissen, dass du mitmachen willst?«, verteidigte sich Luisa. »Tut mir leid. Aber trag dich doch wenigstens auf der Warteliste ein. Vielleicht wollen von hundert Leuten ja neunundneunzig Requisite machen, dann ist sogar noch ein Solo für dich drin.«

»Sehr witzig. Wenn du nicht wieder mal nur an dich gedacht hättest, hätte ich jetzt einen Platz.«

»Komm, das ist doch Blödsinn. Es tut mir leid.«

»In letzter Zeit denkst du nur noch an dich, alle anderen sind dir egal.«

»Geht das schon wieder los?«, fragte Luisa genervt. »Warum lässt du den Stress mit deinem Macker an mir aus?«

»Das hat mit meinem *Macker*, wie du ihn nennst, überhaupt nichts zu tun!«, fauchte Nele zurück. »Komm mal wieder runter von deinem Sockel, dann können wir ja wieder miteinander reden.«

Völlig perplex sah Luisa sie in Richtung Treppenhaus verschwinden.

Bevor sie sich wieder gefangen hatte, klopfte ihr Helen im Vorbeigehen auf den Rücken.

»Was ist dir denn für ein Gespenst begegnet?«

»Nele. Die zickt mal wieder rum.«

»Kennt man doch von ihr. Vorhin in Englisch hat sie auch schon so ein Gesicht gezogen, als würde sie gleich um sich beißen. Worum geht's denn diesmal?«

»Auf einmal soll ich daran Schuld sein, dass sie keinen Platz in dem Musical-Projekt bekommen hat. Sie behauptet, ich würde nur noch an mich denken. Und dass ich mich in den Ferien in so einen tollen Typen verliebt habe, während ihr Freund sie wegen einer anderen sitzen gelassen hat, macht das Ganze auch nicht besser.«

»Klingt verdammt nach Eifersucht. Oder Neid. Ich würde an deiner Stelle einfach abwarten. Sie kommt schon selbst drauf, was sie da für einen Blödsinn erzählt hat.«

»Na, wir werden sehen. Auf jeden Fall hat sie mir für heute meine gute Laune vermasselt.«

11

Von guter Laune war Frank Berndorf ebenfalls weit entfernt, als er zu seiner wöchentlichen Dienstbesprechung an die Tür des Staatsanwalts Dr. Karlsberg klopfte. Er hatte gehofft, heute einen entscheidenden Erfolg bei ihren Ermittlungen im Fall Annika Willmers präsentieren zu können, aber der vielversprechende Hinweis hatte sich als falsch erwiesen.

»Hallo Frank, setz dich schon mal, ich muss nur schnell noch etwas fertig machen«, empfing ihn Karlsberg. Die beiden kannten und schätzten sich schon seit Jahren. »Okay, ich bin so weit«, meinte er wenige Minuten später und klappte die Unterschriftenmappe zu. Er runzelte die Stirn. »Deinem Gesicht nach zu urteilen, seid ihr doch nicht richtig weitergekommen. Was ist jetzt mit dem Krasek?«

»Nichts. Gar nichts. Der ist raus. Er hat ein erstklassiges Alibi, auch wenn sonst alles auf ihn hindeutet.«

»Ich dachte, er hat keinen Zeugen dafür, dass er zur Tatzeit tatsächlich in seiner Wohnung war?«

»Nein. Braucht er auch nicht mehr. Ich habe hier das Ergebnis des DNA-Vergleichs der Täter im Fall Annika Willmers und Milena Sarkowsky.«

»Sarkowsky? Die Leiche auf der Baustelle vor sechs Jahren?«

»Genau. Es gibt eine ganze Reihe von Parallelen bei den beiden Mordfällen, deshalb hatten wir die Akte ja wieder aufgerollt. Damals sind wir von einer Beziehungstat ausgegangen, aber der Verdacht hatte sich zerschlagen. Und der DNA-Vergleich hat nun ergeben, dass es sich in beiden Fällen um den gleichen Täter handelt.«

»Und warum ist der Krasek damit raus?«

»Weil er zum Zeitpunkt des ersten Mordes wegen schwerer Körperverletzung im Gefängnis saß.«

»Also fangen wir wieder von vorne an.«

»So sieht es aus. Aber wir kriegen ihn, egal, wer es ist!«

Karlsberg warf Frank Berndorf einen Seitenblick zu. »Sag mal, Frank, täusche ich mich oder nimmst du den Fall persönlich?«

»Was meinst du damit?«

»Dass das Opfer oder vielmehr beide Opfer deiner Tochter verblüffend ähnlich sind und du als Vater aus einer ganz verständlichen Angst heraus vielleicht nicht mehr so distanziert an die Sache herangehst, wie du solltest. Ich kann dich von dem Fall abziehen, wenn er dich zu sehr belastet.«

Frank Berndorf biss die Zähne aufeinander. »Nein. Natürlich habe ich Angst um Luisa. Welcher Vater hätte das nicht an meiner Stelle? Aber es ist für mich mehr ein Ansporn. Wenn ich das Gefühl bekomme, mich nicht mehr im Griff zu haben, sage ich Bescheid. Versprochen.«

»In Ordnung. Unterstützung bekommst du aber trotzdem. Das Profilerteam vom Landeskriminalamt ist genehmigt. Nächste Woche kommen vier Leute – wäre schön, wenn ihr bis dahin alle Unterlagen für sie vorbereitet hättet.«

»Kein Problem, könnten sie sofort haben. Sind es dieselben wie beim letzten Mal?«

»Ich weiß es nicht, noch habe ich keine Namen.«

Frank Berndorf freute sich schon darauf, wieder mit den Kollegen vom LKA zusammenarbeiten zu können. Es war faszinierend, wie die psychologisch geschulten Spezialisten allein durch Analyse des Tathergangs sowie der vorliegenden Indizien und Beweismittel ein Täterprofil erstellen konnten. Dank der Arbeit der Profiler hatten sie vor zwei Jahren den Raubmord an einem allein lebenden Rentner aufklären können.

Die Stimme des Staatsanwalts unterbrach seine Gedanken.

»Wie lautet denn deine Theorie zu den beiden Morden?«

»Was ich mit Sicherheit glaube, sagen zu können, ist, dass zwischen den beiden Opfern keine direkte Verbindung besteht – abgesehen von ihrem äußeren Erscheinungsbild und dem Umstand, dass beide hier aus der Gegend stammen. Ansonsten: unterschiedliches Alter, unterschiedliche Lebensumstände, unterschiedlicher Freundeskreis. Bisher nichts, was auf einen gemeinsamen Nenner schließen lassen würde. Trotzdem deutet vieles darauf hin, dass beide den Täter gekannt haben und freiwillig mit ihm mitgegangen sind. Sie waren zunächst völlig ahnungslos.«

»Warum bist du dir da so sicher?«

»Der Tathergang ist beide Male ganz ähnlich: Annika Willmers wurde in einem Gebüsch neben einem Radweg ermordet, Milena Sarkowsky hinter einem mit einer Plane verhängten Bauzaun. An beiden Tatorten ließen sich keinerlei Hinweise darauf finden, dass sie gewaltsam verschleppt wurden, keine Schleifspuren, kein abgerissener Knopf oder sonst etwas. Erst an der Stelle, an der sie umgebracht wurden, haben sie sich gewehrt. Sie müssen ihren Mörder gekannt und ihm vertraut haben.«

»Persönliche Motive wie Rache oder Eifersucht kann man vermutlich ausschließen. Alles scheint auf einen Triebtäter hinzudeuten. Habt ihr schon überprüft, ob vorher jemand engen Kontakt zu den beiden Opfern gesucht oder sie vielleicht sogar belästigt hat?«, warf Dr. Karlsberg ein.

»Natürlich. Aber weder die Familie noch die Freundinnen von Annika Willmers konnten uns etwas Konkretes sagen. Allerdings meinte ihre Schwester, Annika hätte es ihr bestimmt erzählt, wenn sie sich belästigt gefühlt hätte. Die beiden hatten ein sehr vertrautes Verhältnis.«

»Also stochern wir noch im Nebel herum«, sagte der Staatsanwalt verdrießlich.

»Nicht ganz. Im Prinzip kennen wir den Täter. Wir müssen ihn nur finden, auch wenn das leichter gesagt als getan ist. Wir haben seinen genetischen Fingerabdruck, wir wissen bereits von einigen seiner Vorlieben und Eigenheiten – und dank der Kollegen vom LKA werden wir bald ein griffiges Profil haben. Vielleicht haben wir bisher ein entscheidendes Detail übersehen oder vielleicht macht er bald einen Fehler – und dann haben wir ihn.«

»Aber wir dürfen uns nicht zu lange Zeit lassen. Wenn es ein Serientäter ist, dann hat er sein nächstes Opfer vielleicht schon im Visier.«

SIE WAR SO hübsch. Aus dem Fenster im zweiten Stock sah er zu, wie sie mit ihren Freundinnen über den Schulhof schlenderte. Sie lachte, schüttelte temperamentvoll ihre blonde Lockenmähne. Ja, der Wechsel war die richtige Entscheidung gewesen. Jetzt konnte er ihr nahe sein, fast jeden Tag. Er wollte sie kennenlernen. Sie sollte ihn ansehen mit ihren blaugrünen Augen, so wie sie diesen anderen angesehen hatte. Sie sollte ihn anlachen mit diesem so unwahrscheinlich strahlenden Blick.

Sie war ein Engel. Sie war *sein* Engel. Und wenn die Zeit gekommen war, würde sie es begreifen.

12

Das erste Treffen für das Musical-Projekt wurde von allen mit Spannung erwartet. Nele hatte als Nachrückerin doch noch einen Platz bekommen, womit der Streit zwischen ihr und Luisa sofort vergessen war. Jetzt warteten sie mit all den anderen vor der Schulturnhalle darauf, dass Oliver Hartmann, seit zwei Jahren Musiklehrer am Cäciliengymnasium und Leiter des Projekts, erschien.

Die Tür wurde von innen aufgeschlossen, Luisa und Nele drängten mit den anderen in die Halle.

»Wenn der Hausmeister sieht, dass wir mit Schuhen hier rumlatschen, kriegt er einen Anfall«, meinte Luisa.

»Zumindest dürfte das dann einer der letzten Anfälle von Perger sein. Wir kriegen einen neuen Hausmeister, habe ich gehört. Ich glaube, ich hab ihn sogar schon rumrennen sehen mit seinem Werkzeugkoffer.«

»Und wie sind die Prognosen?«

»Sehr viel jünger ist er auf jeden Fall. Und ganz nett sieht er auch aus.«

»Hallo Luisa«, sprach sie jemand von der Seite an.

»Paul! Was machst du denn hier? Ich dachte, du bist in diesem Robotik-Kurs?«

»Ich hab's mir anders überlegt. Hier haben sie noch Techniker für den Sound und das Licht gesucht. Ich dachte, das ist mal was anderes.« Er wollte noch etwas sagen, aber Luisa hatte sich schon wieder umgedreht und wurde vom Strom der Schüler in eine andere Richtung geschwemmt.

Es dauerte eine Weile, bis jeder einen Platz auf den ausgelegten Matten gefunden hatte und Ruhe einkehrte. Luisa ließ ihre Blicke über die Schar der Köpfe wandern, um zu schauen, wer noch alles im Team war. Plötzlich zuckte sie zusammen. Sie stöhnte. »Oh nein!«

»Was ist denn los? Bekommst du schon Lampenfieber?«

»Nein. Schau mal, wer da ist.« Luisa zeigte auf eine kleine, etwas abseits sitzende Gruppe. »Marvin!«

»Die Schulband. Wir sind vielleicht zwei Spezialisten! Das hätten wir uns aber auch gleich denken können.«

Marvin war der Bassist der Band. Betont lässig lehnte er an der Wand.

»Wann erlöst mich endlich ein guter Geist von diesem Typen? Der taucht überall auf, wo ich gerade bin.« Luisa stöhnte.

»Wahre Liebe.«

»Wahre Einbildung, würde ich eher sagen. Oh, es geht los!«

Oliver Hartmann begrüßte alle und erklärte den Ablauf. »… Wir werden euch heute in vorläufige Gruppen einteilen, weil ihr so viele seid. In den ersten drei Wochen werden wir dann die Rollen verteilen. Wir versuchen natürlich, eure Wünsche zu berücksichtigen, aber am Ende ist selbstverständlich entscheidend, wo eure Stärken liegen.«

Nele und Luisa warteten gespannt darauf, welcher Lehrer ihre Gruppe leiten würde.

»Ich glaub, ich träume!« Luisa schnappte nach Luft, als ein athletisch gebauter junger Mann federnd auf die improvisierte Bühne sprang und sich als ihr Dance-Coach vorstellte. »Wow, das habe ich mir gleich gedacht, dass der kein normaler Sportlehrer ist.« Nicht nur Nele, auch die anderen Mädchen waren von dem attraktiven Tänzer sofort hin und weg.

Oliver Hartmann wartete lächelnd ab, bis sich die Aufregung in der Halle gelegt hatte. »Unser neuer Kollege, Jason Grand, wird uns bei unserem Projekt unterstützen. Ich freue mich sehr, dass er sich bereit erklärt hat, mit uns zu arbeiten. Aber ich warne euch gleich: Er ist ein echter Profi und er wird eine Menge von euch verlangen. Er wird die Tänzer betreuen.«

»Bin ich froh, dass ich nicht singen kann«, meinte Nele, als sie später zur Bushaltestelle gingen. »Stell dir vor, wir kämen nicht in die Tanzgruppe. Ich würde mir ja in den Hintern beißen!«

»So gelenkig bist du nicht«, kommentierte Luisa trocken. »Ich bin mir mittlerweile gar nicht mehr so sicher, ob ich begeistert sein soll. Wenn der zuguckt, traue ich mich keinen Schritt zu machen! Da kann ich mich doch nur blamieren. So jemand wie Vera, die seit hundert Jahren Ballettunterricht hat, gut. Aber ich …«

»Ich glaube nicht, dass der bei uns die großen Tanz-Stars erwartet. Und außerdem: Besser als diese Speckrolle von Lydia bist du schon lang!«

»Jetzt hack mal nicht wieder auf Lydia rum. Ja, sie ist fett. Aber sonst ist sie ja ganz okay.«

»Lässt du jetzt schon wieder die Sozial-Tante raushängen? Wenn du dich um alle Loser kümmern willst, dann solltest du in der Bahnhofsmission jobben.«

»Oh Nele, nicht schon wieder! Kann man zurzeit überhaupt nicht normal mit dir reden?«

»Also ich bin normal.« Nele zog ein schnippisches Gesicht. »Du tust doch die ganze Zeit, als wärst du was Besseres.«

Als Luisa sich zu Hause an ihren Schreibtisch setzte und den Computer hochfuhr, war sie immer noch verärgert. Sie konnte nicht verstehen, warum Nele in letzter Zeit so streitsüchtig war. Nur an dem Ärger mit David konnte es doch nicht liegen, oder? Sie grübelte darüber nach, während sie sich bei Facebook einloggte. Da sie kein Smartphone besaß, war sie längst nicht so oft in diesem Netzwerk unterwegs wie die meisten ihrer Bekannten. Auf die ständigen neuen Freundschaftsanfragen reagierte sie nur sehr selten. Die meisten der Namen und komischen Spitznamen sagten ihr ohnehin nichts. Am Ende verbarg sich hinter dem einen oder anderen noch irgendein perverser Spinner. Doch die Anfrage einer Carina, die zusätzlich mit einer Nachricht versehen war, weckte ihre Neugierde.

Hallo Luisa. Ich weiß nicht, ob du dich noch an mich erinnerst, aber wir waren in den Ferien zusammen auf der Sprachfreizeit. Ich suche lustige Fotos von der Freizeit für eine Collage. Hast du welche? Wenn du Lust hast, meld dich doch einfach mal. Tschüs. Carina.

Carina? Dass ein Mädchen von einer anderen Schule mit diesem Namen dabei gewesen war, daran erinnerte sie sich noch. Aber wie hatte sie doch gleich wieder ausgesehen? War das vielleicht diese unscheinbare Maus mit den braunen Haaren und der Brille gewesen oder doch die mit der Reggae-Mütze? Luisa fiel erst jetzt auf, dass sie nur wenig engeren Kontakt mit anderen außerhalb der Clique um Anja, Emma, Frieda und natürlich Philippe gehabt hatte. Maxime war ab und zu noch dabei gewesen und, ach ja, und Paul. Aber der, wie auch Marvin und seine Truppe, zählten nicht wirklich.

Sie verfasste eine Antwort an Carina und bot an, dass sie gerne mal Fotos austauschen könnten, dann widmete sie sich ihrer wöchentlichen Mail an Philippe. Sie musste ihm unbedingt von dem ersten Tag des Musical-Projekts erzählen und ihrem Frust über Nele Luft machen.

NICHT WEIT ENTFERNT loggte sich ein anderer User zufrieden aus seinem Facebook-Account aus. Es war viel leichter gewesen, sich mit ihr »anzufreunden«, als er befürchtet hatte. Mit so viel Glück hatte er gar nicht gerechnet.

Freundinnen erzählen sich alles. Carina würde ihr Vertrauen gewinnen und er würde mit der Zeit alles über sie erfahren. Stück für Stück. Er hatte Zeit. Viel Zeit.

13

Am darauffolgenden Dienstag hatte Luisa Mühe, sich auf den Unterricht zu konzentrieren. Nach der Mittagspause würde die erste Probe stattfinden. Vor lauter Aufregung brachte sie beim Mittagessen kaum einen Bissen hinunter. Nele ging es da nicht anders. Beide schoben den halb vollen Teller von sich, obwohl es an diesem Tag eins ihrer Lieblingsgerichte in der Mensa gab: Tortellini in Sahnesauce. Auf dem Weg zur Turnhalle verschwand Nele noch einmal auf die Toilette, um sich die Wimpern neu zu tuschen.

»Wir gehen nicht zum Modeln, sondern zum Tanzen«, meinte Luisa, als Nele endlich fertig war.

»Das sagst du so einfach. Aber der erste Eindruck entscheidet. Und ich will schließlich nicht in der letzten Reihe landen. Vergiss nicht, heute werden die Rollen verteilt.«

»Als ob ich das vergessen könnte. Aber gegen dich habe ich sowieso keine Chance«, jammerte Luisa.

»Quatsch. Wer hat denn mal einen Tanzkurs gemacht. Du oder ich?«

Schon nach der ersten Stunde waren alle schweißgebadet.

»Ich sterbe«, stöhnte Nele, »allein schon, wenn ich an meinen Muskelkater morgen denke!«

»Und ich erst! Ich wusste gar nicht, wo ich überall Muskeln habe.« Luisa rieb sich ihre schmerzenden Füße. »Wie hält das Vera eigentlich aus – die ganze Zeit so rumzuhopsen und dabei noch so eingefroren zu grinsen?«

»Das lernt man als Erstes in der Ballettschule. Das kenne ich von meiner Schwester. Oh verdammt, es geht weiter.«

Nach drei anstrengenden Stunden rief Oliver Hartmann alle Beteiligten zusammen. »Wir haben jetzt schon eine ungefähre Vorstellung, wer auf welche Position passen könnte.« Er nickte Jason Grand zu, der nacheinander auf die einzelnen Schüler deutete:

»Du, du und du, euch hätte ich gerne in der Breakdance-Gruppe. Und du … Wie war noch gleich dein Name?«

»Luisa.«

»Luisa. Es gibt eine Rolle, in die du perfekt passen würdest: Angelina. Das ist die Schwester des Anführers der Reds.«

»Aber ich kann doch gar nicht so gut tanzen.«

»Für diese Rolle musst du vor allem Schauspielern können. Und das mit dem Tanzen kriegst du hin. Deine Stimme ist auch okay. Hast du schon mal im Chor gesungen?«

Luisa nickte. Sie brachte kein Wort heraus. Die Angelina war eine der Hauptrollen!

»Dann ist ja alles bestens. Also dann bis zum nächsten Mal, Luisa, oder vielmehr: Angelina.«

Mit glühenden Wangen ging Luisa in die Umkleide. Nele war eine der Letzten, die noch im Raum war. Die meisten anderen beeilten sich, den Bus zu erreichen, doch Luisa war es egal, dass sie eine dreiviertel Stunde auf den nächsten warten musste. Sie war einfach glücklich.

»Ich glaube es nicht. Ich bekomme eine Hauptrolle, stell dir das mal vor!«, plapperte sie wohl schon zum zwanzigsten Mal, während Nele schweigend in ihre Schuhe schlüpfte. »Das ist doch genial, oder nicht?«

»Ja, ja. Wie schön für dich, Miss Superstar.«

»Oh Mann, Nele, jetzt sei doch nicht eifersüchtig. Ob du oder Vera die Rolle der Sandra bekommen, ist doch noch gar nicht raus. Ehrlich – du warst viel besser als Vera. Die kann zwar tanzen, aber ansonsten ist sie so blass wie Grießbrei.«

»Luisa, halt jetzt einfach mal die Klappe, ja? Ich bin nicht eifersüchtig, nur genervt. Neben dir kommt man sich auf die Dauer wie der größte Depp vor. Demnächst wird Superwoman sogar noch für den Film entdeckt.«

Bevor Luisa etwas erwidern konnte, klopfte es an der Tür. »Hallo die Damen, seid ihr bald fertig? Ich will zuschließen.«

Nele riss die Tür auf. Doch bevor sie davonstürmte, drehte sie sich noch einmal um. »Weißt du, Luisa, manchmal bist du echt schwer zu ertragen!«

»Das könnte ich genauso von dir sagen«, rief ihr Luisa hinterher. Wenn sie so weitermachte, dann konnte ihr Nele bald gestohlen bleiben! Sie packte ihren Kram zusammen und stampfte wütend aus der Kabine.

Im Gang stand ein Mann mit kurz geschnittenen dunklen Haaren in Monteursjacke und mit einem Schlüsselbund in der Hand. Er lächelte sie an. »Tschüss, Luisa. Schönen Nachmittag noch.«

»Kennen wir uns?«

»Ich bin der neue Hausmeister. Euer Gespräch eben war nicht zu überhören – dein Name auch nicht.«

»Wiedersehen.« Ein wenig verwirrt schlüpfte Luisa an ihm vorbei und lief ins Freie. Der Typ kam ihr irgendwie bekannt vor, genau wie seine Stimme. Nur woher? Und warum tat er so freundschaftlich?

Ach, egal, dachte sie, was für ein Tag!

Zu Hause erwartete sie eine Nachricht ihres Vaters auf dem Anrufbeantworter. Er hatte noch eine Besprechung mit dem Profilerteam vom Landeskriminalamt und es würde wieder einmal spät werden. Sie solle alleine zu Abend essen.

Diese Art von Nachrichten war Luisa gewohnt, aber trotzdem war sie enttäuscht. Zu gerne hätte sie ihrem Vater von der ersten Probe erzählt, und natürlich davon, dass sie eine Hauptrolle bekommen hatte. Das war doch eigentlich ein Grund zum Feiern. Zu blöd, dass Nele so mies drauf war, sonst hätten sie noch ins Kino gehen können. Helen, mit der sie sonst öfter etwas unternahm, wohnte leider zu weit außerhalb, da fuhr abends kein Bus mehr. Aber vielleicht war sie ja gerade online.

Als Luisa ihre Facebook-Startseite öffnete, bemerkte sie eine neue Nachricht von Carina.

Hi Luisa. Denkst du noch an die Fotos? Wie war dein Tag?

Mist. An die Fotos hatte sie nicht mehr gedacht. Luisa ließ ihre Finger über die Tasten huschen.

Sorry. Vergessen. Aber seit letzter Woche war die Hölle los.

Schule?

Auch. Aber irgendwie habe ich zurzeit ständig Zoff mit meiner besten Freundin. Die ist eifersüchtig oder neidisch, ich weiß auch nicht.

Wegen einem Typen?

Nee, nicht nur, alles Mögliche. Sogar, dass ich in unserem Schulmusical eine Hauptrolle spielen darf, ätzt sie an.

Kenn ich deine Freundin?

Glaube nicht. Nele war bei der Freizeit nicht dabei.

Klingt nicht gerade nach allerbester Freundin.

Ach was. Wir kennen uns schon ewig und sie zickt öfter mal rum. Aber es nervt total. Sorry, dass ich dir hier was vorkotze.

Kein Problem. Immer gerne. Denkst du noch an die Fotos?

Klar. Mach ich gleich morgen oder übermorgen.

Bevor sie den Rechner herunterfuhr, lud Luisa die Fotos der Freizeit von der Speicherkarte ihres Handys auf die Festplatte und blätterte sie durch. Bei einem Bild vom Picknick in der ersten Woche hielt sie inne. Sie erinnerte sich: Das musste Carina sein, das Mädchen mit der bunten Mütze, das aussah, als wollte es sich vor der Kamera hinter einer Colaflasche verstecken. Sie sah eigentlich ganz nett aus. Es war auf jeden Fall schön gewesen, mit ihr zu chatten.

14

»Wir müssen unsere Probenzeiten um eine Stunde nach hinten verschieben. Sorry, geht nicht anders«, empfing Oliver Hartmann die Musicalgruppe bei ihrem nächsten Treffen. Einige murrten, vor allem die Fahrschüler von außerhalb, die Schwierigkeiten hatten, so spät noch mit dem Bus nach Hause zu kommen.

»Das hat mir gerade noch gefehlt«, brummte Nele. »Ich hab schon genug mit der Schule zu tun.«

Plötzlich stand Marvin neben Luisa. »Das wird aber spät werden, bis die Proben aus sind. Dann wird's ja schon dunkel. Brauchst du nicht jemanden, der dich nach Hause bringt?«

»Willst du wirklich wissen, was ich von deinem Vorschlag halte?«, entgegnete Luisa.

»Ich kann dich ja begleiten«, mischte sich völlig unerwartet Paul von der Seite ein.

»Du? Seit wann willst du jemanden beschützen? Du kannst ja nicht mal auf dich selbst aufpassen. Nicht auszudenken, wenn dem kleinen Bubi was passiert!«, höhnte Marvin.

»Damit ihr es nur wisst: Ich komme sehr wohl alleine klar!« Genervt wühlte sich Luisa durch das Gedränge nach draußen. Die sind alle verrückt geworden, alle!, dachte sie.

Nach der nächsten Probe war es tatsächlich schon dunkel, als sie aus der Halle kamen. »He Luisa, kommst du nicht mit zum Bus?«, rief ihr ein Mädchen mit schwarzen Haaren zu.

»Heute nicht. Ich will noch zum Second-Hand-Laden und da nehme ich die Abkürzung am Sportpark vorbei. Zu Fuß bin ich schneller.«

Sie hatte kaum den überdachten Fahrradständer vor der Sporthalle passiert, als sich von hinten zwei Hände um ihren Hals legten und leicht zudrückten. Erschrocken versuchte sie sich loszureißen, aber die Person hinter ihr hielt sie fest. Reflexartig griff sie in ihre Tasche, doch im selben Augenblick fiel ihr ein, dass die Dose mit dem Pfefferspray zu Hause auf ihrem Schreibtisch stand.

»Na, suchst du 'ne Knarre?« Marvin grinste sie breit an.

»Mann, hast du mich erschreckt. Was willst du denn?«

»Dich begleiten. Ist doch gefährlich, so ganz allein auf diesem einsamen Weg.« Er grinste anzüglich.

»Ich hab dir schon mal gesagt, ich kann alleine auf mich aufpassen, und jetzt lass mich in Ruhe.«

»Warum denn so grob, ich mein es doch nur gut.« Er legte den Arm um sie; Luisa stieß ihn zurück. »Auf einmal so schüchtern? Wenn dieser Jason seinen Arm um dich legt, wehrst du dich doch auch nicht.«

»Das ist ja wohl was anderes. Der macht das nur, wenn er mir einen Tanzschritt zeigen will.«

»Träum weiter, Baby. Was meinst du, warum der dich angrapscht? Magst du so was?« Er zog sie näher.

»Du spinnst ja total. Lass mich los! Lass mich los, habe ich gesagt! Ich schreie!«

Doch bevor Luisa ihre Drohung wahr machen konnte, tauchte unvermittelt ein Fahrradfahrer vor ihnen auf. Marvin lockerte ertappt seinen Griff. Luisa riss sich los und rannte den kurzen Weg bis zur Hauptstraße. Selten hatte sie sich so sehr über den dichten Autoverkehr gefreut wie heute – nur nicht alleine sein.

Sie atmete auf und zwang sich, sich nicht umzusehen. Nie wieder würde sie ohne ihr Pfefferspray aus dem Haus gehen. Und das nächste Mal würde Marvin die volle Ladung abbekommen, das schwor sie sich.

Zu Hause angekommen, donnerte sie ihre Tasche in eine Ecke und setzte sich an ihren Schreibtisch. Ihr erster Reflex war, Nele anzurufen, um ihrem Ärger Luft zu machen. Aber die würde bestimmt wieder denken, dass sie sich aufspielen wollte, deshalb ließ sie es bleiben. Während sie noch vor sich hin grübelte, hatten ihre Finger automatisch den Computer hochgefahren. Zum Glück war Carina online, wie fast jeden Abend in den letzten Wochen.

Schade, dass sie nicht in der Nähe wohnt, dachte Luisa. Sonst hätten sie sich auch einmal treffen können. Aber gut, chatten war auch okay.

Immer noch aufgebracht beschrieb Luisa, wie Marvin sie gepackt und fast nicht mehr losgelassen hatte.

Das ist so ein Idiot! Was soll ich denn noch tun, damit er mich in Ruhe lässt? Irgendjemand müsste dem mal so richtig eine verpassen.

NUR WENIGE KILOMETER entfernt las ein Paar aufmerksamer Augen zunehmend beunruhigt Luisas Nachricht. Bei dem Gedanken, dass dieser Marvin sie angefasst hatte, krampfte sich ihm der Magen zusammen.

Was wäre passiert, wenn der Fahrradfahrer nicht gekommen wäre? Wenn Luisa sich nicht hätte losreißen können? Ja, sie hatte recht: Jemand musste Marvin eine Lehre erteilen, ihn bestrafen. Vor allem aber musste jemand Luisa beschützen. Sie war so arglos.

Verstand sie nicht, dass die Welt böse war?

Nein, nicht irgendjemand sollte sie beschützen. *Er* würde es tun.

Sie war ein Engel. Sein Engel. Und er würde ihr Schutzengel sein. Wenn sie erst zusammen waren, würde ihr nie wieder etwas Schlimmes passieren.

15

In der letzten Woche vor der Uraufführung des Musicals nahm die Spannung weiter zu. Sie probten jetzt jeden Tag in der Schulturnhalle. Sie hatten sogar einen eigenen Raum zugewiesen bekommen, in dem sie dauerhaft ihre Sachen lagern konnten. Einerseits war das praktisch, andererseits herrschte dort bei so vielen Beteiligten absolutes Chaos. Die Bänke und wenigen Kleiderständer reichten bei Weitem nicht. Schuhe, Klamotten und Taschen türmten sich auf dem Boden, dazwischen kullerten Getränkeflaschen und leere Kekspackungen durch die Gegend.

Luisa stopfte ihre Sachen so gut es ging in eine Plastikkiste. Obenauf warf sie ihren Schal und ihre Handschuhe, auf die sie ihre Handtasche stellte. Ihre Wertsachen nahm sie mit in die Halle. Schließlich war die Garderobe während der Proben nicht abgeschlossen. Ein Dieb hätte leichtes Spiel gehabt, sich unbemerkt zu bedienen. Bisher waren zwar alle vermissten Handys oder Geldbörsen in dem ganzen Chaos wieder aufgetaucht, aber Luisa wollte nicht die Erste sein, die tatsächlich beklaut wurde.

»Wo bleibt denn Jason?«, wunderte sich Luisa, als der Tanz-Coach nach einer Viertelstunde immer noch nicht aufgetaucht war.

»Steht im Stau. Hat Oli vorhin gesagt«, gab ihr Nele zur Antwort. Seit einiger Zeit redeten sie wieder ganz normal miteinander.

Luisa schlenderte zur Bühne, wo die Techniker bereits am Aufbauen waren, und blieb bei Paul stehen, der Scheinwerfer verkabelte und einstellte. »Hi Paul. Und? Gefällt dir das besser als der Roboter-Kurs?«

Paul lächelte schüchtern, wie immer, wenn er sich mit Luisa unterhielt. »Klar. Macht Spaß. Mit der Musik und dem Licht hier, das ist cool.«

»Paul«, rief jemand aus dem Hintergrund, »den zweiten Strahler höher. Und mehr zur Bühnenmitte ausgerichtet.«

»Okay«, brüllte Paul zurück.

Luisa spähte in die Richtung, aus der sie die Stimme gehört hatte. Sie entdeckte den Hausmeister der Schule, der gerade damit beschäftigt war, Kabel zu sortieren.

»Ich weiß nicht, jedes Mal wenn ich den sehe, habe ich das Gefühl, ihn zu kennen. Aber ich komme nicht drauf, woher!«

Paul lachte schallend. »Na und ob du den kennst! Das ist doch Michael, unser Busfahrer von der Französisch-Freizeit. Hast du ihn nicht erkannt?«

Luisa war völlig verblüfft. »Nein, absolut nicht. Der sieht ja ganz anders aus als im letzten Sommer. Wie kommt der auf einmal an unsere Schule? Hat das Busunternehmen ihn rausgeschmissen?«

»Quatsch. Michael ist ganz in Ordnung. Kennt sich echt gut aus mit Bühnentechnik. Eigentlich ist er gelernter Elektriker, hat er mir erzählt, und war früher bei einer Band für den Sound zuständig. Das Busfahren hat er nur zwischendurch gemacht, weil er die Kohle gebraucht hat. Hausmeister ist aber wohl bequemer. Da muss er nicht mehr so viel an den Wochenenden oder nachts arbeiten.«

»Verrückt. Ich wusste ja immer schon, dass Lensburg ein Dorf ist.«

In diesem Moment stürmte Jason Grand herein. »Sorry, dass ich so spät komme. Wir fangen sofort an. Habt ihr euch schon aufgewärmt? Also, alle Leute von Szene elf auf die Bühne, bitte. Oli, ist die Band bereit? Ich hoffe, ihr habt die Stelle vom letzten Mal jetzt besser im Griff.«

Alle Augen richteten sich auf Oliver Hartmann, der wortlos den Daumen hob. Luisa versuchte, dem Blick von Marvin auszuweichen, der direkt hinter dem Lehrer stand und sie anstarrte. Seit dem Vorfall neulich hatten sie kein Wort mehr miteinander gewechselt. Aber Luisa kam es so vor, als ob er sie bei jeder Gelegenheit beobachtete. Ihr war nicht wohl, wenn er in der Nähe war.

Völlig verschwitzt zog sie nach der Probe ihr T-Shirt aus. Zu dumm, dass es hier keine Duschen gab. Jetzt, kurz vor Weihnachten, war es empfindlich kalt geworden, die Temperaturen kletterten auch tagsüber kaum über die Frostgrenze. Sie schlüpfte schnell in trockene Kleider und warf ihre Probenklamotten in ihre Sporttasche.

»Verdammt, hat eine von euch meinen Schal gesehen?«, fragte sie in die Runde. Luisa hatte keine Lust, sich so kurz vor dem ersten Auftritt eine Erkältung zu holen. Dieses Chaos hier war die reinste Hölle. Letzte Woche hatte sie bereits einen Handschuh verloren, vor zwei Wochen eine Socke – und jetzt ihren Schal.

»Hier, ich hab noch ein zweites Halstuch dabei, das kannst du bis morgen haben«, rief ihr eins der anderen Mädchen zu.

»Danke!« Luisa band sich das grellbunt gestreifte Tuch um und ging zurück in den Saal. Heute war noch eine kleine Party angesagt. Oliver Hartmann hatte Geburtstag und ein paar Getränke und belegte Brötchen besorgt.

»Wo bleibt der Sekt?«, rief jemand.

»Den gibt's erst nach der Premiere«, brüllte jemand zurück. Evi und Larissa hatten sich untergehakt und tanzten einen ausgelassenen Cancan zu einer wilden Rocknummer vom Band. Die Platten mit den Brötchen waren in Nullkommanichts geplündert, Luisa sicherte sich eine zweite Cola.

»Die fressen ja wie die Raupen«, lachte Nele, obwohl sie selbst noch kaute und nach den versprochenen Chips-Tüten Ausschau hielt. So fröhlich hatte Luisa sie schon lange nicht mehr erlebt. Das war die alte Nele, die sie kannte und schmerzlich vermisst hatte. Sie tanzten und lachten, bis sie nicht mehr konnten.

»Uff, ich glaube, ich muss mal kurz an die frische Luft. Das ist ja die reinste Sauna hier drin«, stöhnte Nele.

»Draußen ist es mir zu kalt.«

»Los komm schon, du Weichei. Nur einen Augenblick. Sonst ersticke ich.«

Die beiden schlüpften durch einen Nebeneingang ins Freie. Eine Laterne mühte sich, den dichten Nebel mit ihrem Lichtschein zu durchdringen. Ein Stückchen abseits stand eine Gruppe Menschen, die in dem diffusen Licht nur schemenhaft zu sehen waren.

»Wer ist das denn?« Luisa strengte ihre Augen an, um etwas zu erkennen.

»Der Große da ist Marvin. So rülpst kein anderer. Und die übrigen sind bestimmt seine Kumpels von der Band.« Sie hörten Glas klirren.

»Die haben sich was zu trinken besorgt. Jede Wette, dass das kein Saft ist, was die in ihren Flaschen haben.«

»Wenn der Hartmann sie erwischt, kriegen sie Ärger«, meinte Nele.

»Meinst du? Die stehen außerhalb des Schulgeländes und die Proben sind auch schon lange aus. Was soll er denn machen? Er kann höchstens ihre Eltern verständigen – oder die Polizei, falls sie so dämlich sind und mehr als nur Bier mitgebracht haben.«

»Macht der nicht. Aber er wird sie sich bestimmt vorknöpfen. Huh, komm, wir gehen wieder rein, das ist ja saukalt hier draußen.«

Drinnen hatte jemand das Licht gedimmt.

»Geh du schon mal vor«, schrie Luisa Nele über den Lärm der Musik hinweg zu. »Ich muss mal aufs Klo.« Sie tastete sich durch den dunklen Gang zu den Toiletten.

»Wenigstens hier hätten sie das Licht anlassen können!«, schimpfte sie leise vor sich hin. Plötzlich hielt sie jemand von hinten fest und zog sie grob an sich.

»Hallo, Angelina, Engelchen. So allein unterwegs?« Eine Wolke von Schnapsdunst schlug Luisa entgegen.

»Marvin, du Ekel! Lass mich sofort los, du bist ja besoffen!«

»Erst wenn du mir ein Küsschen gegeben hast. Du weißt ja gar nicht, was dir entgeht. Ich bin der Beste, das sagen alle.«

»Davon träumst du. Lass mich los!« Sie schlug nach ihm. Doch der Griff um ihren Arm war wie ein Schraubstock. Marvin drängte Luisa in den Lagerraum und trat die Tür hinter ihnen zu. Luisa versuchte vergeblich, sich von ihm zu befreien. Angst schnürte ihre Kehle zu. Sie wollte schreien, brachte aber keinen Laut heraus.

»Na komm schon, wir werden viel Spaß haben. Darauf habe ich schon lange gewartet!« Er riss Luisa an sich, presste seinen Mund auf ihren. Mit einer Hand versuchte er, unter ihren Pullover zu kommen. Luisa wand sich, wehrte sich. Sie bekam sein Ohr zu fassen und grub ihre Fingernägel in die Haut. Mit einem Schmerzensschrei ließ er sie frei. »Na warte, das wirst du mir büßen, du Hexe!«

Doch bevor er sie wieder packen konnte, flog die Tür auf. »Was ist denn hier los? Was treibt ihr zwei hier drinnen?«

Luisa schluchzte auf. In diesem Augenblick kam ihr Michael, der auf der Schwelle stand, wie der rettende Engel in der Not vor. »Er ist betrunken. Er wollte –«

»Gar nichts wollte ich. Das war nur Spaß«, fiel Marvin ihr ins Wort.

»Ein Spaß, der gründlich danebengegangen ist. Das kann man nämlich auch ganz anders deuten, mein Freund. Ich überlasse es Luisa, ob sie dich anzeigt. Meine Unterstützung hätte sie. Und jetzt verschwinde, aber sofort! Und wenn ich dich noch mal bei einer Schulveranstaltung mit Alkohol erwische, knallt's. Ist das klar?«, donnerte Michael.

»Das traust du dich nie!«, höhnte Marvin.

»Raus jetzt, zum letzten Mal!« Michael ging drohend auf Marvin zu.

Luisa nutzte die Gelegenheit, um in den Gang zu flüchten. Sie wollte nicht zurück in den Saal, wo die anderen immer noch feierten. Nur weg von hier. Nur nach Hause. Auf dem Weg zur Garderobe, wo ihre Tasche und ihre Sachen waren, stieß sie mit Paul zusammen.

»Luisa, was ist denn passiert?«, fragte er erschrocken, als er ihr tränenverschmiertes Gesicht sah.

»Nichts, gar nichts. Mir geht's nicht gut«, versuchte sie, ihn abzuwimmeln.

»Erzähl doch keinen Quatsch. Vor zehn Minuten warst du noch super drauf und jetzt …!«

»Marvin hat mich wieder mal genervt«, sagte sie kurz.

»Wo willst du denn hin?«

»Nach Hause.«

»Soll ich jemanden anrufen, damit er dich abholt?«

»Nee, lass mal. Ist schon okay. Der Bus hält ja direkt vor der Tür. Und wenn ich mich beeile, kriege ich den nächsten sogar noch.« Luisa ließ ihn einfach stehen und rannte in die Garderobe.

Paul schaute ihr nach. Es tat ihm weh, sie so zu sehen. Er hätte ihr gerne geholfen, so, wie sie ihm schon öfter geholfen hatte. Luisa war so anders als die anderen Mädchen. Sie machte sich nicht lustig über ihn. Bei ihr vergaß er manchmal sogar seine Schüchternheit.

Zu Hause schlüpfte Luisa als Erstes ins Bad. Das fehlte noch, dass ihr Vater sie so sah – verheult und mit schwarzen Mascara-Ringen um den Augen. Das Letzte, worauf sie jetzt Lust hatte, war ein väterliches Verhör. Sie wusch sich das Gesicht mit heißem und kaltem Wasser und rubbelte sich mit einem Handtuch ab. Nach einem prüfenden Blick in den Spiegel verließ sie das Badezimmer, schlich am Wohnzimmer, in dem ihr Vater schlafend vor dem Fernseher saß, vorbei in ihr Zimmer und legte sich ins Bett.

Doch an Schlaf war noch lange nicht zu denken. Luisa war noch viel zu aufgewühlt. Schließlich stand sie doch wieder auf und setzte sich an ihren Computer. Wie automatisch loggte sie sich bei Facebook ein und rief Carinas Profil auf, um ihr eine Nachricht zu schreiben.

Hallo Carina, du wirst langsam meine Kummertante. Sorry. Aber ich muss das unbedingt loswerden.

Luisa schilderte, wie Marvin sie regelrecht überfallen und bedrängt hatte, schrieb sich ihre Angst und Wut von der Seele. Alleine mit Marvin in diesem kleinen Raum hatte sie sich so schrecklich ausgeliefert gefühlt.

Was soll ich nur machen? Ich sehe den Typen dauernd – in der Schule, bei den Proben, in der Stadt. Ich habe echt Panik, dass der das noch mal versucht, auch wenn er heute Abend betrunken war und vielleicht nur deshalb so weit gegangen ist. Ich hätte gute Lust, meinem Vater davon zu erzählen. Michael, der neue Hausmeister, hat gesagt, er überlässt es mir, ob ich Marvin anzeigen will. Zum Glück war er gerade da. Aber so eine Anzeige ist doch ganz schön krass – ich weiß nicht, ob das nicht übertrieben wäre.

Und unseren Vertrauenslehrer kann ich nicht ausstehen. Ich gebe Marvin noch eine Chance. Aber sobald er mir noch einmal blöd kommt, ist er dran.

Habe ich dir das eigentlich schon erzählt? Michael, unser neuer Hausmeister, ist doch echt der Busfahrer von unserer Freizeit! Abgefahren, was? Ich mach Schluss, bin todmüde. Ich melde mich.

ER KLAPPTE SEIN Notebook zu. Marvin war zu weit gegangen. Er konnte die Angst und die Wut spüren, die aus Luisas Worten sprachen.

So konnte es nicht weitergehen.

Er musste Luisa beschützen, Marvin einen Denkzettel verpassen. Er fühlte sich für sie verantwortlich. Mehr und mehr.

Sie war etwas Besonderes. Nicht nur wegen ihrer blonden Locken, ihres Aussehens. Sie gehörte zu ihm, das spürte er.

Sie wusste es nicht, noch nicht. Aber sie würde es erkennen, wenn der richtige Moment gekommen war. Irgendwann.

Das hatte Zeit.

Zuerst musste er etwas erledigen.

Er wühlte in einer der Schubladen seines Schreibtischs. Gut verborgen unter einem Stapel von Papieren lagen die Bilder, Bilder mit immer dem gleichen Motiv: Engel. Er suchte eines davon heraus und öffnete den Dateiordner mit den Fotos des Musicalprojekts.

Mit ein paar raschen Klicks ließ er eines davon ausdrucken – eine Aufnahme von Luisa als Angelina. Sie hatte nicht bemerkt, dass er sie fotografiert hatte. Niemand hatte ihn und seine Kamera bemerkt.

Er öffnete eine leere Textdatei und schrieb: *Auch ein Engel braucht einen Schutzengel.* Gemeinsam mit den beiden Bildern schob er das Blatt mit den ausgedruckten Worten in einen weißen Umschlag und klebte ihn zu. Morgen würde sie ihn in Händen halten, ihn berühren.

Er legte den Brief an seine Wange.

Bald würde *er* es sein, den sie berührte!

16

An den letzten Tagen vor der Generalprobe war die Spannung innerhalb der Musical-Gruppe mit Händen greifbar. Immer noch feilten sie an Schritten, Gesangspassagen, am Einsatz. Aber Oliver Hartmann war alles andere als zufrieden. »Verdammt noch mal«, brüllte er, »das klingt schon wieder schräg. Benny, ich habe dir schon hundertmal gesagt, du sollst bei Takt achtundzwanzig verzögern. Und Marvin und Sven sind da völlig auseinander. Das steht doch alles in euren Noten!« Er schnaufte tief durch. »Es hilft nichts, so klingt das einfach Scheiße. Wir treffen uns morgen eine halbe Stunde früher als geplant und gehen das Ganze noch einmal durch. Am Anfang hattet ihr es doch, warum klappt das jetzt nicht mehr?«

»Wenn der so weitermacht, erlebt er die Premiere nicht mehr, der steht doch kurz vor einem Herzanfall. Mann. Der steigert sich richtg rein!«, flüsterte Nele Luisa zu.

»Wäre aber schlechte Werbung für uns. Eine Leiche auf der Bühne käme gar nicht gut.« Sie wusste nicht, wie recht sie damit haben sollte.

Als sie am nächsten Tag gegen sechs Uhr abends mit dem Bus zur Probe fuhren, sahen sie schon von Weitem die Blaulichter und den Menschenauflauf auf der Straße.

»Oh Gott, was ist denn da passiert?«, fragte Luisa erschrocken. Gemeinsam mit Nele stürmte sie aus dem Bus und lief zwischen den Einsatzfahrzeugen zum Eingang der Schule hinüber. Ein Polizist hielt sie auf.

»Sie können hier nicht durch. Gehen Sie bitte weiter.«

»Aber wir müssen da rein, wir führen da drin ein Musical auf. Was ist denn überhaupt los?«

»Bitte gehen Sie dort hinter die Absperrung, Sie behindern den Rettungsdienst.« Der Polizist war unerbittlich. Nele zog Luisa am Arm.

»Da hinten ist Hinricks. Los, vielleicht kann er uns was sagen!« Sie liefen zu dem massigen Kunstlehrer, der bleich und zitternd an einen Baum gelehnt stand.

»Herr Hinricks, was ist denn los? Was ist denn mit Ihnen?« Der Lehrer stand ganz offensichtlich unter Schock. Er schüttelte den Kopf und rang nach Worten.

»Ein Unfall, ein fürchterlicher Unfall. Marvin ist tot.«

»Marvin … ist tot? Aber was …?« Luisa schnappte entsetzt nach Luft, Nele ließ vor Schreck ihre Tasche fallen.

»Er hat nach seiner Gitarre gegriffen und sie am Verstärker angesteckt. Und dann gab es plötzlich einen Knall … Es … es rauchte, er schrie … Oh Gott! Und dann war er tot. Er ist tot!« Schluchzend schlug er sich die Hände vors Gesicht.

Wie in Trance ging Luisa durch die Menge. Das war ein Albtraum. Es musste ein Albtraum sein. Marvin tot.

Sie hatte ihn nicht leiden können, er hatte sie bedrängt, geradezu verfolgt. Sie hatte ihm zwar den Teufel an den Hals gewünscht, aber das nicht wirklich ernst gemeint. So etwas hatte niemand verdient. Auf dem Parkplatz neben dem Gebäude sah sie eine Gruppe Schüler stehen. Sie erkannte ihre Mitspieler und dazwischen Jason Grand. Selbst seine gebräunte Haut war wie mit einem grauen Schleier überzogen.

»... können nichts tun. Ihr geht jetzt nach Hause. Alle«, hörte sie ihn sagen, als sie näher kam. Aber Luisa wollte nicht nach Hause, dort war sie nur allein mit sich und ihren Gedanken.

»Kann ich mit zu dir?«, fragte sie Nele.

»Klar. Kannst auch bei mir übernachten.«

Luisa griff gerade nach ihrem Handy, um ihrem Vater Bescheid zu geben, da sah sie ihn mit einem Kollegen aus dem Seiteneingang der Halle zu einem Einsatzfahrzeug gehen. Sie lief zu ihm hin.

»Papa, was machst du hier?«

»Was denkst du denn? Ich arbeite«, antwortete er kurz angebunden, lenkte aber sofort wieder ein. »Hör mal, Luisa, wir versuchen gerade, Ordnung in das Chaos hier zu bringen. Tu mir den Gefallen und geh nach Hause.«

»Ich geh zu Nele.«

»Auch gut. Wir telefonieren morgen Nachmittag.«

Bevor Luisa noch etwas sagen konnte, hatte er sich schon wieder umgedreht und eilte mit seinem Kollegen zurück in das Gebäude.

17

Marvins Leichnam lag noch immer auf der Bühne, abgedeckt mit einer schwarzen Plastikplane, als Frank Berndorf zurück in den Raum kam. Gerade waren Technikspezialisten der Spurensicherungseinheit damit beschäftigt, die Anlage zu überprüfen, um herauszufinden, wie es zu dem tödlichen Stromschlag gekommen war. Im hinteren Teil des Raumes sprach Johannes Klein mit Oliver Hartmann. Der Lehrer hatte der Bühne den Rücken zugekehrt. Er war bleich, schien aber gefasst zu sein.

»Wir hatten eine Sonderprobe mit den Musikern eingeschoben, weil einige Passagen noch nicht ganz sitzen. Marvin ging mit den anderen auf die Bühne, schloss seine Gitarre an und dann: *Peng!* Schreie! Wir wussten zuerst nicht, was passiert war, die Hauptsicherung war rausgeflogen. Der Hausmeister hat sie rasch wieder eingeschaltet, und als das Licht anging, haben wir Marvin dort liegen sehen. Es sah aus, als wäre er nur ohnmächtig. Aber er atmete nicht mehr. Kein Puls. Ich habe es noch mit Herzmassage versucht, aber es half nichts. Er war tot.«

»He Frank, kannst du mal rüberkommen?«, rief einer der Männer in weißen Schutzanzügen dem Hauptkommissar von der Bühne aus zu.

Berndorf gab Klein ein Zeichen, dass er mit der Befragung weitermachen sollte, und ging zur Bühne. Der in dem Einweg-Overall kaum zu erkennende Techniker deutete mit einem Kugelschreiber auf das Anschlusskabel einer Bassgitarre. »Schätze, ich habe die Ursache gefunden. Hier: Gleich hinter dem Stecker ist die Ummantelung beschädigt. Wenn man das Kabel an dieser Stelle ein bisschen biegt, liegen die Litzen offen. Der Junge muss allerdings feuchte Hände gehabt haben, sonst wäre kein Kontakt zustande gekommen.«

»Wie kann das passieren? Kann da einer nachgeholfen haben?«

»Schwer zu sagen. Das müssen wir im Labor untersuchen. Aber es kann auch ganz einfach eine Ermüdungserscheinung des Kunststoffs sein. Falsch gelagert, immer wieder an derselben Stelle geknickt, zu alt … Erklärungen gäbe es da einige.«

Frank Berndorf ging zu Johannes Klein und Oliver Hartmann zurück. »Wem gehört denn das Equipment hier?«

»Die Licht- und die Soundanlage sind geliehen, von einem Spezialverleih für Bühnentechnik. Die Instrumente und Teile des Zubehörs gehören den Musikern selbst«, antwortete Oliver Hartmann.

»Die Kabel auch?«

»Die Anschlusskabel, natürlich.«

»Wo waren die Sachen zwischen den Proben?«

»Am Anfang hat jeder seine Instrumente mit nach Hause genommen, aber die letzten drei Tage etwa ist alles hiergeblieben. Wir haben ja jeden Tag geprobt.«

»Haben Sie die Sachen mal durchgecheckt? Ob sie technisch in Ordnung sind, meine ich?«

»Nein. Dafür ist jeder selbst verantwortlich. Natürlich steht uns unser Hausmeister mit Rat und Tat zur Verfügung, der ist ausgebildeter Elektriker. Warum?«

»Das Anschlusskabel von Marvins Gitarre scheint defekt gewesen zu sein.«

»Dann hätte er es nicht mehr benutzen dürfen. Als Musiker weiß er so etwas doch. Das ist eigenartig. So großspurig und lässig er sonst war, mit seiner Gitarre ist er eigentlich immer sehr sorgsam umgegangen.«

18

Am nächsten Tag sagte die Schulleitung alle Aufführungen des Musicals ab, sehr zur Erleichterung aller Beteiligten. Niemand konnte sich vorstellen, noch einmal auf die Bühne zu steigen, zu tanzen und zu singen, und dann auch noch vor Publikum.

In der Aula versammelten sich alle zu einer kleinen Trauerfeier. Auch wenn Marvin bei den meisten nicht beliebt gewesen war – der Schock saß tief und viele der Jugendlichen weinten.

Als Luisa nachmittags von der Schule kam, lugte die Ecke eines Umschlags aus ihrem Briefkasten.

Oh Mann, ärgerte sie sich. Warum stecken die die Briefe nicht richtig in den Kasten? Wenn es geregnet hätte, wäre der Brief jetzt nass. Genauso wie die Fernsehzeitung letzte Woche.

Sie zog den Umschlag heraus, schloss auf und nahm die restliche Post aus dem Kasten. In der Wohnung angekommen, warf sie den ganzen Packen auf den Küchentisch und kochte sich erst einmal einen Tee, bevor sie sich ans Aussortieren machte: zwei Rechnungen, ein Brief an ihren Vater und der Brief, der nicht richtig eingesteckt worden war.

Er war an sie adressiert, die Anschrift war aufgedruckt. Luisa stutzte. Schon wieder so ein nicht frankierter Brief ohne Absender, wie der vor einigen Tagen. Sie glaubte zu wissen, was der Umschlag enthielt: Engelsbilder und Fotos von ihr.

Luisa wollte das Kuvert schon ungeöffnet in den Papierkorb werfen, doch dann überwog ihre Neugier. Mit einem Küchenmesser schnitt sie die Falz auf. In dem Umschlag steckte ein einzelnes zusammengefaltetes weißes Blatt, keine Bilder. Auf dem Papier stand in wenigen, gedruckten Sätzen:

Liebe Luisa, mein Engel.
Hab keine Angst, ich passe auf dich auf. Wir gehören zusammen. Und irgendwann wird uns nichts mehr trennen.

Schon wieder: kein Name, keine Unterschrift – nichts, was auf den Verfasser dieser Worte hinwies. Was sollte das alles? Sollte es ein blöder Scherz sein oder eine kranke Liebeserklärung?

Lustig fand sie diese Briefe kein bisschen. Und diese dämliche Engel-Nummer erst recht nicht. Sie drehte und wendete das Blatt, unschlüssig, was sie damit anfangen sollte. Einfach wegwerfen wie die anderen zuvor? Oder versuchen herauszufinden, von wem es stammte? Warum gab sich der Schreiber nicht zu erkennen? Wie kam er darauf, dass sie Angst hätte? Und was meinte er damit, er würde auf sie aufpassen? Für sie klang dieses Versprechen eher wie eine Drohung. Die Briefe begannen, ihr Angst zu machen. Doch vielleicht lag es auch an Marvins schrecklichem Tod, der ihr noch immer in den Gliedern saß.

Die Fragen wirbelten nur so in ihrem Kopf herum. Sie musste unbedingt mit jemandem reden, um Ordnung in ihre Gedanken zu bringen. Sie griff zum Telefon und wählte Neles Nummer, doch im selben Augenblick fiel ihr ein, dass sie ja Handballtraining hatte und bis abends nicht zu erreichen war. Carina würde wie immer online sein. Vielleicht hatte sie ja eine Idee, wie sie reagieren sollte.

ER HATTE DAMIT gerechnet, dass sie Carina schreiben würde. Langsam kannte er ihre Gewohnheiten. Sie war so berechenbar. Umso mehr musste er auf sie aufpassen.

Was meinst du? Was soll ich tun? Erst Marvin und jetzt vielleicht schon wieder so ein Spinner, der mich nicht in Ruhe lässt. Das ist jetzt schon der dritte Brief, den ich bekommen habe. Das kotzt mich an. Falls sich da jemand einen Spaß machen will – ich finde das gar nicht lustig!

Kurz entschlossen drückte er auf den Antworten-Button und tippte:

Liebe Luisa, ich würde mir wegen der Briefe keine Sorgen machen. Im Gegenteil: klingt doch süß. Ein heimlicher Verehrer! Ich würde auch gerne so geliebt werden. Ich glaube, du bist einfach nur fertig mit den Nerven und verstehst das falsch. Freu dich doch drüber, dass es auch andere Typen gibt, die ein Mädchen nicht einfach nur plump anbaggern. Wer so etwas schreibt, der meint es wirklich ernst. Du wirst schon rauskriegen, wer sie geschickt hat, und vielleicht erlebst du dann eine Überraschung. Wer weiß, vielleicht begegnet dir bald dein Mister »One and Only«?

19

Stimmt, dachte Luisa, nachdem sie Carinas Nachricht gelesen hatte, und legte den Brief zur Seite. Wegwerfen konnte sie ihn ja immer noch.

Seufzend wühlte Luisa ihr Englisch-Lehrbuch heraus und besah sich die Liste mit den Themen für die nächste Schulaufgabe. Wie sollte sie bloß diese ganzen Vokabeln in ihren Kopf kriegen? Und dann musste sie auch noch die Mathe-Hausaufgaben machen, die sie überhaupt nicht verstand. Vielleicht konnte ihr Nele dabei weiterhelfen. Sie würde sie später anrufen, gegen acht war sie vom Handballtraining bestimmt wieder zu Hause. Sie hatte noch nicht richtig mit dem Lernen angefangen, als das Telefon klingelte.

»Hallo Luisa, mein Schatz, schön, dass ich dich gleich an der Strippe habe.«

»Hallo Mama, das ist aber eine Überraschung. Ich dachte, du bist in Hamburg oder bist du schon wieder zurück?«

»Weder noch, der Termin ist geplatzt. Du, ich wollte dich nur schnell mal anrufen, weil wir uns heute ganz kurzfristig entschlossen haben, über Silvester in die Berge zu fahren. Ein Kollege von Olaf hat uns sein Ferienhaus angeboten und da wollten wir dich fragen, ob du nicht Lust hättest, uns zu begleiten. Carla kommt auch mit, mit Freund. Du könntest auch deinen Freund oder eine Freundin mitnehmen.

Wie wär's? Besprich das mal mit deinem Vater und gib uns Bescheid.«

»Das wäre ja super! Ich sag einfach schon mal zu, Papa hat bestimmt nichts dagegen! Einen Freund habe ich zurzeit nicht zu bieten, aber Nele ist bestimmt dabei.«

Luisa konnte es kaum abwarten, Nele anzurufen und sie zu dem Kurzurlaub einzuladen. Endlich mal wieder richtig Skifahren und nicht nur auf den kleinen Hängen hier in der Gegend herumrutschen! Vielleicht konnte sie auch mit Nele zusammen Snowboardfahren lernen. Und mit etwas Glück gab es auch ein paar schicke Diskos in der Gegend für die Après-Ski-Partys.

Vier Wochen später räkelten sich Luisa und Nele auf zwei Liegestühlen in der Südtiroler Sonne.

»Genauso habe ich mir das vorgestellt!«, stellte Nele fest. »Sonne, Schnee und eine Hammer-Aussicht. Fehlt nur noch ein cooler Drink und das Klischee ist perfekt.«

»Den Drink kannst du weglassen. Ich hab von gestern noch genug«, stöhnte Luisa. Das letzte »Gletscherwasser« war wohl doch eins zu viel gewesen.

»Apropos gestern: Wo bleiben eigentlich die beiden Jungs, der Marco und der – wie hieß deiner gleich? Wir wollten uns doch mittags hier oben treffen.«

»Matteo. Ich schätze, die pennen. Die sind doch noch mal zurück, nachdem sie uns nach Hause gebracht hatten.«

»Stimmt. Na, geben wir ihnen noch eine halbe Stunde. Aber dann will ich abfahren. Diese Pisten muss ich ausnutzen.«

»Ich warte auf Matteo. Notfalls habe ich seine Handy-Nummer.«

»Hoppla! Hast du dich etwa verknallt?«

»Quatsch. Er ist einfach nur süß und so ein Flirt zwischendurch tut auch ganz gut. Mehr hat sowieso keinen Sinn – viel zu weit weg.«

»Hatten wir das nicht schon mal? Was ist eigentlich aus deinem Prinzen vom letzten Sommer geworden, dem Franzosen?«

»Philippe? Das war doch was ganz anderes. Da hätte wirklich was daraus werden können. Wir schreiben uns ab und zu, aber bei der Entfernung: keine Chance. Haken wir es ab und halten die Augen offen.«

»Genau. Dieses Jahr lassen wir es krachen! Jungs, duckt euch! Frauenpower ist angesagt!«

»Warte mal, ich kriege gerade eine SMS«, unterbrach Luisa sie. »Von Matteo: Wir haben verschlafen. Treffen uns heute Abend um neun.«

»Das ist ja ein dicker Hund! Bin mal gespannt, wie sie das wiedergutmachen wollen«, meinte Nele.

»Ich auch. Komm, lass uns fahren. Ich hätte Lust, die andere Piste auszuprobieren«, schlug Luisa vor und raffte sich auf.

»Die rote? Meinst du, wir schaffen das?«

»Klar. Wir müssen ja nicht im Schuss fahren.«

»Die fahren ja hier wie die Irren!«, rief Luisa kurze Zeit später. Der Hang war viel steiler, als sie gedacht hatten, und die meisten anderen Skifahrer rasten in einem halsbrecherischen Tempo an ihnen vorbei. »Ich bin froh, wenn wir heil hier runterkommen.«

Es war, als hätte sie etwas geahnt: Ein athletisch gebauter Mann schoss aus der Einmündung einer anderen Strecke auf die Hauptpiste. Statt zu bremsen, versuchte er, aus der Abfahrtshocke heraus einzuschwenken, doch er war zu schnell.

»Luisa!«, hörte sie Nele noch schreien. Schon im nächsten Moment rammte sie etwas von hinten und ließ sie durch die Luft wirbeln. Kopfüber landete sie in einer Schneewehe und ihr Snowboard verkeilte sich unter ihr. Sie fühlte einen so stechenden Schmerz in ihrem rechten Knie, als ob es explodieren würde, dann wurde es schwarz um sie herum.

Sie schien nur Augenblicke lang bewusstlos gewesen zu sein, denn als sie die Augen öffnete, warf Nele gerade ihre Handschuhe von sich und griff nach Luisas Kopf.

»Luisa, kannst du mich hören? Beweg dich nicht, wir holen einen Arzt!«

Luisa stöhnte. Vorsichtig drehte sie ihren Kopf, hob die Arme. Mit ihrem Rücken und dem Genick schien alles in Ordnung zu sein, aber im rechten Bein hatte sie höllische Schmerzen. »Oh Scheiße, tut das weh!«

Wie durch Nebel bekam sie mit, dass ihr jemand den Helm abnahm und eine Jacke unter ihren Kopf legte. Schon wenige Minuten später waren Sanitäter von der Bergwacht da und betteten sie auf einen Rettungsschlitten. Per Hubschrauber ging es in die Klinik, wo die Ärzte feststellten, dass sie sich die Bänder im Knie gerissen hatte und auch der Meniskus verletzt war.

»So wie es aussieht, muss das Knie operiert werden. Das heißt mindestens sechs Wochen Krücken«, berichtete Luisa, als Nele am nächsten Tag mit einer Familienpackung Schokoladenkekse an ihrem Krankenbett stand.

»So ein Mist. Mir wird jetzt noch schlecht, wenn ich daran denke, wie du da gelegen hast. Und dieser Kerl, der dich über den Haufen gefahren hat, ist einfach abgehauen!«

»So was passiert öfter, haben die hier gesagt.«

»Wie geht's jetzt weiter?«, wollte Nele wissen.

»Morgen werde ich mit einem Krankentransport nach Hause gebracht, dann steht die OP an und ich muss mindestens eine Woche daheimbleiben. Ich schätze, spätestens in drei Wochen kann ich wieder in die Schule. Aber Sport ist vorbei für die nächste Zeit.«

»Kommst du in der Schule überhaupt die Treppen hoch?«

»Werden wir sehen. Notfalls setze ich mich in die Cafeteria, während ihr Mathe macht.«

»Das könnte dir so passen. Wir nehmen dich huckepack!«

»Wenn ich die ganze Schokolade aufgegessen habe, die sich hier türmt, habt ihr aber ganz schön was zu schleppen.«

»Dann müssen halt die Jungs ran.« Nele freute sich, dass Luisa schon wieder Scherze machte.

»Ich kann ja nach der Schule immer mal schnell vorbeikommen und dir erklären, was wir gemacht haben. Damit du nicht so viel nachlernen musst.«

»Das wäre super. Ich bin schon bestraft genug. Das stinkt mir so, dass ich jetzt hier liege, das kannst du dir gar nicht vorstellen. Wenn ich wenigstens schon wieder zu Hause wäre.«

20

Zumindest über Langeweile konnte sich Luisa in den beiden Wochen nach der Operation nicht beklagen. Ihre Freundinnen und Schulkameraden gaben sich die Klinke in die Hand und besuchten sie häufig, so auch heute.

»Wovon träumst du denn?«, fragte Nele Luisa, die schon eine Weile gedankenverloren in den Raum starrte. »Ich habe dich schon dreimal was gefragt, aber du schwirrst in einem anderen Universum rum.«

»Sorry. Bin schon wieder gelandet.«

In diesem Moment klingelte es an der Haustür. Nele sprang auf. »Erwartest du jemanden?«

»Nicht dass ich wüsste. Sind doch alle da.«

»Nun schau mal, wer hier ist«, rief Nele gleich darauf und hielt mit einer theatralischen Geste die Zimmertür auf. Herein kam Paul, doch als er all die anderen auf dem Boden und dem Bett herumlummeln sah, blieb er abrupt stehen.

»Ich wollte nur mal Hallo sagen und fragen, wie es dir geht«, murmelte er verlegen.

»Das ist aber nett. Mir geht's schon viel besser. Komm, setz dich. Ungefähr zehn Quadratzentimeter sind noch Platz.«

»Nein, ist schon gut, ich muss wieder los.«

»Quatsch. Du kannst doch ruhig bleiben«, drängte Luisa.

Paul setzte sich in die Ecke neben den Schreibtisch und verstummte. Die meisten im Raum kannte er kaum. In der Schule hielt er sich meistens abseits.

»Sag mal, was ist das eigentlich für ein Pulli, den du da anhast?«, fragte Mia mit einem kritischen Blick auf Luisas Outfit. »Bisschen groß, oder? Secondhand?«

Luisa kuschelte sich tiefer in den Pullover mit den verwaschenen Blockstreifen.

»Nein. Erinnerungsstück. Den hab ich von Philippe geschenkt bekommen – du weißt schon, der Franzose, den ich in den Sommerferien kennengelernt habe.«

»Der auf dem Foto, das du mir mal gezeigt hast?«

»Genau der.«

»Schick. Ich mein den Typen, nicht den Pullover«, sagte Mia, die immer Wert auf perfekten Style legte.

Unwillkürlich legte Luisa die Arme um ihr gesundes, angewinkeltes Bein und schmiegte ihre Wange an den weichen Ärmel. Obwohl es schon so lange her war, und auch, wenn sie nur kurze Zeit zusammen gewesen waren – sie vermisste Philippe immer wieder, sein Lachen, seine Unbekümmertheit.

Paul beobachtete sie von der anderen Seite des Zimmers. Er sah, wie ein Schatten über ihr Gesicht huschte, nur für einen Moment, und doch hatte er plötzlich das Gefühl, dass noch jemand im Raum stand.

Er hätte etwas dazu sagen können, schließlich war er der Einzige in der Runde, der im letzten Sommer ebenfalls beim Sommercamp gewesen war. Nur wollte er nicht. Er war schon damals auf den smarten Jungen mit dem braunen Wuschelkopf eifersüchtig gewesen, dem die Mädchenherzen nur so zuflogen. Auch wenn dieser Franzose zu Luisa immer nett gewesen war: Ihn hatte er mehr als einmal von oben herab behandelt, das würde er nie vergessen. Und jetzt schien der Typ Luisa vergessen zu haben, so traurig, wie sie in diesem Moment wirkte.

Paul senkte den Blick. Das ist nicht okay, dachte er, das ist überhaupt nicht okay. Luisa dürfte nicht traurig sein. Sie war das einzige richtig nette Mädchen, das er kannte. Jedenfalls von den gut aussehenden. Mit den grauen, verhuschten Mäuschen wollte er nichts zu tun haben. Eine graue Maus war er selbst.

Luisas Unfall hatte sich in der Schule schnell herumgesprochen. Am ersten Tag, als ihr Vater sie mit ihren Krücken vor dem Schultor absetzte, wurde sie von vielen Mitschülern und Lehrern angesprochen, die sie fragten, wie es ihr ginge und ob sie ihr helfen könnten. Luisa ließ sich von Nele die Schultasche abnehmen, aber die Treppen zum ersten Stock kämpfte sie sich alleine hoch.

»Geht's noch?«, fragte Nele besorgt, weil Luisa während der letzten Stufen heftig schnaufte.

»Ist alles Muskeltraining. Nach den sechs Wochen trete ich der Box-AG bei. Dann habe ich so viel Kraft, dass ich jeden Gegner umhaue.«

»Frauenboxen an unserer Schule? Keine schlechte Idee, da mach ich mit. Ich wüsste auch schon ein paar, die ich zuerst als Sparringspartner nehmen würde.«

Sie bogen in den Gang zu ihrem Klassenzimmer ab.

»Hallo Luisa. Na, du bist ja ein Pechvogel!« Michael stand in seiner Hausmeisterjacke und mit einer Leiter über der Schulter neben der Zwischentür. »Was dir alles passiert!«

»Was meinst du damit?« Luisa war irritiert. So ein Sportunfall war doch nichts Besonderes. Oder spielte er auf etwas anderes an?

Er lächelte sie breit an. »Ein paar Tage Skivergnügen und dann so umgebügelt zu werden, also, wenn das kein Pech ist.«

»Ja, stimmt.« Er hatte sie aus der miesen Situation mit Marvin gerettet und auch sonst schien er ganz in Ordnung. Trotzdem hatte sie in seiner Gegenwart immer ein komisches Gefühl – wie damals auf der Abschiedsfeier am Baggersee. Sie konnte es schwer beschreiben, aber es war so ähnlich, wie wenn ein Musiker mit seinem Ton haarscharf danebenlag. Irgendwie falsch. »Halb so schlimm wie es aussieht. Ich muss in die Klasse, also tschüss«, versuchte sie, ihm auszuweichen. Aber er stellte sich ihr in den Weg.

»Wenn ich dir mal helfen soll – ich meine, das ist ja schwierig mit den Krücken und so –, dann sag Bescheid.« Er kramte in seiner Jackentasche und reichte ihr eine Karte. »Hier. Die Nummer von meinem Diensttelefon. Schließlich muss ich immer erreichbar sein, falls mal eine Glühbirne kaputt ist.«

»Vielen Dank, ich werde dran denken.« Luisa steckte die Karte ein und humpelte an ihm vorbei.

»Sag mal, will der was von dir?«, raunte Nele ihr zu. »Das ist doch ein alter Knacker.«

»Weiß nicht.« Luisa zuckte so gut es ging mit den Schultern. »Der war schon bei der Ferienfreizeit so, als er noch Busfahrer war. Aber eigentlich kann ich gar nichts gegen ihn sagen. Ich meine, nur weil jemand nett ist, heißt das ja noch nicht, dass er mich anmachen will, oder? Auf jeden Fall ist er mir lieber als unser alter Hausmeister. Der hat ständig nur rumgebrüllt.«

»Oh ja. Und dabei ist er immer so rot angelaufen, dass wir dachten, er fällt gleich um.«

Nach der Schule begleitete Nele sie bis zum Parkplatz, wo Luisa von ihrem Vater abgeholt wurde. Solange sie auf die Krücken angewiesen war, wollte er seine Mittagspause so legen, dass er sie fahren konnte. »Außer natürlich, ich habe einen Einsatz. Aber dann schicke ich dir eine SMS und du nimmst dir ein Taxi.«

»Keine Sorge. Neles Mutter hat mir angeboten, mich nach Hause zu bringen, wenn sie uns abholen kann. Und falls es bei ihr oder dir mal später wird, kann ich auch warten. Ich kann ja in der Cafeteria Hausaufgaben machen. So klein bin ich nicht mehr, dass du ständig auf mich aufpassen musst.«

AUS EINEM FENSTER im zweiten Stock beobachtete er Vater und Tochter. Er ging sicher, dass niemand in der Nähe war, nahm dann seine neue Kamera aus der Tasche und richtete das Objektiv auf die beiden. In schneller Folge machte er ein paar Fotos, zoomte auf Luisas Gesicht und drückte noch einmal ab.

Sie war gut, diese Kamera. Klein genug, um sie unauffällig in einer weiten Jackentasche verschwinden lassen zu können, und mit einem Zoom, der jedes Detail selbst auf große Entfernungen scharf stellte. Er trug sie immer bei sich. Er hatte schon unzählige Fotos von Luisa gemacht. Heimlich. Wenigstens auf den Fotos war sie schon bei ihm. Er sah, wie Luisas Vater ihr ins Auto half.

Er kann dich nicht beschützen, nicht einmal, wenn er bei dir ist, dachte er. Er sah die Sonne auf ihren goldfarbenen Locken glänzen. Aber jetzt bin ich ja da. Ich passe auf dich auf. Ich werde dein Schutzengel sein. Ein Schutzengel für einen Engel – meinen Engel. Wir werden zusammen fliegen. Vielleicht schon bald.

21

»Was willst du machen?« Luisa lachte schallend, als Nele ihr von ihrer Einladung am Telefon erzählte. »Du bist der größte Faschingsmuffel aller Zeiten und gerade du willst an deinem Geburtstag eine Kostümparty schmeißen?«

»Krieg dich wieder ein, du musst ja nicht kommen, wenn du keinen Bock hast«, erwiderte Nele eingeschnappt. »Aber in diesem Jahr fällt mein Geburtstag nun mal genau auf das Faschingswochenende und ich stelle mir das ganz spaßig vor. Ansonsten ist das eine ganz normale Party – keine Luftschlangen und kein Konfetti.«

»Meine Maske steht ja jetzt schon fest. Ich verkleide mich als Käpt'n Ahab mit Holzbein und Krücken.«

»Das ist gut. Dann gehe ich als Walfisch. Da fällt es nicht so auf, dass ich zwei Kilo zugenommen habe.«

»Wo willst du denn feiern? Bei dir zu Hause?«

»Nee, viel zu eng. So ein sechzehnter Geburtstag muss richtig gefeiert werden. Wir mieten den Veranstaltungsraum im Umweltzentrum. Da kann man richtig aufdrehen. Sven stellt seine Anlage auf. Die nächsten Nachbarn sind weit genug weg. Und ein Lagerfeuer dürfen wir auch machen.«

Luisa hatte schon lange nicht mehr so viel Spaß gehabt, sich zu verkleiden. Als sie vor dem Spiegel in ihrem Zimmer stand, erinnerte sie sich daran, dass ihre Mutter sie als kleines Kind immer als Räuber ausstaffieren musste. Mit Prinzessinnenkleidchen und rosa Rüschen konnte sie schon damals nichts anfangen.

Käpt'n Ahab passt da als Nachfolger, dachte sie und schnitt eine wilde Grimasse. Von ihrem Vater lieh sie sich einen schwarzen Hut und ein schwarzes Hemd, band sich ein buntes Halstuch mit einem Piratenknoten um den Kopf und bastelte sich aus einer alten Pappröhre ein Holzbein. Es war gar nicht leicht, es an ihrem Hosenbein zu befestigen, doch schließlich klebte sie es einfach mit mehreren Lagen Isolierband fest. Die Krücken malte sie mit wasserlöslicher Farbe schwarz an und wickelte noch eine rostige Kette darum.

Auf der Party kämpfte sich Luisa fluchend durch das Gedränge zum Buffet. Das gestaltete sich mit den Krücken schon schwierig genug, aber dieses Papprollen-Holzbein machte die Sache noch komplizierter. Zweimal wäre sie beinahe hingefallen, weil sie das Bein nicht richtig bewegen und das verletzte Knie noch nicht belasten konnte.

»Das klingt nicht schlecht«, sagte eine mit weißen Bändern verhüllte Gestalt neben ihr.

»Meinst du mich? Was klingt nicht schlecht?«, fragte Luisa zurück. Sie musste fast schreien, um den Geräuschpegel im Raum zu übertönen.

»Die Flüche. Passen perfekt zum Kostüm. *Fluch der Karibik?*«

»Ganz falsch: Käpt'n Ahab. Der mit dem weißen Wal.«

»Fehlt noch der Wal.«

»Den wollte Nele machen, weil sie angeblich zugenommen hat, aber sie hat gekniffen.«

Die Gestalt neben ihr musste so lachen, dass sie sich verschluckte. »Der war gut. Das wäre der dünnste Wal aller Zeiten geworden. Ein echter Fall für Greenpeace.«

Luisa lachte. »Und was bist du? Mumie oder Unfallopfer?«

»Kannst du dir aussuchen.«

»Für eine Mumie riechst du nicht streng genug.«

Die Gestalt grinste sie an. »Das wird sich in den nächsten Stunden ändern. Es ist nämlich verdammt heiß unter den Mullbinden!«

»Sag mal, kenne ich dich eigentlich? Unter deiner Tarnung ist nicht viel von dir zu erkennen!«

»Besser?« Die Gestalt schob sich die weißen Baumwollstreifen aus dem Gesicht und Luisa schaute in ein paar schokoladenbraune Augen mit winzigen goldenen Fünkchen darin.

Das war definitiv kein Junge aus ihrer Schule, der wäre ihr schon längst aufgefallen! Und er war auch kein Junge mehr, sondern ein junger Mann. Ein Schauer wie glühender Sand rieselte durch Luisas Adern. Sie konnte plötzlich gar nichts mehr sagen, sondern nur noch in dieses lächelnde Gesicht mit den wunderschönen warmen Augen blicken.

»Leon. Ich bin ein Cousin von Nele. Und du?«

»Ich bin«, krächzte Luisa. Sie musste sich räuspern, bevor sie weitersprechen konnte. »Ich bin Luisa. Eine Freundin von Nele.«

»Fein. Hast du Lust zu tanzen? Komm, leg die Krücken weg. Deine Verkleidung ist auch so gut genug.« Bevor sie reagieren konnte, griff Leon nach ihren Krücken und versuchte, sie wegzuziehen.

»Nein!« Luisa verlor das Gleichgewicht. Sie versuchte, sich mit dem gesunden Bein abzufangen, konnte es wegen der Papprolle aber nicht richtig abknicken. Sie machte einen unfreiwilligen Hüpfer nach vorne, verfing sich mit dem Fuß in der Kette, die sich von ihrer Krücke gelöst hatte, und sah sich schon mit einem Bauchklatscher zwischen den Salaten auf dem Buffet landen. Im letzten Augenblick fing Leon sie auf.

»Idiot! Die sind doch echt!«, fuhr sie ihn wütend an und hätte sich im selben Moment am liebsten auf die Zunge gebissen. Ihr schwirrte der Kopf. Da traf sie auf einer Party eine Mumie mit den schönsten braunen Augen, die sie je gesehen hatte, und jetzt lag sie in ihren Armen!

»Oh verdammt, Entschuldigung! Ich wusste nicht, dass die echt waren. Ich dachte, die gehören zu deinem Kostüm! Alles okay?«

Und ob.

»Wenn du mir die Krücken wiedergibst«, versuchte Luisa cool zu bleiben.

»Ja klar. Hier. Willst du dich hinsetzen?«

»Wäre vielleicht nicht verkehrt.«

Leon bahnte ihr einen Weg zu einem Nebenraum, den Nele und ihre Mutter mit großen Kissen und blauem Licht in eine Chill-out-Area verwandelt hatten.

»Tut mir leid«, sagte Leon noch einmal.

»Ist ja nichts passiert.« Luisa musste plötzlich daran denken, wie sie Philippe kennengelernt hatte. Nur war sie es damals gewesen, die ihn fast zu Fall gebracht hatte. Wenn das kein Omen war! Sie schmunzelte.

»Darf ich auch mitlachen?« Leon schaute sie fragend an.

Luisa zögerte. Sie konnte ihm doch nicht sagen, dass sie die interessantesten Typen immer bei einem Zusammenstoß kennenlernte. Sie suchte schnell nach einer Ausrede.

»Ich habe mir gerade vorgestellt, wie das ausgesehen hätte, wenn du mich nicht aufgefangen hättest. So als Hauptgang zwischen den ganzen Schüsseln und Platten.« Leon grinste.

»Ich würde sagen, nicht ganz durchgebraten, aber lecker. Willst du vielleicht was essen? Du warst ja gerade auf dem Weg zum Buffet, bevor ich dich abgeschossen habe. Soll ich uns was holen?«

»Das wäre super!«

»Irgendwas Bestimmtes?«

»Ich bin nicht wählerisch. Nur keinen Nudelsalat. Der ist mir zu fett.«

Nach kurzer Zeit kam Leon mit zwei voll beladenen Tellern zurück. Unter den Arm hatte er zwei Cola geklemmt.

»Oh, wer kommt denn sonst noch zum Essen?«, fragte Luisa mit einem Blick auf den Teller, den ihr Leon auf die Knie setzte.

»Bei Buffets muss man sich ranhalten und bunkern. Die besten Sachen sind immer gleich weg – und dann gibt's nur noch Nudelsalat.«

»Was machst du eigentlich?«, wollte Luisa zwischen zwei

Bissen wissen. »Nele hat noch nie was von dir erzählt. Wohnst du hier in Lensburg?«

»Nein. Ursprünglich komme ich von der Nordsee …«

»Ach, deine Mutter ist die Tante, die sie im Sommer besucht hat?«

»Exakt. Aber jetzt studiere ich in Leipzig Sportwissenschaften. Letzte Woche hatten wir ein Ski-Seminar in den Alpen. Und da habe ich mir gedacht, ich mache auf dem Rückweg einfach mal halt. Es ist schon Ewigkeiten her, dass ich hier zu Besuch war. Aber sag mal: Warum läufst du an Krücken? Unfall?«

Luisa hob ihr rechtes Knie. »Snowboard. War aber nicht meine Schuld. So ein Depp hat mich von hinten umgefahren.«

»Und? Schlimm?«

»Geht langsam wieder. Bänder gerissen, Meniskus kaputt und Prellungen. Mit so einer Spezialmanschette darf ich das Bein sogar schon ein ganz kleines bisschen wieder belasten.«

Plötzlich kam Nele herein. »Ach da seid ihr! Ich habe euch beide schon gesucht, allerdings jeden einzeln. Und jetzt finde ich gleich beide auf einmal. Dann brauch ich euch ja wohl nicht mehr vorstellen, oder?«

Die beiden sahen sich an.

Leon lächelte. »Nein danke, wir haben uns bereits kennengelernt.«

Nele brauchte keine Sekunde, um zu begreifen. »Wie kommt es nur, dass ich das Gefühl habe, hier völlig überflüssig zu sein? Ich wollte eigentlich nur offiziell bekannt geben, dass das Lagerfeuer brennt und Johannes seine Feuerspucker-Show abziehen will.«

»Ja gleich, einen Augenblick noch«, sagte Luisa.

Doch der Augenblick dehnte sich lang und länger, die Zeit verging, und die zwei quatschten und flirteten, bis plötzlich Luisas Vater vor ihnen stand.

»Dein Taxi ist da, Fräulein Berndorf.«

»Oh Papa, kann ich nicht noch ein bisschen bleiben?«, bettelte Luisa. Sie wünschte sich, dass dieser Abend nie endete.

»Ich könnte Luisa doch heimfahren«, bot Leon an.

Frank Berndorf warf ihm einen kurzen, aber prüfenden Blick zu, bevor er ablehnte. »Vielen Dank für das Angebot. Aber jetzt bin ich schon da.«

22

In dieser Nacht konnte Luisa nicht schlafen. Sie wälzte sich hin und her. Es kam ihr vor, als würde sie Leon schon ihr Leben lang kennen. Sie hatten genau die gleiche Wellenlänge, konnten über die gleichen Scherze lachen, hatten in der kurzen Zeit so viele gemeinsame Interessen entdeckt.

Und jedes Mal wenn sie in seine schokoladenbraunen Augen mit den goldenen Fünkchen sah, wurde ihr ganz heiß und kalt – und doch wieder ganz leicht. Sie dachte an sein Lächeln, an seine Hand, die ihr den Hut und das Piratentuch abgestreift hatte und zärtlich durch ihre Haare gefahren war.

Gleich darauf kamen ihr die Tränen. Sie hatten nicht einmal die Telefonnummern ausgetauscht! Vielleicht war es für ihn doch nur ein Party-Flirt gewesen.

Du bist so dämlich!, schalt sie sich. Jetzt fängst du wegen einem Kerl, den du erst einen Abend lang kennst und den du nie mehr wiedersehen wirst, das Heulen an!

»Hallo Luisa, willst du den ganzen Tag verschlafen?«, rief ihr Vater am nächsten Morgen in ihr Zimmer hinein. Sie rieb sich die Augen.

»Wie spät ist es denn?«

»Sagen wir mal elf Uhr, großzügig gerechnet.«

»Oh Mann, Papa, und da weckst du mich? Es ist doch Sonntag!«

»Bevor du mich beißt: Telefon für dich.«

»Für mich? Sag ihnen, sie sollen später anrufen. Oder ich rufe zurück.«

»Okay. Das werde ich diesem Leon ausrichten.«

Wie von der Tarantel gestochen, sprang Luisa aus dem Bett und hüpfte ihrem Vater auf einem Bein entgegen. »Leon? Gib her!«

Grinsend reichte ihr Vater ihr das Mobilteil.

»Guten Morgen. Ausgeschlafen?«, hörte Luisa Leons Stimme durch den Hörer. »Also … Ich bleibe noch einen Tag länger und fahre erst morgen nach Leipzig. Da dachte ich, ich frage dich, ob du Lust hast, ins Kino zu gehen. Eislaufen ist wahrscheinlich noch nicht drin.«

Luisa hätte am liebsten laut losgejubelt, aber sie schaffte es, ganz lässig zu klingen. »Warum nicht? An welchen Film hast du denn gedacht?«

Eine kleine Pause entstand, dann fragte Leon mit leiser Stimme: »Ist das denn wichtig?«

Luisa musste sich am Türrahmen festhalten, aber nicht, weil sie ihre Krücken vergessen hatte.

»Nein«, hauchte sie zurück. »Überhaupt nicht.«

»Okay, dann hol ich dich um vier ab.«

Luisa drückte so vorsichtig auf den »Auflegen«-Knopf, als wäre er aus Glasgespinst. In ihrem Kopf wirbelten tausend Sterne, ihr Herz schlug, als würde es ihren Körper sprengen wollen.

Wenn sie am nächsten Tag jemand gefragt hätte, welchen Film sie sich angeschaut hatten – Luisa hätte darauf keine Antwort gewusst. Schon bei dem Namen des Kinos wäre sie im Nachhinein in Schwierigkeiten geraten, obwohl es in Lensburg eigentlich nur das Cineworld gab. Und das Schönste für sie war: Leon hatte es genauso erwischt.

»Ich habe es eigentlich erst hinterher begriffen, was da passiert ist«, hatte er ihr erzählt. »Bei dem Gedanken, dass ich zurück nach Leipzig fahre und dich vielleicht nie wiedersehe, ging's mir richtig mies. Zum Glück ist meine Cousine deine Freundin.«

Schon am nächsten Wochenende wollte Leon wieder kommen. In der Zwischenzeit telefonierten sie jeden Tag und schrieben sich kleine SMS-Botschaften. Luisa entschwebte auf Wolke sieben ihrer Umwelt. Nur mit Mühe konnte sie sich auf den Unterricht konzentrieren. Kaum war die Schule vorbei, stürmte sie nach Hause und wartete sehnsüchtig auf den ersten Anruf von Leon.

»Was ist denn mit Luisa auf einmal los? Die taumelt durch die Gegend wie ein bekifftes Eichhörnchen. Kriegt sie neue Medikamente wegen ihrem Knie?«, fragte Helen Nele, als Luisa in der Pause wieder einmal verträumt lächelnd in die Wolken starrte.

»Viel schlimmer. Verknallt.«

»Wow. In wen?«

»In meinen Cousin. Du müsstest die beiden zusammen erleben! Die kannst du komplett abschreiben! Die haben sich gesehen und es hat geknallt – und ich dachte, so was gibt's nur im Film!«

»Ist doch cool«, sagte Helen mit einem sehnsüchtigen Unterton in ihrer Stimme. »Wer träumt denn nicht von der Liebe auf den ersten Blick?«

»Jeder natürlich. Aber kriegen tun sie nur die Überflieger, solche wie Luisa.«

NOCH EINEM ANDEREN fiel Luisas Veränderung auf. Was war nur auf einmal mit ihr los? Einmal war sie aufgedreht, das nächste Mal völlig abwesend. Außerdem hatte sie sich seit Tagen schon nicht mehr bei Facebook eingeloggt.

Sonst erzählte sie Carina doch immer brühwarm, was sie erlebt hatte. Er musste wissen, was da vor sich ging. Wie sollte er sie beschützen, wenn er nicht wusste, was sie tat? Wohl zum hundertsten Mal besah er sich die Fotos von ihr auf seinem Computer: Luisa lachend, scherzend, träumend. Luisa in der Schule, beim Musical, sogar beim Einkaufen.

Er wählte eines der Fotos aus und zoomte es auf Bildschirmgröße: Luisa, als sie einen seiner Briefe aus dem Postkasten holte.

Verstehst du meine Botschaften? Das nächste Mal werde ich deutlicher, nahm er sich vor. Aber zuerst sollte Carina mit ihr sprechen.

23

Die nächsten Wochen vergingen für Luisa wie im Rausch. Sie stürzte sich in die Arbeit für die Schule und den Rest des Tages verbrachte sie damit, an Leon zu denken, mit ihm zu telefonieren und ansonsten auf das nächste gemeinsame Wochenende zu warten. Ihre Freundinnen verdrehten schon leicht genervt die Augen, wenn sie von ihrem neuen Freund schwärmte. Die Einzige, die sich mit unendlicher Geduld ihre Lobeshymnen anhörte, war Carina. Sie bestand sogar darauf, dass Luisa ihr so oft es ging via Facebook die neuesten Nachrichten mitteilte, fragte sie sogar nach intimen Details.

Leider konnten sich Luisa und Leon nicht so oft sehen, wie sie beide es wollten. Denn Leon jobbte nebenbei in einem Fitnesscenter, um sein Studium zu finanzieren. Da waren Wochenenddienste Pflicht und nur wegen einem oder einem halben Tag lohnte es sich nicht, die Strecke nach Lensburg zu fahren. Außerdem waren die Autofahrten für ihn auf die Dauer zu teuer.

So hofften sie auf die Osterferien, wenn er für längere Zeit nach Lensburg kommen würde. Aber dann fiel Luisa ein, dass sie ihrer Mutter versprochen hatte, sie über Ostern in Berlin zu besuchen. Und Leon bekam ausgerechnet für diese Zeit die Zusage für ein Praktikum in der Sportredaktion des MDR. Da blieb ihnen nur die Hoffnung auf die Sommerferien, um sich öfter und länger treffen zu können.

Zum Glück heilte Luisas Knie schneller als befürchtet. Zweimal die Woche ging sie zur Krankengymnastik und absolvierte jeden Abend zu Hause brav die ihr aufgetragenen Übungen. Schon bei ihrem nächsten Date mit Leon konnte sie eine kurze Strecke ganz ohne Krücken gehen.

»Aber nichts übertreiben!«, warnte er, als sie ihm voller Stolz völlig freihändig entgegenhumpelte. »Wie wäre es mit Schwimmbad? Bei dem Wetter gehen nur Frösche vor die Tür. Und warmes Wasser ist immer gut. Wir legen uns in den Whirlpool und lassen uns durchblubbern.«

»Au ja. Das habe ich schon lange nicht mehr gemacht!«, freute sich Luisa.

Leider waren sie an diesem regnerischen Tag nicht die Einzigen mit dieser glorreichen Idee. An der Kasse mussten sie sich in eine lange Schlange einreihen, es war kaum noch ein freier Spind zu finden und über das Wasser im Thermalbecken hätte man fast laufen können, so dicht drängten sich dort die Badegäste. Doch Luisa war das egal. Hauptsache, sie konnte sich in Leons Armen im warmen Wasser treiben lassen.

Vorsichtig tastete sie sich von den Duschen in die Schwimmhalle, wo er bereits auf sie wartete. Sie hatte ein bisschen Angst davor, auf den nassen Fliesen auszurutschen. Aber Leon schlang den Arm um ihre Hüfte und stützte sie unauffällig. Sie mussten warten, bis zwei Plätze im Whirlpool frei wurden. Langsam ließ sich Luisa in das Becken gleiten.

»Halt mir den Platz neben dir frei und wehe, da sitzt nachher ein anderer. Bin gleich wieder da«, versprach Leon geheimnisvoll und ging in Richtung Cafeteria davon.

Luisa schaute ihm nach. So ganz konnte sie es immer noch nicht fassen, dass dieser toll aussehende Typ mit den muskulösen Schultern ihr Freund war. Nicht dass es ihr allein aufs Aussehen ankam. Schließlich hatte sie ihn als Mumie kennengelernt und sich als Erstes in seine Augen und seine Stimme verliebt. Aber es kitzelte natürlich ihre Eitelkeit, dass auch andere Mädchen ihm hinterherschauten.

ER ENTDECKTE SIE, als er von den Außenbecken zurück in die Schwimmhalle kam.

Es musste Schicksal sein, dass er sich heute dazu entschlossen hatte, ins Schwimmbad zu gehen. Das tat er selten. Aber der Gedanke an einen Saunagang hatte ihn spontan seine Tasche packen lassen. Zuerst glaubte er, er würde sich irren. War das wirklich Luisa, die da in dem Becken saß? Vorsichtig ging er ein Stück näher. Tatsächlich! Und sie schien allein zu sein. Er sah sich um. Weder ihr Vater noch eine ihrer Freundinnen war zu sehen. Sollte er sie ansprechen?

Doch noch während er überlegte, ging ein junger Mann mit kurz geschnittenen braunen Haaren in einer bunt gemusterten Schwimm-Shorts und mit einem Cocktailglas mit zwei Strohhalmen in der Hand an ihm vorbei direkt auf sie zu. Luisa winkte dem Fremden. Sie schien nur Augen für ihn zu haben.

Schnell trat er hinter eine Säule. Er wollte von den beiden nicht entdeckt werden. Aus seiner sicheren Deckung heraus beobachtete er, wie Luisa den Mann mit einem Kuss begrüßte und ihn anstrahlte. Wie selbstverständlich legte der den Arm um sie und zog sie an sich. Die beiden schienen die Welt um sich herum vergessen zu haben. Das musste dieser Leon sein. Die Eifersucht schnürte ihm den Atem ab. Eifersucht und – Hass.

Wer wusste schon, was dieser Kerl mit ihr, mit seinem Engel vorhatte? Sie war *sein* Engel. Keinen anderen sollte sie so anstrahlen! Er zog sich zurück.

Ich muss etwas unternehmen, dachte er, aber was?

24

Luisa schlürfte die letzten Tropfen durch den Strohhalm. »Daran könnte ich mich gewöhnen.«

»An den Cocktail oder daran, mit mir im Whirlpool zu liegen?«

»An beides natürlich.« Luisa stellte den Becher auf dem Beckenrand ab. »Das zweite wäre mir aber wichtiger, wenn ich mich entscheiden müsste.«

»Da bin ich aber erleichert. Gut zu wissen, dass ich noch mit einem Plastikbecher voller süßem Saft konkurrieren kann.«

»So süß kann der Saft gar nicht sein!« Sie gab ihm einen Kuss und ließ sich tiefer ins Wasser gleiten. Seine Hände wanderten von ihrem Hals über ihre Schultern abwärts, streiften ihre Brüste. So gern hätte sie sich jetzt an ihn gedrängt, um seine Haut auf ihrer Haut zu spüren, aber zwischen den anderen Badegästen war ihr das zu peinlich.

Mühsam riss sie sich los und gab ihm einen spielerischen Klaps. »Ich habe noch mal über die Osterferien nachgedacht. Das halte ich nicht aus, so lange ohne dich. Wie wäre es, wenn ich erst am Montag zu meiner Mutter fahre statt Samstag? So hätten wir wenigstens noch ein Wochenende zusammen. Meinst du, du kannst kommen?«

Leon überlegte. »Vielleicht. Eigentlich wollte ich an dem

Wochenende im Fitnessstudio arbeiten – bei dem Praktikum verdiene ich nicht viel. Ich könnte versuchen, den Dienst zu tauschen. Hey, du könntest auch zu mir nach Leipzig kommen und von dort aus weiter nach Berlin fahren.«

»Da müsste ich erst mit meinem Dad reden. Ich weiß nicht. So locker er sonst ist, aber beim Thema Freund ist er manchmal ganz schön altmodisch.«

»Kann ich verstehen. Das wäre ich auch, wenn du meine Tochter wärst!«

»Oh du Scheusal!« Blitzschnell drückte ihn Luisa unter Wasser. Er befreite sich mit einem Griff und hielt ihre Hände fest, sodass sie sich nicht wehren konnte.

»Na warte, komm du mir nach Hause!«, drohte er lachend.

»Und was dann?«

Seine Augen blitzten. »Da fällt mir schon was ein.«

In Luisas Bauch wirbelte ein ganzer Schwarm von Schmetterlingen auf.

Oh ja, dachte sie, mir auch.

Sie konnte gar nicht anders, als sich sofort an ihren Computer zu setzen und zu schauen, ob Carina online war, als sie nach Hause kam. Wenn sie nicht sofort jemandem erzählen konnte, wie glücklich sie war, würde sie platzen!

Nele wollte sie aber nicht anrufen – schließlich war Leon ihr Cousin, da hatte sie irgendwie Hemmungen, mit ihr so offen über ihre Liebe zu sprechen wie damals bei Jonas oder bei Philippe. Und bei Carina musste sie keine Angst haben, dass sie sich im Beisein von Freunden oder in der Schule verplapperte.

In diesem Fall war es hervorragend, dass sie persönlich über den Chat hinaus nichts miteinander zu tun hatten. Sie stellte zwar manchmal reichlich intime Fragen, aber die musste Luisa ja nicht beantworten.

AUF DIESE MAIL hatte er gewartet. Der Kerl im Schwimmbad war also tatsächlich dieser Leon gewesen, der Cousin ihrer Freundin Nele. Andererseits: Wer hätte es sonst sein sollen? Luisa schwärmte ja schon die ganze Zeit von ihm und sie würde niemals gleichzeitig mit zwei verschiedenen Typen etwas anfangen.

Mit wachsender Beunruhigung huschten seine Augen über die Zeilen. Auf einmal war er sich sicher, dass es die beiden nicht nur beim Küssen beließen. Entweder sie waren schon zusammen im Bett gelandet oder es würde bald passieren. Das war nicht richtig! Dieser Kerl konnte doch jedes Mädchen kriegen, das sah man auf den ersten Blick!

Wer wusste schon, ob er in Leipzig nicht noch andere Freundinnen hatte? Was wollte er wirklich von Luisa? Er würde ihr das Herz brechen. Bestimmt war sie für ihn nur ein Abenteuer. Das hatte Luisa nicht verdient.

»Sie gehört zu mir, zu niemandem sonst«, murmelte er. Sie verstand es nur noch nicht. Wie sollte sie auch, wenn solche Typen ihr den Kopf verdrehten?

Er würde ihr niemals wehtun. Sie sollte nicht weinen. Er musste etwas unternehmen, bevor es zu spät war.

25

Der Umweg über Leipzig mit einem Besuch bei Leon klappte doch nicht. Zum einen musste er arbeiten, zum anderen war Frank Berndorf gar nicht begeistert davon gewesen, dass Luisa auf der Fahrt nach Berlin einen Zwischenstopp bei ihrem neuen Freund einlegen wollte.

Es half kein Bitten und Betteln, ihr Vater zeigte sich hart. Dass Leon kurz nach dieser Unterredung selbst absagte, war für Luisa nur ein schwacher Trost. Also blieb es bei dem ursprünglichen Plan, dass sie am Samstag mit dem Zug zu ihrer Mutter nach Berlin fuhr und ihr Vater sie am darauffolgenden Wochenende persönlich abholte.

Sie saßen alle gemeinsam um den großen Tisch im Esszimmer. Luisas Mutter hatte gekocht.

»Will jemand Kaffee?«, fragte Olaf, Luisas Stiefvater, während Luisa und Carla nach dem Essen den Tisch abräumten.

»Einen Espresso, bitte«, antworteten ihre Mutter und ihr Vater wie aus einem Mund. Sie lachten. Manchmal ertappten sie sich in einem Gleichklang wie in alten Zeiten. Olaf folgte den Mädchen in die Küche. Ines schenkte Wein nach.

»Du siehst müde aus. Ist das wieder einmal ein Fall, der dich so mitnimmt, oder ist es etwas anderes?«

Frank Berndorf ließ den Wein in seinem Glas kreisen.

»Die Arbeit, wie immer. Ich habe gestern den Bescheid bekommen, dass die Ermittlungen zum Tod des Mädchens im letzten Jahr in der Priorität runtergestuft werden. Die zusätzlichen Mitarbeiter von der Soko werden zurück nach München beordert. Wir haben schlicht zu wenig Leute – und die da oben sprechen immer noch von Personalkürzungen. Die Arbeit wird immer mehr, die Leute immer weniger.«

»Meinst du den Fall, von dem Luisa erzählt hat?«

»Ja, diese Annika Willmers. Das Schlimmste ist, alles deutet darauf hin, dass es sich um einen Wiederholungstäter handelt. Er kann also jederzeit wieder zuschlagen. Und zu seiner Identität gibt es kaum verwertbare Hinweise. Selbst die Profiler haben sich schwergetan. Es ist, als ob wir es mit einem Phantom zu tun haben.«

»Aber ihr habt doch Spuren gesichert. War da nichts dabei?«

»Doch, und zwar viel zu viel. Bei Annika Willmers sind die Analysen durch, aber in dem anderen Fall, bei der Frau vor sechs Jahren, sind mehrere Hundert Funde aufgenommen worden. Die Frau lag hinter einem Bauzaun auf einer Baustelle. Das sah dort aus wie auf einer Müllhalde.«

»Und das habt ihr alles fotografiert und notiert?«, wollte Carla wissen, die inzwischen mit Luisa zurückgekommen war.

»Natürlich. Bis hin zum kaputten Schuh. Zu diesem Zeitpunkt weiß man ja nie, welcher Fund sich später als wichtig herausstellen könnte.« Frank Berndorf verstummte. Er würde niemals den Schock vergessen können, als er mit seinen Kollegen zu dem Tatort gerufen worden war. Damals hatte er beim Anblick der toten Frau sofort an seine ehemalige, bereits von ihm geschiedene Frau denken müssen, die jetzt vor ihm saß, genauso wie im Fall Annika Willmers an Luisa.

»Und wie geht es jetzt weiter? Was heißt das, der Fall wird runtergestuft?«, fragte Ines.

»Das heißt, dass wir beide Fälle zwar weiter verfolgen, aber nicht mit demselben hohen Aufwand. Es gibt ja auch noch andere Delikte zu bearbeiten. Die Ganoven gehen schließlich nicht in Urlaub, bloß weil wir was anderes zu tun haben. Es ist wie so oft in solchen Fällen: Wir müssen ein bisschen auf Kommissar Zufall hoffen, also dass ein neues Indiz auftaucht oder der Täter einen Fehler macht.«

Olaf kam mit dem Kaffee. Er hatte die Unterhaltung von der Küche aus mitangehört. »Das wird vielleicht eure einzige Chance sein, auch wenn das jetzt zynisch klingt«, meinte er.

Er arbeitete als Psychologe in einer Resozialisationseinrichtung für jugendliche Straftäter und hatte deshalb viel Einblick in die Arbeit der Polizei. Unter seinen »Kandidaten«, wie er seine Schützlinge nannte, hatten einige eine ansehnliche kriminelle Karriere als Drogendealer, Schläger oder Bandenmitglied. Wenn er und Frank Berndorf zusammentrafen, kamen sie oft genug ins Fachsimpeln. Sehr zum Ärger von Luisas Mutter.

Olaf griff nach der Porzellandose auf dem Tablett und löffelte sich großzügig Zucker in seinen Kaffee. »Wenn es ein Serientäter ist, wird er über kurz oder lang einen Fehler machen.«

»Mit Sicherheit sogar, die Frage ist nur, wann?«, stimmte Frank ihm zu.

»Worauf hofft ihr denn?«, schaltete sich Ines wieder ein.

»Da gibt es unendlich viele Möglichkeiten«, sagte Frank. »Am nächsten Tatort könnte er etwas vergessen oder verlieren. Mit etwas Glück stoßen wir auf etwas, das wir eindeutig zuordnen können. An der Polizeischule stellten sie uns einmal einen Fall vor, da hatte der Täter sein Opfer mit einem Seil gefesselt und einen Knoten verwendet, der typisch für Segler ist. Das schränkte die Gruppe der Verdächtigen natürlich ein – es gab nur einen großen See in der Umgebung mit zwei Bootshäfen. Als dann die Personen überprüft wurden, die ein Segelboot besaßen, kam man dem Täter sehr schnell auf die Spur.«

»Aber das war doch ziemlich bescheuert von dem Täter, das hätte er sich doch denken können, dass ihn das verrät«, mischte sich Luisa ein, die die ganze Zeit zugehört hatte.

»Eben nicht. Was völlig selbstverständlich und alltäglich ist, darüber denkt man nicht mehr nach oder nimmt es gar nicht mehr wahr.«

»Aber jemand anders muss es erkennen.«

»Exakt. Aber oftmals begreift man den Zusammenhang erst im Nachhinein.«

26

Der Rest der Ferien dehnte sich endlos. Leon war in seinem Praktikum so eingespannt, dass selbst zum Telefonieren kaum Zeit blieb.

Und Nele war Luisa auch keine Hilfe. Sie war nämlich seit Kurzem wieder mit David zusammen, was prompt erneut zu einem Streit zwischen den beiden Freundinnen geführt hatte.

»Das glaube ich nicht!«, hatte Luisa entgeistert ausgerufen, als Nele ihr davon erzählte. »Da schmeißt dich dieser Typ weg wie einen alten Putzlappen und zieht mit der größten Zicke von ganz Lensburg los. Wenn die ihn über hat, kommt er wieder bei dir angekrochen und du freust dich auch noch?«

»Das stimmt überhaupt nicht! Die zwei sind schon lange wieder auseinander, außerdem hat er sich bei mir entschuldigt. Er wollte mir die ganze Zeit schon sagen, dass er eigentlich nur mich liebt.«

»Und das glaubst du ihm? Der hat dich doch schon mal belogen.«

Nele war sofort eingeschnappt. »Du weißt natürlich mal wieder alles besser. Dir würde so was wohl nie passieren. Und wenn ich dir jetzt sage, dass dein geliebter Leon der größte Casanova aller Zeiten ist, der früher an der Nordsee, als er in der Surfschule gejobbt hat, ein Mäuschen nach dem anderen abgeschleppt hat?«

Luisa schluckte. »Selbst wenn es so war, dann ist das vorbei. Leon, ich meine, der Leon, den ich kenne, ist ganz anders.« Sie wollte es nicht wahrhaben, aber der Stachel saß. Konnte es sein, dass Leon sie betrog? Sie würde mit ihm darüber reden müssen, jedoch nicht am Telefon.

Wieder einmal herrschte Funkstille zwischen den beiden Freundinnen. Dauerregen drückte noch weiter auf Luisas Stimmung. Sie traf sich ein paar Mal mit den anderen aus ihrer Clique, aber richtig entspannt sein konnte sie dabei nicht. Zu sehr hatte sie Neles Bemerkung verunsichert. Schließlich wusste sie am besten, wie leicht Leon mit einem Blick seiner braunen Augen die Herzen zum Schmelzen bringen konnte.

Nach längerer Zeit hatte sie auch wieder einen dieser geheimnisvollen Briefe erhalten, wieder mit einem Bild von einem Engel und einem Foto von ihr. Doch diesmal war es ein Engel, der mit Feuer und Schwert auf einem Berg von Schlangen stand. Ein Spruch oder Text war diesmal nicht dabei. Verwirrt steckte Luisa die Bilder zurück in den Umschlag und verstaute ihn in ihrem Schreibtisch. Was sollte plötzlich dieser düstere Racheengel? So langsam machten ihr diese rätselhaften Botschaften Angst. Sie beschloss, die Briefe ihrem Vater zu zeigen, doch die Ereignisse des nächsten Tages ließen sie ihren Vorsatz vergessen.

An diesem etwas trockeneren Nachmittag fuhr sie mit dem Fahrrad in die Stadtbibliothek, sammelte sich einen

Stapel Bücher und Zeitschriften zusammen und setzte sich in die Leseecke im Glasanbau.

Sie schlug eine Frauenzeitschrift auf und blätterte sich durch die Seiten mit den Modetipps für den Sommer. Auf Kleidung und die Accessoires folgten die Seiten mit den Frisuren. Luisa griff sich in die Haare. Sie trug nun schon ewig ihre Haare so wie jetzt: lang und gestuft. Das brachte zwar ihre Naturlocken am besten zur Geltung, aber eigentlich hatte sie Lust auf eine Veränderung. Kein Kurzhaarschnitt, dafür mochte Leon ihre Locken viel zu gerne. Sie wusste auch nicht, ob ihr so ein Bubi-Kopf wirklich stehen würde. Aber irgendetwas dazwischen wäre doch gar nicht schlecht, überlegte sie. Wenn es ihr nicht gefiel, konnte sie die Haare ja wieder wachsen lassen.

»Na, so vertieft?« Luisa schaute nach oben, direkt in das Gesicht von Michael, der sich über sie beugte.

»Oh, hallo Michael.«

»Was liest du denn da Schönes?«, fragte er und griff nach der Zeitschrift. »Die Frisurentrends des Sommers? Das hast du doch gar nicht nötig. Das wäre ja ein Verbrechen, wenn du dir deine Haare abschneiden lassen würdest. Andere Mädchen würden ihre Seele dafür hergeben, wenn sie solche Haare hätten wie du. So schöne Haare findet man selten. So weich … und sie schimmern wie Gold. Richtiges Engelshaar.« Er griff in ihre Haare und ließ eine Locke durch seine Finger gleiten. Luisa rückte weg.

»Ich weiß. Aber das ist zu brav. Vielleicht färbe ich sie mir sogar schwarz«, antwortete sie, nur um ihm zu widersprechen.

Michael sah sie schockiert an. »Das meinst du nicht im Ernst. Das würdest du doch nicht tun!«

»Und warum nicht?« Sie schnappte sich ihren Bücherstapel. »Ich muss los. Tschüss dann.«

Was dachte sich dieser Typ eigentlich? Luisa war empört. Ich hätte ihm sagen sollen, dass er seine Finger weglassen soll. Oder am besten noch draufhauen! Und überhaupt: Was gingen ihn eigentlich ihre Haare an?

Als sie wieder nach draußen zu ihrem Fahrrad kam, stellte sie fest, dass es wieder zu regnen begonnen hatte und zu allem Ärger auch noch ihr Hinterreifen platt war.

So ein Mist, dachte Luisa. Das hatte ihr gerade noch gefehlt, dass sie den ganzen Weg nach Hause schieben musste. Und einen Regenschirm hatte sie natürlich auch nicht dabei. Bis sie an der Kreuzung am Innenstadtring ankam, war sie bereits völlig durchnässt. Plötzlich hielt neben ihr ein blauer Kastenwagen am Straßenrand.

Der Fahrer beugte sich über den Beifahrersitz und die Tür schwang auf. »Was ist los? Fahrrad kaputt? Komm, wir schmeißen es hinten ins Auto und ich fahr dich heim.«

Luisa zögerte. Sie konnte Michael nicht leiden, er war ihr unangenehm. Andererseits: Die Aussicht darauf, noch eine halbe Stunde das Fahrrad durch den Regen schieben zu müssen, war auch nicht gerade prickelnd. Bevor sie sich noch richtig entschließen konnte, war Michael ausgestiegen und hatte das Rad im Kofferraum verstaut.

Luisa gab nach. Als sie einsteigen wollte, lag eine rot-blau gestreifte Baseballmütze auf dem Sitz.

»Leg sie einfach vorne ins Handschuhfach. Das ist meine

Schlecht-Wetter-Kappe«, rief ihr Michael zu. Etwas angewidert nahm Luisa die speckige Kappe mit zwei Fingern und warf sie auf die Ablage.

»Die Unberührbaren?«, fragte sie amüsiert, als sie den Schriftzug *Fanclub Paderborn Untouchables* auf der Mütze entdeckte.

»Yes. Baseball. Gibt's hier in Lensburg gar nicht.«

Luisa hatte keine große Lust auf eine Unterhaltung. Nachdem sie ihm den Weg zu sich nach Hause erklärt hatte, sah sie stumm aus dem Fenster und versuchte, die Seitenblicke von Michael und sein Geplapper zu ignorieren. An der Abzweigung zum Industriegebiet bog er plötzlich ab.

»Aber wir müssen doch geradeaus fahren«, protestierte Luisa.

»Schon klar, ich muss noch kurz was erledigen. Nur ein kleiner Umweg«, murmelte Michael. Luisa wurde unwohl. Seine Stimme klang plötzlich so anders.

»Lass mich doch einfach hier raus, den Rest kann ich ja laufen«, bat sie.

»Nein, nein. Ich fahre dich.« Er sah sie bei diesen Worten nicht an, seine Hände krampften sich ums Lenkrad, als müsste er sich daran festhalten.

Luisa bekam es mit der Angst zu tun. Sie fühlte sich gefangen, ausgeliefert, wie damals, als Marvin sie nach der Musicalprobe bedrängt hatte. Heimlich tastete sie nach dem Türgriff.

Wenn er anhält, springe ich raus, dachte sie. Doch er beschleunigte noch. Wo wollte er hin? In diesem Augenblick klingelte Luisas Handy.

»Helen? Oh schade, dass du nicht früher angerufen hast. Ich war in der Stadt und mein Fahrrad ist platt. Ich sitze gerade bei Michael im Auto, er fährt mich nach Hause. Ja, unser Hausmeister. Ne, schaffe ich heute nicht mehr. Vielleicht morgen?«

Michael bog so ruckartig nach links ab, dass Luisa gegen das Fenster prallte.

»Aua!« Sie rieb sich die Schläfe. Michael war auf einmal sehr kurz angebunden.

»Ich bring dich doch erst nach Hause. Das andere kann warten.«

Er warf sie fast aus dem Auto, nachdem sie vor ihrer Tür angehalten hatten. Wortlos lud er ihr Fahrrad aus und brauste davon.

Gerade noch mal gut gegangen, dachte Luisa und atmete erleichtert auf. Der wollte mir doch tatsächlich an die Wäsche!

Nach einem Kakao und einem heißen Bad sah die Welt schon wieder ganz anders aus. Du bist doch echt ein hysterisches Huhn, schimpfte Luisa mit sich selbst. Nele hat recht, ich sollte nicht so viele Krimis lesen. Sie hatte Angst gehabt – warum eigentlich?

Michael hatte ihr nichts getan, er hatte nicht einmal versucht, sie zu begrapschen. Und dass er woanders langgefahren war, musste ja keine böse Absicht gewesen sein.

Vielleicht war er einfach sauer gewesen. Schließlich wollte er ihr helfen und sie hatte zum Dank nicht einmal mit ihm geredet.

Sie überlegte kurz, ob sie mit ihrem Vater darüber reden sollte, aber der würde nur wieder mit der alten Leier anfangen, sie solle nicht zu Unbekannten ins Auto steigen. Michael war ja kein Fremder. Den traf sie seit vergangenem Sommer fast jeden Tag. Bei der nächsten Gelegenheit würde sie es Carina schreiben und sie um ihre Meinung fragen. Aber heute wollte sie lieber den Film schauen, den sie sich in der Bibliothek ausgeliehen hatte.

27

Der Mai bescherte die ersten wirklich warmen Tage nach einem bis dahin nassen und kalten Frühjahr. Sofort hob sich bei allen Menschen die Stimmung, ganz so, als hätten die Sonnenstrahlen einen Hebel für gute Laune umgelegt. Selbst Nele taute auf.

»Sorry, wenn ich mich die letzte Zeit über blöd benommen habe«, hielt sie Luisa nach einer Französisch-Stunde auf dem Gang auf. »Ich weiß selbst nicht, welcher Teufel mich geritten hat. Bei mir lief einfach so vieles mies.«

»Schon okay«, lenkte Luisa ein. »Jeder hat so seine Phasen. Und ich kenne dich ja lange genug. Nerven tut's trotzdem, so ganz nebenbei. Aber wir können uns nach der Schule mal treffen und darüber quatschen, wenn du Lust hast.«

»Das wäre gut. Wann hast du denn Zeit? Bei mir würde es gleich heute passen.«

Luisa zögerte einen Augenblick. Eigentlich passte es ihr heute überhaupt nicht. Aber wenn Nele sich schon entschuldigte, wollte sie keinen Rückzieher machen. Außerdem schien sie etwas auf dem Herzen zu haben.

Genauso war es. Bei einem Cappuccino auf einem der gemütlichen Sofas in ihrem Lieblingscafé, dem Café Anton in der Fußgängerzone, brach es aus Nele heraus:

»Du hattest recht mit David. Das wollte ich dir nur sagen. Ich hätte mich nicht noch einmal mit ihm einlassen sollen. Ich glaube, er ist nur zurückgekommen, weil Lara mit ihm Schluss gemacht hatte.«

»Meinst du wirklich?« Dass sie das gleich vermutet hatte, behielt sie diesmal lieber für sich.

»Ja. Wirklich. Und wie er danach über sie hergezogen ist, das hätte bei mir sämtliche Alarmglocken schrillen lassen müssen. So was macht man nicht! Das ist ganz mieser Stil!«

»Was hat er denn diesmal angestellt?«

»Es hat genauso angefangen wie im Sommer. Und ich Schaf hab's nicht gemerkt. Hier keine Zeit, da keine Lust – und dann habe ich diese SMS auf seinem Smartphone gelesen.«

»Du schnüffelst in seinem Handy rum?«

»Das hat mit Schnüffeln nichts zu tun. Es war ihm bei mir zu Hause aus der Tasche gefallen und mitten in der Nacht fing es an zu piepsen. Da habe ich einfach mal nachgeguckt, wer ihm so spät noch schreibt. Gut, ich war neugierig, das stimmt. Aber was hättest du denn gemacht? Es hätte doch auch ein Notfall sein können.«

»Das glaubst du doch selbst nicht. Aber jetzt sag schon, was stand drin?«

»Dreimal darfst du raten: Es war Lara. Ganz recht, die liebe Lara. Du kannst deinen Mund wieder zumachen. Und sie wollte ihm nur sagen, dass sie sich auf ihn freut. Unterschrieben mit: *forever in love*.«

»Mann, ist der fies! Mit dem müsste man mal das Gleiche machen!«

»Lass es, es lohnt nicht. Und wenn ich ehrlich bin, so richtig super habe ich mich in der Beziehung gar nicht mehr gefühlt. Ich bin also nach der Schule zum Stadtpark, weil ich wusste, dass er dort mit seinen Kumpels abhängt, und habe ihm sein Handy zurückgegeben. Ich habe ihm gesagt, dass ich mich nicht von ihm verarschen lasse, dass er eine lausige Ratte ist und dass Lara ihn geschenkt haben kann. Und weißt du was? Seitdem geht's mir richtig gut.«

Luisa lächelte sie an. »Hey, das ist meine alte Nele!«

Luisa griff in ihre Tasche, um ihr Portemonnaie zu suchen. Dabei fischte sie die Hülle eines Regenschirms zutage. »Die kann ich jetzt eigentlich auch wegschmeißen.« Sie zog eine Grimasse. »Der Schirm ist weg, da brauche ich die auch nicht mehr.« Neulich hatte Luisa ihn in der Schule inmitten all der anderen Schirme auf dem Gang zum Trocknen aufgestellt – und mittags war er verschwunden gewesen. »In letzter Zeit verliere ich ständig irgendwelche Sachen. Ich komme mir schon vor wie eine Oma mit Alzheimer!«

»Dann hättest du ja wenigstens eine Ausrede, wenn du mal wieder deine Hausaufgaben nicht gemacht hast!«, scherzte Nele.

Die beiden kicherten herum wie in alten Zeiten, als hätte es die Spannungen der letzten Wochen nicht gegeben.

Bevor sie aufbrachen, meinte Nele: »Das mit dem Frauenschwarm war übrigens nicht gelogen. Bei Leon könnte sogar James Bond neidisch werden. Aber er liebt dich wirklich. Und du hast dir einen der nettesten Kerle geangelt, die man sich vorstellen kann. Als seine Cousine kann ich das beurteilen.«

»Falsch! Es ist *der* netteste Kerl. Manchmal kann ich es immer noch nicht glauben, dass wir zusammen sind.«

»Wenn er noch häufiger kommt, muss er langsam bei uns Miete zahlen«, sagte Nele lachend.

»Keine Gefahr. Ich hab mit Papa gesprochen. Mittlerweile ist es für ihn okay, dass ich mit Leon zusammen bin. Vor allem, nachdem er mit Mama und Olaf geredet hat. Die haben das mit Carla ja schon alles durchgemacht. Und er hat sogar zugestimmt, dass Leon nach dem Bandfestival bei mir übernachten darf!«

Luisa schaute auf ihre Uhr. »Oh Mann, ich muss los. Ich muss noch einkaufen und für den Geschichtstest morgen habe ich auch noch nichts getan!«

Sie umarmte Nele, zahlte bei der Bedienung hinter dem Tresen ihren Kaffee und eilte davon.

In der Woche vor jenem Samstag drehte sich am Cäcilien Gymnasium alles um das Bandfestival. Die Sporthalle war gesperrt, weil sie in eine richtige Konzertarena umgestaltet wurde. Auf dem Schulhof ließen die Schulleitung und das Kulturamt der Stadt ein großes Zelt aufbauen, in dem weitere Bands auftreten sollten. Der Lokalanzeiger widmete dem Nachwuchswettbewerb jeden Tag eine halbe Seite und stellte die einzelnen Bands und Musiker vor. Selbst das Lokalradio kündigte eine Live-Übertragung des Abends an. Keine Frage: Das Festival war das Ereignis des Jahres.

Auch bei Luisa stieg die Fieberkurve, was aber mehr an der Aussicht auf ein Wochenende mit Leon lag. Spät am Freitagabend überlegte sie, ob sie Leon vor dem Schlafengehen noch einmal anrufen sollte, doch dann fiel ihr ein, dass er im Fitnesscenter arbeitete. Also schrieb sie ihm nur eine SMS: *Ich freue mich auf morgen! Liebe dich! LU* Voller Vorfreude schaltete sie das Licht aus. Morgen würde ein ganz besonderer Tag werden, da war sie sich sicher!

WENIGE KILOMETER ENTFERNT konnte jemand anderes noch lange nicht einschlafen. Unruhig wälzte er sich hin und her. Es klang so stolz, wie Luisa von ihrem Freund sprach.

So sollte sie von *ihm* sprechen. Sie gehörte zu ihm, wie sollte er ihr das nur begreiflich machen?

Wie würde es sich anfühlen, sie in den Armen zu halten, sie zu küssen? Wie dufteten ihre Haare, ihre Haut?

Dieser *Leon* war nicht gut für sie. Kein anderer Mann war gut für sie.

Er würde ihr niemals wehtun. Dieser Franzose war ein Casanova gewesen, genau wie dieser neue Typ. Marvin hatte sie bedrängt, ihr sogar wehgetan. Mit Sicherheit hätte er ihr noch wesentlich Schlimmeres zugefügt, wenn er ihn nicht gestoppt hätte. Der miese Schuft hatte büßen müssen.

Was er ihr angetan hatte – antun wollte, durfte nie wieder geschehen.

Er würde immer auf sie aufpassen.

28

Am nächsten Morgen stand Leon schon kurz nach dem Frühstück bei Luisa vor der Tür, aber er brachte schlechte Nachrichten mit.

»Sorry, aber ich muss heute Abend schon wieder zurückfahren«, gestand er, nachdem sie sich ausgiebig begrüßt hatten. »André ist plötzlich krank geworden und ich muss für ihn morgen Vormittag im Studio einspringen.«

»Dieser André ist ja ständig krank, der geht mir auf den Keks. Das kannst du ihm ruhig ausrichten. Habt ihr denn sonst keine Leute, die seinen Dienst übernehmen könnten?«, schmollte Luisa.

»Normalerweise schon. Aber im Augenblick geht ein Virus um und die halbe Mannschaft liegt auf der Nase.«

Leon lächelte entschuldigend. Die goldenen Fünkchen in seinen braunen Augen schienen aufzublitzen. Ganz dicht an ihrem Ohr flüsterte er: »Mich hat ein ganz anderer Virus gepackt. Und ich hoffe, der lässt mich niemals wieder los!«

Luisa wurden die Knie weich. Diesen Virus kannte sie. Dagegen halfen keine Pillen – und wenn, dann hätte sie sie weit weggeschmissen!

Frank Berndorf öffnete die Küchentür, nachdem er vernehmlich dagegengepoltert war. Luisa schmunzelte. Ihr Vater konnte manchmal richtig süß sein.

»Darf ich die Herrschaften hereinbitten? Hier gäbe es noch Kaffee und ein paar Brötchen«, begrüßte Luisas Papa die beiden.

Er drückte Leon die Hand. Die zwei maßen sich mit Blicken. Bisher hatten sie sich immer nur kurz gesehen, meistens wenn Leon Luisa abholte.

»Und? Wie gedenken Sie meine Tochter zu ernähren?«, fragte er mit einem strengen Unterton.

»Papa!«

»Mit Salat und Erdbeertorte«, konterte Leon, genauso ernst.

Frank Berndorf klopfte ihm auf die Schulter. »Wunderbar. Sie haben ihren Geschmack getroffen. Meinen Segen habt ihr. Ich bin Frank.«

»Leon.«

»Oh Papa, du bist unmöglich!« Luisa wurde rot, konnte sich das Lächeln aber nicht verkneifen. Mit einem Schlag war die Spannung verflogen.

»Luisa hat mir erzählt, du studierst Sportwissenschaften? Was hast du denn bisher für Sport gemacht?«

»Alles Mögliche.«

»Wenn du Lust hast, können wir ja mal zusammen laufen.«

»Vorsicht!«, warnte Luisa. »Mein Vater ist gefürchtet! Der rennt jedes Karnickel platt.«

Leon lachte. »Dann braucht er einen richtigen Sparringspartner. Von mir aus jederzeit gerne. Das nächste Mal bringe ich meine Sportsachen mit.«

»Hey, ich dachte, du willst mich besuchen! Davon, dass du

mit meinem Vater durch die Pampa rennst, hat niemand was gesagt.«

»Du kannst ja mitkommen.«

»Vielen Dank! Da kann ich mir was Besseres vorstellen!«

Frank Berndorf stand auf.

»Übrigens, da ist für dich ein Brief angekommen, ohne Absender. Hier …« Frank legte Luisa einen weißen Umschlag neben den Teller.

»Oh danke.« Möglichst beiläufig steckte sie ihn ein. Was sich darin befand, konnte sie sich schon denken.

»Ist was?«, fragte ihr Vater, der ihr Mienenspiel beobachtet hatte. »Willst du den nicht aufmachen?«

»Nein. Später. Ist nicht weiter wichtig.« Auf keinen Fall wollte Luisa jetzt irgendwelche Fragen von ihrem Vater und erst recht nicht von Leon beantworten, was es mit diesen Bildern auf sich hatte. Sie würde sich später darum kümmern.

Ihr Vater winkte kurz zu ihr hinüber. »So. Ich muss noch mal ins Büro. Wir sehen uns heute Abend, ich komme kurz zur Schule raus. Und lasst euch nichts andrehen. Letztes Jahr haben die Kollegen beim Bandfestival zwei Jungs festgenommen, die Drogen verhökert haben.«

»An unserer Schule?«

»Das hat mit eurer Schule gar nichts zu tun, sondern mit den Leuten, die sich gerne bei solchen Events herumtreiben. Das Zeug wird mittlerweile überall angeboten, das müsstest du doch wissen, ich habe dich oft genug gewarnt.«

»Ach, Papa, du nervst.«

»Ich sag's lieber zweimal. Es kommt viel zu oft vor, dass

gerade Mädchen bei solchen Partys etwas untergejubelt wird.«

»Ich passe schon auf«, sagte Leon. »Ich kenne die Tricks. Glaub mir, in Großstädten geht es da ganz anders ab.«

So voll hatte Luisa ihre Schule noch nie erlebt. Nur mit Mühe bahnten sie und Leon sich einen Weg zwischen den Menschen hindurch, die aus der Sporthalle strömten. »Wir kommen natürlich genau zur Umbaupause«, meinte Luisa, als sie endlich in der Halle standen. »In einer Viertelstunde geht es weiter«, stellte sie mit einem Blick auf einen der Programmzettel fest, die ringsum an den Wänden klebten.

»Wie wäre es, wenn wir schon mal Plätze besetzen?«, schlug Leon vor.

»Ach nein, lass uns doch erst einmal eine Runde drehen. Vielleicht treffen wir ja Nele und die anderen. Außerdem habe ich Hunger.«

Leon lachte. »Wir waren doch vor gerade mal zwei Stunden Pizza essen! Ich dachte, ihr Mädels macht ständig Diät?«

»Sehe ich aus, als müsste ich eine Diät machen? Außerdem hatte ich nur eine kleine und du hast mir auch noch ein Stück weggegessen.«

»Ich sollte doch probieren.«

»Probieren ja, aber kann ich ahnen, dass du wie ein Krokodil da reinbeißt?«

»Okay, okay, ich seh's ja ein. Die Bemerkung von deinem Vater, wie ich dich zu ernähren gedenke, hätte mich warnen sollen. Also: Was willst du?«

»Dahinten ist ein Crêpes-Stand. Die liebe ich!«

»Oh«, meinte Leon mit Blick auf die Warteschlange. »Bist du dir sicher mit deinen Crêpes? Bis wir da drankommen, ist das Festival um.«

»Ach was! Auf Bratwürste oder Chili con Carne habe ich keine Lust. Und die Flammkuchen-Schlange ist sogar noch länger.«

»Wie wäre es dann, wenn du dich anstellst und ich in der Zwischenzeit etwas zu trinken hole? Was willst du? Cola?«

»Ach nein. Lieber so eine leckere Bio-Limo, Holunder oder Kirsch.«

Während sie langsam in der Schlange vorrückte, schaute sich Luisa um. Das Festival wurde von Jahr zu Jahr größer, hatte sie den Eindruck. So viele verschiedene Stände mit Essen und Trinken waren es letztes Jahr noch nicht gewesen.

»Das ist genial, dass du schon so weit vorn bist!«, fiel sie jemand von hinten an. Luisa befreite sich aus einer stürmischen Umarmung und drehte sich um.

»Bringst du uns was mit?«, bettelte Helen mit einem entschuldigenden Blick an die hinter Luisa Wartenden. »Ich will einen Crêpes mit Schoko und du, Simon?«

»Ich will Marmelade. Sollen wir dir tragen helfen oder schaffst du es alleine? Wir sitzen alle hinten am Sarkophag.«

»Geht schon, Leon kommt ja auch gleich. Habt ihr die fünf Euro passend? Dann her damit.«

Als sie auf ihre Bestellung wartete, kam Paul herangeschlendert und stellte sich neben sie.

»Die Crêpes sind wirklich gut. Ich habe auch schon zwei gegessen.« Er sah sich um. »Bist du alleine da?«

»Nein, mein Freund holt gerade was zu trinken. Und du? Bist du schon lange hier?«

»Schon seit heute Vormittag. Ich habe mich zum Helfen eingetragen.«

»Musst du die ganze Zeit arbeiten?«

»Nein, erst später wieder. Kannst ja mal vorbeikommen. Ich bin an der Bar in der Cafeteria.«

»Klar, machen wir. Tschüss Paul«, wandte sie sich den ihr entgegengestreckten Crêpes zu.

Beladen mit Essen und Getränken, steuerten Luisa und Leon kurze Zeit später das von allen Schülern »Sarkophag« genannte Kunstwerk neben dem Labortrakt der Schule an, das ein lokaler Künstler in einem Anfall von Großzügigkeit – Gerüchte sprachen jedoch auch von Platzmangel in seinem Atelier – der Schule geschenkt hatte. Es bestand aus einem Betonquader, der auf einem Sockel aus drei rundumlaufenden Stufen ruhte. Nach Ansicht des Künstlers stellte es ein stark stilisiertes Buch als Sinnbild des Lernens und Wissens dar. Die Schüler frozzelten dagegen, dass es nur das Untergestell für ein Reiterstandbild ihres Direktors sei, das nach seiner Pensionierung dort aufgestellt werden sollte. In der Zwischenzeit nutzten sie es als willkommene Sitzgelegenheit in den Pausen und Freistunden. Und außerdem zogen die einstmals grauen Flächen Graffitikünstler geradezu magisch an.

Luisa und Leon wurden mit großem Hallo empfangen. Alle rutschten zusammen, damit die beiden noch Platz fanden. »Hi. Seid ihr neu hier? Ich hab euch noch nie gesehen«, fragte Luisa die beiden Mädchen, die neben ihr saßen.

»Das sind Sandra und Gülcün, die spielen mit mir Handball«, stellte Nele die beiden vor, »die waren auch auf meiner Party damals, aber das hast du wahrscheinlich nicht mitbekommen, du warst ja im Prinzip nicht anwesend, aus bekannten Gründen.« Sie grinste Leon an. Luisa wurde rot.

»Ich hab halt vor allem im Nebenraum gesessen, weil ich nicht so gut laufen konnte.«

»Ich weiß, mit eigenem Pfleger.« Nele sprang auf, um sich vor Luisa in Sicherheit zu bringen. Die versuchte, ihr den Weg abzuschneiden, aber mit ihrem erst frisch verheilten Knie war sie noch nicht so wendig wie ihre Freundin. Nele kletterte flink wie ein Eichhörnchen auf den Betonquader und zog ihr von oben eine lange Nase.

»Komm doch rauf, wenn du was willst«, lachte sie.

Plötzlich stand Michael vor der Gruppe. »Wenn *ich* raufkomme, dann setzt es was! Ihr wisst genau, dass ihr da nicht raufklettern dürft. Das gilt auch für Zeiten außerhalb des Unterrichts. Runter mit dir, aber sofort!«

Maulend ließ sich Nele von dem Quader heruntergleiten. »Oh Mann, deshalb muss man doch keinen solchen Aufstand machen. Was ist denn so schlimm daran, hier hochzuklettern?«

»Du weißt ganz genau, warum. Ich habe euch im Blick!«

Mit einer letzten Warnung entfernte er sich in Richtung Hauptgebäude.

»Was für ein Spielverderber! Wofür soll dieses dämliche Kunstwerk denn sonst gut sein?« Nele schmollte.

»Wer war denn das?«, fragte Sandra.

»Unser Hausmeister. Am Anfang dachten wir ja noch, der

wäre ganz nett. Aber irgendwie scheint schlechte Laune in diesem Job Voraussetzung zu sein.«

»Komisch. Ich dachte, den kenne ich von irgendwoher«, meinte Sandra. »Aber ist ja egal. Wahrscheinlich irre ich mich.«

Luisa beugte sich vor. »Er ist erst seit diesem Herbst an unserer Schule. Vorher war er Busfahrer.«

»Busfahrer. Warte mal: Ja klar, der ist eine Weile unsere Linie von Ernstfeld bis nach Lensburg gefahren. Der hat immer mit allen Mädchen gequatscht, und wir haben uns heimlich über ihn lustig gemacht, weil er so spitze Ohrläppchen hat. Bei uns hieß er immer ›die Fledermaus‹. Aber damals hatte er noch längere Haare.«

»Spitze Ohrläppchen? Ist mir noch nicht aufgefallen. Aber jetzt, wo du es sagst, stimmt!« Luisa kicherte.

Im großen Zelt jaulte eine Gitarre auf. Nele sprang auf die Füße. »Hey, das sind die *Hammer Drills*. Die sind Klasse. Wer kommt mit?«

Luisa winkte ab. »Die sind mir zu laut. Leon und ich schauen mal, was in der Halle so läuft. Wir können uns ja in der nächsten Pause wieder hier treffen.«

Auf dem Weg drückte sie Leon ihre Jacke in die Hand.

»Ich muss mal. Ich gehe im Schulgebäude, da ist bestimmt nicht so viel Betrieb. Bin gleich wieder da«, rief sie lächelnd, während er sich auf die Stufen der Freitreppe setzte, um auf sie zu warten.

ER SAH AUS der Entfernung zu, wie Luisa die Treppe hinauflief und dieser Kerl es sich gemütlich machte. Sie hatte ihm noch schnell einen Kuss zugeworfen, ganz offen, ganz selbstverständlich. Die schwere Eingangstür hatte sich noch nicht hinter Luisa geschlossen, als sich ein Mädchen aus einer vorbeigehenden Gruppe junger Leute löste und auf Leon zu rannte. Sie flog geradezu in Leons Arme, der sie herumwirbelte und ihr einen Kuss auf die Wange drückte.

Automatisch griff er in seine Tasche und zog die Kamera heraus. In schneller Abfolge hielt er die Szene mit dem Apparat fest. Durch das Objektiv sah er, wie die beiden gestikulierten, als würden sie noch etwas ausmachen, dann winkte das Mädchen und eilte seiner Gruppe nach.

Er hatte es gewusst. Er hatte es schon immer gewusst. Dieser Leon war ein falscher Hund, der nichts anbrennen ließ. Er musste Luisa warnen. Anfangs würde sie es nicht glauben, aber dann würde er ihr die Fotos zeigen.

Sie würde weinen – und er würde sie trösten. Seinen Engel. Und dann konnte sie nichts mehr trennen.

Die Erregung packte ihn wie Schüttelfrost. Das Ziel war nah. Wenn er die Augen schloss, meinte er, Luisa bereits spüren zu können – ihre Haut, ihre Haare. Nun durfte er keinen Fehler mehr machen.

29

In der Pause vor der letzten Band des Abends trafen sich alle in der Cafeteria.

»Also die *Wagdogs* fand ich am besten«, meinte Helen.

»Das sagst du doch nur, weil du den Gitarristen so süß findest«, feixte Nele. »Also ich finde den Drummer ja viel niedlicher. Das wäre meiner. Und wen würdest du nehmen, Luisa?«

»Danke, bin bestens versorgt.« Sie schmiegte sich an Leon. »Ich schenke sie dir alle.«

Der sah auf seine Uhr. »Ich muss jetzt wirklich los. Ich bin schon viel länger geblieben, als ich wollte – es ist schon nach zehn. Da siehst du, wie sehr ich deinem Betteln widerstehen kann, Luisa. Dabei habe ich noch gut drei Stunden zu fahren.«

»Willst du nicht noch die letzte Band hören? Die *Tschakkas* sind Klasse, schon fast Profis.«

»Du kannst doch hier übernachten und morgen ganz früh raus«, schlug Nele vor.

»Nein danke, ich bin heute schon so früh aufgestanden. Außerdem wird mir das zu riskant. Ich muss pünktlich im Studio sein, und wenn auch nur ein Stau auf der Strecke ist, wird's knapp. Ich hol mir noch eine Cola für die Fahrt und dann pack ich's.«

Er stand auf und ging zu Paul, der zusammen mit Michael und mehreren Schülern bereits am Aufräumen war und die Kästen mit dem Leergut aus dem Thekenbereich räumte.

»Wir haben hier schon Schluss.« Paul schüttelte den Kopf, als er Leon herankommen sah. »Getränke gibt's nur noch im Saal.«

»Also komm, sind wir hier auf der Post, oder was? Ich brauch nur was zum Mitnehmen.«

»Wenn's sein muss.«

»Habt ihr vielleicht eine große Cola?«, fragte Leon ihn.

»Eigentlich nur die kleinen.«

»Und uneigentlich? Drüben bei den Mixgetränken hattet ihr auch andere. Notfalls nehme ich auch zwei kleine.«

Paul zögerte. In diesem Moment kam Luisa heran und umarmte Leon von hinten. »Oh Mann, ich vermisse dich ja jetzt schon«, sagte sie traurig, streckte dann den Kopf unter Leons Arm hindurch und lächelte Paul an. »Hi, ich nehme noch eine Bio-Limo Cassis und eine Kräuterlimo für Nele.«

Paul stand da wie aus Holz geschnitzt, dann riss er sich zusammen und murmelte: »Ich schau mal, was sich machen lässt, und bringe euch alles rüber.«

Er ging nach hinten ins Lager, wo er vor wenigen Minuten Fred hatte verschwinden sehen, der für die Mixgetränke verantwortlich war. Die Tür zum Hof stand offen. Vor dem Eingang parkte der Mini-Pritschenwagen, mit dem der Hausmeister normalerweise seine Gerätschaften über das Schulgelände transportierte. Jetzt stapelte Fred mit den anderen das Leergut auf die Ladefläche, das bis Montag im Gerätehaus zwischengelagert werden sollte.

»He Fred«, sprach Paul ihn an. »Da will einer eine große Cola zum Mitnehmen. Was soll ich da verlangen?«

»Eine große? Keine Ahnung. Drei Euro mit Pfand? Aber gib ihm eine von denen aus dem Kühlschrank, die die Spezialisten aus Versehen aufgemacht haben. Zwei sind noch ganz voll, aber wir können sie natürlich nicht zurückgeben. Ach Paul, Augenblick noch, ich habe eine Frage«, hielt Fred ihn auf.

Michael zog seine Arbeitshandschuhe aus. »Ich schaue mal nach, ob weiter vorne noch Kästen stehen.«

Während Michael durchs Lager in die Cafeteria ging, fragte Fred: »Sag mal, ist dir vorhin was aufgefallen? Da sind so ein paar seltsame Typen herumgeschlichen. Ich hatte den Verdacht, dass die irgendwas verkauft haben. Michael hat sie angesprochen, aber dann waren sie auf einmal weg. Du müsstest in der Nähe gewesen sein. Hast du was bemerkt?«

»Ich? Nein. Wann soll das gewesen sein? Keine Ahnung.«

In diesem Moment kam Michael zurück und streckte ihm eine Flasche Cola entgegen. »Hatte da nicht einer bei dir eine große Cola bestellt?«

»Hier, macht drei Euro«, sagte Paul und tat so, als würde er die Flasche gerade in diesem Moment öffnen, nur falls Leon meckern würde, weil sie schon offen war. Der bezahlte, nahm ohne Kommentar die Flasche unter den Arm und ging zurück zu dem Tisch, an dem Luisa und die anderen auf ihn warteten.

»Also was ist?«, fragte Nele, »kommst du jetzt noch einen

Sprung mit oder fährst du? Sonst gehen wir nämlich schon mal rüber.«

»Ich fahre«, antwortete Leon.

»Ich begleite dich noch ein Stück«, meinte Luisa und hängte sich bei Leon ein. Nele und der Rest der Clique verabschiedeten sich eilig. Die *Tschakkas* hatten schon angefangen zu spielen. Leon und Luisa schlenderten zu seinem Auto.

»Und wie kommst du jetzt nach Hause?«, fragte er.

»Mein Vater hat darauf bestanden, dass er mich abholt, weißt du doch.«

»Hatte ich ganz vergessen.«

Keiner von beiden bemerkte den Schatten, der ihnen gefolgt war und jetzt hinter das Transformatorenhäuschen schlüpfte.

»Bleibt es dabei, dass wir in der ersten Sommerferienwoche zusammen nach Berlin zu meiner Mutter fahren? Schließlich muss ich doch für uns das Zimmer buchen.« Luisa sah Leon mit großen Augen an.

»Klar. Und sag dem Room-Service, dass das Frühstück ans Bett geliefert werden soll.«

»Vielleicht auch noch das Mittagessen?«

»Warum nicht? Die schönste Sehenswürdigkeit Berlins liegt dann ja neben mir.«

»Du Spinner!« Glücklich verschloss Luisa Leon den Mund mit einem langen Kuss.

»Fahr vorsichtig«, bat sie, als er sich noch einmal zum Seitenfenster hinausbeugte.

»Ich rufe dich morgen Abend an. Wenn ich morgen früh ins Studio fahre, bist du bestimmt noch nicht wach.«

»Kann's kaum erwarten.«

Nach einer letzten Umarmung startete Leon den Motor und rollte los. Luisa winkte den kleiner werdenden Rücklichtern hinterher, bis sie um die nächste Kurve verschwanden. Sie überlegte kurz, ob sie den längeren Weg zurück nehmen sollte, der durch das hell erleuchtete Viertel führte, entschied sich dann aber doch für die Abkürzung durch die Grünanlage.

Es roch nach Regen. Eine Maus huschte ein Stückchen vor ihr im schwachen Licht des Mondes über den Weg und verschwand zwischen den niedrigen Büschen. Äste knackten. Plötzlich wurde ihr unheimlich. Wäre sie doch nur die Straße entlanggegangen, wo die Straßenlaternen brannten.

Sie beschleunigte ihre Schritte. So schnell wie möglich wollte sie die in Sichtweite liegende Hauptstraße erreichen. Doch als sie das Trafohäuschen passierte, trat ein Mann aus dem Dunkel und verstellte ihr den Weg. Luisa schreckte zusammen. Am liebsten hätte sie sich umgedreht und wäre zurückgerannt, aber hinter ihr lag nur eine menschenleere Straße.

Mein Pfefferspray!, schoss es ihr durch den Kopf. Aber das lag natürlich wieder einmal zu Hause in ihrem Zimmer. Sie hatte nicht daran gedacht, es einzustecken, weil sie ja mit Leon unterwegs gewesen war. Luisa bemühte sich, ruhig zu atmen und selbstsicher zu wirken.

Einfach vorbeigehen. Nicht klein machen, sondern groß, wiederholte sie die Ratschläge, die sie für eine solche Situation gelernt hatte.

Sie griff in ihrer Jackentasche nach ihrem Schlüsselbund.

Notfalls konnte sie auch den als Waffe einsetzen, wie es ihr der Trainer bei dem Selbstverteidigungskurs damals gezeigt hatte.

»Hallo Luisa, so allein unterwegs?« Die dunkle Gestalt kam näher. Luisa strengte ihre Augen an. Erst jetzt konnte sie erkennen, wer da vor ihr stand.

»Michael! Hast du mir einen Schrecken eingejagt!« Sie atmete auf.

»Das wollte ich nicht. Aber schön, dass ich dich treffe. Soll ich dich begleiten?«

»Nein, nicht nötig. Was machst du denn hier?«, fragte sie, plötzlich misstrauisch geworden. »Das ist aber ein komischer Zufall.«

»Kann man so oder so sehen. Was ist schon Zufall auf dieser Welt? Ist nicht alles vorbestimmt? Wer wir sind, was wir tun?«, antwortete er geheimnisvoll.

Luisas Erleichterung verschwand schlagartig. Michael redete so seltsames Zeug und sein bohrender Blick ließ sie erstarren. So musste sich ein Kaninchen vor der Schlange fühlen.

»Was ist denn? Du brauchst doch keine Angst zu haben. Hier, willst du ein Toffee?«, bot er ihr an.

Er zog ein klotziges Schokoladentoffee aus seiner Tasche und hielt es ihr auf der offenen Handfläche hin. Wie einem Pony, das man mit einem Zuckerstückchen locken will.

Sie schüttelte den Kopf.

»Macht nichts, esse ich's.« Er wickelte den dunkelbraun glänzenden Klumpen aus dem Papier und steckte ihn sich in den Mund. Dann faltete er das Bonbonpapier sorgsam zusammen und steckte es zurück in seine Tasche. »Luisa, weißt du eigentlich, dass du das hübscheste Mädchen an der ganzen Schule bist?«

Er kam näher. Luisa wollte etwas sagen, doch ihre Kehle war wie zugeschnürt.

»Du bist so anders als die anderen Mädchen. So strahlend. Und deine Haare leuchten wie Gold. Ich mag das.«

»Ich muss jetzt los, die anderen warten auf mich. Lass mich vorbei.« Es klang mehr wie ein Krächzen. Schlagartig fiel ihr die Situation in seinem Auto wieder ein.

»Du brauchst keine Angst vor mir zu haben, das habe ich schon einmal gesagt. Aber es sind nicht alle Menschen so nett wie ich. Vor allem Männer. Du solltest wirklich nicht alleine in solchen dunklen Ecken herumlaufen. Das kann gefährlich werden. Auf so hübsche Mädchen muss man aufpassen. Komm, ich begleite dich zurück.« Er streckte den Arm aus, als wollte er ihn ihr um die Schulter legen.

Luisa wich ihm aus. Sie wollte die Faust mit dem Schlüsselbund darin aus der Tasche ziehen, um notfalls zuschlagen zu können, aber sie verhedderte sich im Reißverschluss. Klirrend fielen die Schlüssel auf das Pflaster.

Bevor sie sich bücken konnte, um sie aufzuheben, hatte sie bereits Michael in der Hand. Langsam richtete er sich wieder auf.

Luisa stand wie eingefroren. Er sah sie von unten herauf lauernd an, ein Lächeln umspielte seine Mundwinkel, doch seine Augen blieben kalt.

Ein Raubtier auf der Jagd und sie war seine Beute!

In diesem Moment hörte Luisa Schritte näher kommen.

Reflexartig machte sie einen Satz nach vorne, entriss Michael den Schlüsselbund und rannte los.

Nichts wie weg hier!, schrie es in ihr. Irgendwohin, wo Menschen sind, Licht.

Um ein Haar warf sie den älteren Mann um, der mit seinem Gehstock die Wegplatten vor sich abzutasten schien. Ohne anzuhalten, rannte sie bis zur Schule, immer in dem Gefühl, dass Michael sie verfolgte. Erst als sie durch das schwere schmiedeeiserne Tor des Haupteingangs gehetzt war, wagte sie, sich umzudrehen. Nichts. Die Straße lag leer im Licht der Laternen. Ein einzelnes Auto fuhr vorbei. Hinter ihr, auf dem Schulhof, räumten die letzten ihre Stände auf. Aus Richtung der Sporthalle dröhnten dumpf die Beats von Rockmusik durch die Nacht.

Luisa atmete tief durch. Fast kamen ihr die Tränen, so froh war sie, wieder unter Leuten zu sein, in Sicherheit. Langsam ging sie zur Halle, atmete betont langsam und bedacht, damit sich ihr Puls wieder beruhigte. Sie hatte keine Lust mehr auf Musik und die Partystimmung ihrer Freunde. Sie wollte nur nach Hause!

Bis ihr Vater kam, wartete sie im Eingangsbereich der Sporthalle. Jedes Mal wenn die Tür aufging, fürchtete sie, dass Michael hereinkommen würde. Was hatte er von ihr gewollt? War er ihr gefolgt oder war es doch nur Zufall gewesen? Es gab immer Männer, die auf junge Mädchen standen, hatte ihr Vater sie gewarnt. Je jünger, desto besser.

Luisa fand das ekelhaft. Gehörte Michael auch zu diesen Gestörten? Er war doch noch gar nicht so alt, Mitte dreißig, höchstens vierzig, schätzte sie. Oder hielt er sich einfach für besonders cool und unwiderstehlich? Sie überlegte. Er hatte ihr Angst eingejagt. Sollte sie ihrem Vater davon erzählen? Plötzlich war sie sich ihrer Sache nicht mehr so sicher. Vielleicht versuchte Michael nur herauszufinden, wie weit er bei ihr gehen konnte, und hatte nicht wirklich etwas Böses im Sinn. Ich werde mit Nele darüber sprechen. Oder mit Carina, beschloss Luisa, aber nicht heute. Erst mal muss ich darüber nachdenken.

»Was ist denn mit dir los?«, wunderte sich ihr Vater, als er kam, um sie abzuholen. »Du bist gar nicht in der Halle? Ich hatte schon befürchtet, ich muss warten, bis du mit den Letzten rauskommst. Ist die Musik so schlecht? Oder hast du dich mal wieder mit Nele gestritten?«

»Weder noch. Ich bin einfach todmüde. Und ohne Leon macht es auch nicht so viel Spaß«, wich sie ihm aus.

Er warf ihr einen Seitenblick zu. Sie wirkte blass. »Du würdest es mir sagen, wenn etwas passiert wäre, oder?«

»Klar. Aber es ist nichts. Komm, lass uns heimfahren.«

30

Luisa verbrachte eine unruhige Nacht. Immer wieder schreckte sie aus wirren Träumen hoch. Mal war es Leon, der sie aus einem Gewirr von Räumen und dunklen Fluren zu rufen schien. Sie öffnete Türen, rannte durch ein Labyrinth von Treppen und Gängen und konnte ihn doch nicht finden. Dann wieder war es Michael, groß wie ein Haus, der auf sie heruntersah, ihre Haare abschnitt, um sie an einem Spinnrad zu einem Seil zu spinnen, das er um sie wickelte, bis es ihr die Luft abschnürte.

Mit verquollenen Augen erwachte Luisa am nächsten Morgen. Sie fühlte sich wie gerädert, der Traum der letzten Nacht klang in ihr nach, auch wenn sie sich an die Einzelheiten nicht erinnern konnte. Doch das Gefühl, etwas Wichtiges zu übersehen, ließ sie nicht mehr los. Krampfhaft darüber nachzudenken, was es mit diesem Gefühl auf sich hatte, war sinnlos, wusste Luisa. Deshalb tappte sie erst einmal in die Küche, um sich einen Kaffee aufzusetzen. Ihr Vater war natürlich längst schon auf den Beinen.

Bin joggen. Wir sehen uns zum Mittagessen, stand auf einem Zettel, den er neben der Espressomaschine für sie zurückgelassen hatte. Sie schaute aus dem Fenster und schüttelte sich. Nieselregen! Bei dem Wetter würden sie heute keine zehn Pferde aus dem Haus kriegen!

Mit ihrer Tasse Milchkaffee kuschelte sie sich wieder ins Bett, machte Musik an und griff nach einem Buch. Siedend heiß fiel ihr ein, dass sie ihre Hausaufgaben noch nicht gemacht hatte.

Egal, beschloss sie. Damit fange ich heute Nachmittag an. Ich bleibe ja sowieso zu Hause und warte, bis Leon anruft.

Doch es war nicht Leon, der sich am frühen Abend am Telefon meldete, sondern Nele. Sie war in Tränen aufgelöst. »Scheiße! Leon hatte einen Unfall. Meine Tante hat uns gerade angerufen, sie ist vom Krankenhaus benachrichtigt worden.«

Luisa erstarrte zu Eis. Sie war so schockiert, dass sie gar nichts sagen konnte.

»Luisa! Hörst du mich? Leon hatte einen Unfall!« Nele schrie in den Hörer. Wie in Zeitlupe nahm Luisa das Telefon ans andere Ohr. Sie hörte sich selbst wie aus weiter Entfernung fragen:

»Leon? Was, was ist? Ist er …?« Ihr versagte erneut die Stimme.

»Er liegt im Krankenhaus. Er ist schwer verletzt. Sie haben ihn in ein künstliches Koma versetzt.«

»Aber wie …?«

»Er hat sich mit dem Auto überschlagen. Auf der Autobahn. Die Polizei sagt, dass er vermutlich eingeschlafen ist. Das wäre nicht passiert, wenn er hier übernachtet hätte. Oder wenn er gar nicht erst hergefahren wäre! Bloß wegen dem blöden Festival!«

»Was genau ist denn passiert? Und wo ist das Krankenhaus? Ich muss zu ihm.«

»Das weiß ich alles nicht. Meine Tante hat nur ganz kurz mit meiner Mutter gesprochen. Die Leute vom Krankenhaus haben ihr am Telefon auch nicht viel gesagt. Sie will uns wieder anrufen, wenn sie dort ist. Das ist so scheiße!«

»Ruf mich sofort an, wenn du was Neues weißt, egal um welche Uhrzeit! Ich bin …« Luisa versagte die Stimme.

Nele schluchzte. »Ich muss auflegen, meine Mutter braucht das Telefon.«

Luisa hörte den Piepston, der zeigte, dass der andere Teilnehmer aufgelegt hatte, aber sie konnte sich nicht bewegen. In ihrem Kopf wirbelten Gedanken, Bilder, Erinnerungsfetzen wie in einem Herbststurm durcheinander. Leon und sie gestern beim Festival, Leon als Mumie verkleidet auf Neles Fest, Leon im Krankenhaus, an Schläuche und Kabel angeschlossen.

Angst presste mit eisigen Fingern ihr Herz zusammen. Wenn ihn die Ärzte in ein künstliches Koma versetzt hatten, musste er sehr schwer verletzt sein. Vielleicht würde er sogar sterben.

Sie merkte nicht, wie ihr die Tränen aus den Augen quollen und übers Gesicht rannen. Das tutende Telefon in der Hand, starrte sie auf die Wand vor sich, unfähig, sich zu rühren, unfähig, einen klaren Gedanken zu fassen. Erst als ihr Vater von hinten an sie herantrat und sie in den Arm nahm, brach der Bann.

Schluchzend ließ sie sich gegen ihn fallen, barg den Kopf an seiner Brust, so wie früher, als sie noch ein kleines Kind war und er ihren Kummer mit leisen beruhigenden Worten und sanften Händen wegstreichelte. Er wartete, bis ihr

Schluchzen verebbte, dann führte er sie ins Wohnzimmer und ließ sie auf das Sofa gleiten. Sie zitterte. Er hüllte sie in eine Decke ein, setzte sich neben sie.

»So«, meinte er. »Was war das jetzt für ein Anruf?«

Stockend und immer wieder von Weinen unterbrochen, wiederholte Luisa, was Nele am Telefon erzählt hatte.

»Ich habe solche Angst, dass er stirbt!«, schluchzte sie. Sie zitterte am ganzen Körper. Frank Berndorf drückte ihr die Hand.

»Luisa, hör mir zu. Schwer verletzt heißt nicht tot. Und ein künstliches Koma ist kein echtes. Das machen Ärzte, um den Körper bei schweren Verletzungen zu entlasten. Ich weiß, es ist schlimm für dich, aber wir können nichts weiter tun, als abzuwarten. Wenn du willst, kann ich auch mit Neles Mutter reden.«

»Nele hat gesagt, sie rufen an, wenn sie was Neues wissen«, schniefte Luisa.

»Gut. Dann mache ich dir jetzt einen Tee, du nimmst ein heißes Bad und gehst ins Bett. Mach dir Musik an oder schau einen Film, aber warte nicht darauf, dass das Telefon klingelt. Vor morgen früh wird bestimmt niemand anrufen, glaub's mir.«

»Ich kann morgen nicht in die Schule.«

»Doch, du kannst. Du musst sogar. Wenn du hier herumsitzt, machst du dich nur verrückt. Also los. Soll ich dir Wasser einlaufen lassen?«

»Ja bitte.«

Als sie in ihrem Zimmer ihre Strickjacke auszog, flatterte der Umschlag auf den Boden, den sie am Morgen zuvor in der Küche ungeöffnet eingesteckt hatte. In einem Wutanfall zerriss sie ihn in tausend Fetzen.

Dieser ganze Engel-Scheiß fehlt mir jetzt gerade noch! Warum lässt mich dieser Arsch nicht in Ruhe! Wenn ich wenigstens wüsste, wer dahintersteckt, dann könnte ich es ihm selbst sagen!

Es wurde der längste Schultag ihres Lebens. Luisa hockte stumm auf ihrem Stuhl und nahm ihre Umwelt nur wie durch Glas wahr.

Nele erging es nicht anders. Auch sie hatte in dieser Nacht kaum geschlafen. Ihre rot verquollenen Augen juckten und brannten. Neles Mutter hatte die Schule über Leons Unfall informiert, sodass niemand unnötige Fragen stellte und die Lehrer die beiden einfach in Ruhe ließen. Auch als Nele verbotenerweise ihr Handy unter dem Tisch hervorholte und heimlich nachschaute, ob eine Nachricht eingegangen war, sahen die Lehrer ohne Kommentar darüber hinweg.

»Kann ich mit zu dir?«, bat Luisa nach der letzten Stunde. »Zu Hause halte ich es nicht aus.«

»Ja klar.«

»Ich mache uns einen Chai Latte«, schlug Nele vor, als sie die Wohnungstür aufschloss. Luisa nickte nur.

Nach einer Weile tat der heiße gewürzte Tee seine Wirkung. Sie entspannten ein wenig und Luisa konnte endlich die Frage stellen, die ihr schon die ganze Zeit auf der Zunge brannte: »Meinst du, er wird wieder gesund?«

Nele ließ sich Zeit mit einer Antwort. »Ich hoffe es. Meine Mutter meinte, wir müssten optimistisch sein. Von lebensgefährlich hätte meine Tante nicht direkt was gesagt. Alles andere …« Sie ließ all die Befürchtungen, die beide quälten, ungesagt im Raum schweben.

Was, wenn er nicht mehr ganz gesund wird?, stellte sich Luisa die bange Frage. Wenn er behindert wäre oder sogar ein Pflegefall? Und auch, wenn es nicht ganz so schlimm kommt, was soll aus seinem Studium werden? Sport war sein Leben und er konnte sich nicht vorstellen, einen Beruf zu ergreifen, der nichts mit Sport zu tun hatte.

Und ich selbst?, grübelte Luisa.

Wie würde sie reagieren, wenn er für den Rest seines Lebens im Rollstuhl sitzen müsste? Aus der Ferne war sie sich ganz sicher, dass sie ihn genug liebte, um diese Herausforderung anzunehmen. Aber würde sie es auch tatsächlich schaffen?

Darüber denke ich nach, wenn es wirklich so weit kommt, rief sie sich selbst zur Ordnung.

Das Wichtigste in diesem Moment war, dass es ihm so schnell wie möglich wieder besser ging.

Der erlösende Anruf kam abends um neun.

»Er ist wach«, jubelte Nele. »Die Ärzte sagen, er habe wahnsinniges Glück gehabt. Er hat sich drei Wirbel gebrochen, aber das Rückenmark ist nicht verletzt. Und der Verdacht auf innere Verletzungen hat sich auch nicht bestätigt. Alles andere würde heilen, aber es braucht natürlich seine Zeit. Und es kann sein, dass er wegen dem Beckenbruch noch einmal operiert werden muss.«

Luisa fiel ein ganzes Gebirge an Steinen vom Herzen.

»Kann ich ihn denn irgendwie erreichen oder besuchen?«

»Er muss noch ein paar Tage auf der Intensivstation bleiben, wie lange, konnten sie noch nicht sagen. Aber sobald er auf einem normalen Zimmer ist, bekommt er ein Telefon. Vorher sind Besuche leider nicht drin. Aber meine Tante hat versprochen, uns auf dem Laufenden zu halten. Wir sollten uns jetzt aber keine großen Sorgen machen, es wird schon wieder, hätten die im Krankenhaus gesagt. Er sei noch jung und durchtrainiert, da seien die Heilungschancen gut.«

Luisa hätte die ganze Welt umarmen können. Sie musste jemandem diese gute Nachricht erzählen. Ihr Vater war Fußballspielen mit seiner Alt-Herrenmannschaft und würde erst spät nach Hause kommen. Luisa setzte sich an ihren Computer und verfasste eine neue Nachricht an Carina.

... Meine Oma hat einmal gesagt, es gibt keine Situation, die so schlecht ist, dass man nicht doch etwas Gutes daran finden kann. Und das stimmt, denn jetzt weiß ich, was Leon für mich bedeutet.

Ich hatte so große Angst um ihn. Und ich will ihn nie, nie verlieren! Vielleicht kann ich in den Sommerferien ja ein bisschen länger zu ihm nach Leipzig fahren, wenn er dann schon wieder aus dem Krankenhaus raus ist. Aber bis dahin sind es ja noch ein paar Wochen.

Damit schloss sie ihre Nachricht.

So viel hatte ihr noch nie ein Mensch bedeutet – abgesehen vielleicht von ihren Eltern, aber das war ja schließlich etwas ganz anderes.

Luisa kuschelte sich in ihr Bett. Bevor sie das Licht ausknipste, warf sie Leons Foto auf dem Nachttisch noch einen Kuss zu.

»Wir schaffen das«, flüsterte sie, »uns kann nichts mehr trennen!«

VOLLER WUT GAB er dem neben ihm stehenden Sessel einen Tritt.

Sie schien ihm ferner denn je, dabei gehörte sie doch zu *ihm*! Nicht zu diesem Sportstudenten, nicht zu irgendjemand anderem auf der Welt!

Was sollte er denn noch tun, damit sie das endlich erkannte? Es blieb ihm nichts anderes übrig, als zunächst einmal abzuwarten. Es würde sich eine Gelegenheit ergeben. Er hatte zwar keine Ahnung, auf was und wie lange er noch warten sollte, doch wenn der richtige Moment gekommen war, würde er ihn erkennen, war er sich sicher.

Er steckte den Stecker des Ladegeräts in die Steckdose und drückte den Akku seiner Kamera in die Mulde. Noch musste er im Hintergrund bleiben. Aber er würde auf sie aufpassen, aus der Entfernung, wenn es sein musste.

Sie war sein Engel. Er war ihr Schutzengel. Wenn sie erst zusammen waren, würde er sie nie mehr gehen lassen. Er musste ihr ein Zeichen geben. Aber er musste vorsichtig sein. Das letzte Mal hatte sie so erbost geklungen, als sie mit Carina chattete.

Doch wie konnte sie auch wissen, dass er ihr die Botschaften schickte? Bald würde er sich nicht mehr verstecken müssen. Dann würde alles gut werden.

31

Luisa wartete ungeduldig darauf, Leon endlich besuchen zu dürfen. Schon der Tag, an dem er auf eine normale Krankenstation verlegt wurde, war für sie ein kleiner Festtag. Jetzt konnte sie wenigstens mit ihm telefonieren. Seine Stimme klang matt, ganz verändert.

»Krieg keinen Schreck«, warnte er, als sie ihm ganz aufgeregt erzählte, dass sie am Sonntag mit Nele und ihrer Familie kommen würde. »Ich sehe ziemlich zum Fürchten aus. Mein halbes Gesicht ist blau und grün.«

»Macht nichts. Ich habe mich schließlich in eine Mumie verliebt. Da kann es ja nicht viel schlimmer kommen.«

»Wart's ab. Jetzt mach ich einen auf Zombie.«

Luisa lächelte glücklich. Das klang schon wieder nach dem Leon, den sie so liebte.

»Soll ich dir was mitbringen? Kannst du CDs hören?«, kam Luisa eine Idee.

»Nein, nur Radio, über Kopfhörer. Aber wir haben auch einen Fernseher im Zimmer. Warum?«

»Lass dich überraschen. Aber du wirst dich freuen, ganz bestimmt!«

»Wenn du kommst, ist das die schönste Überraschung. Kannst du nicht ein Praktikum auf der Station machen?«

»Damit ich dich jeden Tag aufs Töpfchen bringen kann?

Da warte ich lieber noch ein Weilchen, bis ich dich wenigstens im Rollstuhl rumschippern kann.«

»Na warte, das merke ich mir! Wahre Liebe sieht anders aus!«

»Wie denn? Mit weißem Kittel, Gummihandschuhen und Mundschutz? Ich habe ja gar nicht gewusst, dass du pervers bist!«

»Das kann man ja alles ausziehen«, scherzte Leon.

»Sag mal, ich dachte, du liegst in einem Zweibettzimmer? Was sagt denn dein Nachbar dazu, was du so alles von dir gibst?«

»Der ist gerade draußen.«

»Ach deshalb. Ich hatte schon gehofft, dass er mindestens schwerhörig ist«, meinte Luisa.

»Ist er auch. Aber sonst ganz nett. Nur leider schnarcht er wie ein besoffener Bär. Zum Glück wird er morgen entlassen.«

»Schade, ich hätte ihn gerne gefragt, was du den Frauen, die dich sonst so besuchen, alles erzählst.«

»Ich lade sie am Sonntag alle ein, damit du sie kennenlernst«, bot Leon an.

»Nein danke! Ich hätte dich lieber für mich allein.«

Luisa hätte noch stundenlang mit Leon herumblödeln können, doch ein Blick auf ihre Uhr schreckte sie auf. »Oh, ich muss Schluss machen. Ich muss zum Training. Ich habe doch wieder mit Basketball angefangen.«

»Schluss machen? Du kannst doch mit einem armen Leidenden nicht einfach so am Telefon Schluss machen! Du hast einen anderen, gib's zu!«

»Du Blödkopf! Du willst doch nur von mir hören, dass ich dich liebe. Kannst du haben: Ich liebe dich!«

»Ich liebe dich auch. Und ich freue mich auf Sonntag! Kann es kaum erwarten.«

»Wie wäre es mit einem gemeinsamen Frühstück?«, weckte Frank Berndorf am Samstag seine Tochter und schüttelte verheißungsvoll eine Tüte voll warmer Brötchen.

Luisa lugte verschlafen unter ihrer Decke hervor. »Wie spät ist es denn?«

»Halb zehn, du Murmeltier. Ich war schon eine Stunde laufen und habe Brötchen besorgt.«

»Sesam?«

»Auch Sesam. Natürlich.«

Luisa warf mit einem Schwung die Decke von sich und sprang auf die Füße. »Überredet. Bin in fünf Minuten da.«

Zerstrubbelt und barfuß erschien sie tatsächlich gleich darauf am Frühstückstisch. Ihr Vater blickte von der Zeitung hoch.

»Wann fahrt ihr denn morgen los?«

»Neles Mutter hat gesagt, dass sie mich um neun Uhr abholen kommen.«

»Hier«, er schob ihr über den Tisch einen weißen Briefumschlag zu. »Schon wieder einer dieser geheimnisvollen Briefe. Was steht denn da drin? Oder darf dein Vater das nicht wissen?«

Luisa drehte den Umschlag in der Hand. Sie war versucht, ihm alles über die Engelsbilder, die Fotos und die kryptischen Botschaften zu erzählen, doch etwas hielt sie zurück.

So wie sie ihren Vater kannte, würde das ein längeres Gespräch werden und darauf hatte sie heute keine Lust.

»Was hast du denn? Ärger?«, fragte er.

Widerstrebend gab Luisa nach. »Nein, das nicht. Aber ich habe schon öfter seltsame Briefe bekommen. Am Anfang war es nur ein Engelbild, aber seit einiger Zeit sind immer Fotos von mir dabei.«

»Lass mal sehen.« Frank Berndorf betrachtete das Porträtbild seiner Tochter, das ganz offensichtlich beim Bandfestival aufgenommen worden war. »Bist doch gut getroffen.«

Wortlos reichte sie ihm das schlichte Blatt Papier mit den wenigen Zeilen darauf.

Du siehst wunderschön aus. Wie ein Engel. Ich liebe dich und bald wird uns nichts mehr trennen.

»Da hat es ja jemanden ganz schön erwischt. Und deinen Leon können wir als Absender wohl definitiv ausschließen, oder?«

»Findest du das nicht komisch?«

»Eher ein bisschen traurig. Klingt nach unerfüllter Liebe. Also bedrohlich kommt es mir nicht vor. Oder fühlst du dich in irgendeiner Form belästigt oder verfolgt?«

»Nein. Ich weiß ja nicht mal, von wem das sein könnte.« Kurzzeitig fiel ihr Michael ein, aber dem traute sie so einen Brief eigentlich nicht zu. Der war alles andere als romantisch veranlagt.

Ihr Vater untersuchte den Umschlag gründlich von allen Seiten. »Ich schlage vor abzuwarten, bis sich dein Romeo zu erkennen gibt. Und falls er zudringlich wird, kann ich mich ja darum kümmern.«

Luisas Blick fiel auf die aufgeschlagene Zeitung, die ihr Vater auf dem Frühstückstisch abgelegt hatte. Sie schob den Brief beiseite, klatschte sich zwei Löffel Marmelade auf ihr Brötchen, biss hinein und schlug mit einer Hand den Lokalteil auf.

Die Überschrift *Annika bleibt unvergessen* und darunter *Ein Jahr nach ihrem Tod noch keine Spur von ihrem Mörder* sprang ihr in die Augen. In dem Artikel erinnerte der Verfasser an die Ereignisse vor zwölf Monaten, fasste die bisherigen Ermittlungsergebnisse zusammen und stellte am Ende die provokante Frage, inwieweit die Mädchen und Frauen in Lensburg überhaupt sicher seien, weil der Täter immer noch frei herumlaufe.

»Ist das schon wieder ein Jahr her?«, wunderte sich Luisa. »Seid ihr da eigentlich noch dran?«

»Natürlich. Solange die Akte nicht als ungelöst geschlossen ist, ermitteln wir weiter. Aber wir sind schon seit einiger Zeit mit unserer Arbeit an einem Punkt angekommen, wo wir nur auf neue Spuren hoffen können.«

»Aber das gibt's doch nicht! Es muss doch irgendeinen Hinweis darauf geben, wer das getan hat.«

»Wer es war, steht fest. Das sagen uns die DNA-Spuren. Aber es fehlt uns der Name zu der DNA.«

»Könnt ihr nicht so einen Test machen, du weißt schon, bei dem alle Männer untersucht werden?«

»Du meinst einen Speicheltest? Im Prinzip ja, es wurde auch schon darüber diskutiert. Aber das ist erst sinnvoll, wenn sich der Personenkreis eingrenzen lässt. Dazu müssen alle vergleichbaren Fälle der letzten Jahre bundesweit ausgewertet werden. Das dauert, vor allem, wenn man so unterbesetzt ist wie wir.«

»Dann kann es also sein, dass er in der Zwischenzeit wieder eine Frau überfällt?«

Frank Berndorf zögerte mit seiner Antwort. Luisa sprach genau die Sorge an, die ihn seit dem Tod von Annika Willmers immer wieder verfolgte. Die Ähnlichkeit von Luisa und ihrer Mutter mit den beiden Opfern raubte ihm immer noch den Schlaf.

Jeder Mensch hat einen Schutzengel, dachte er, ich kann nur hoffen, dass Luisas nicht im falschen Moment wegschaut.

Laut sagte er: »Ich würde lügen, wenn ich nicht Ja sagen würde. Es kann natürlich wieder passieren, aber wann und wo, ist unmöglich vorherzusehen. Immerhin ist denkbar, dass er überhaupt nicht mehr in der Gegend ist.«

Da war es wieder, dieses bohrende Gefühl. Luisas Bauch sagte ihr, dass etwas nicht stimmte, aber ihr Kopf konnte die Signale nicht deuten. Unruhig trommelte sie mit den Fingerspitzen auf den Tisch.

Ihr Vater sah sie fragend an: »Was ist los? Worüber grübelst du nach?«

»Halt mich jetzt nicht für blöd, Papa, aber da ist irgendetwas, das ich gesehen oder gehört habe und das wichtig sein könnte. Aber ich komme einfach nicht drauf.«

»Denk nicht krampfhaft darüber nach. Meistens fällt einem so etwas nebenbei wieder ein. Und ich will nur hoffen, dass du mit deiner Ahnung falschliegst. Ich will mir nicht einmal vorstellen, dass du auch nur in die Nähe von so einem Irren kommst.« Er sah auf die Uhr. »Anderes Thema: Ich weiß ja nicht, was du alles für die Schule zu tun hast. Aber die Wohnung könnte mal wieder einen Arbeitseinsatz gebrauchen. Ich bringe das Papier und das Glas weg, und dann ist das Bad dran – und du übernimmst die Küche und dein Zimmer, einverstanden?«

»Aber ich muss noch mein Referat für Bio vorbereiten«, legte sie Einspruch ein.

»Das wird ja nicht den ganzen Tag dauern.«

Das nagende Gefühl verfolgte Luisa auf Schritt und Tritt. Sie versuchte, nicht daran zu denken, wie ihr Vater ihr geraten hatte, aber sie ertappte sich immer wieder dabei, wie sie in Gedanken die Ereignisse der letzten Tage und Wochen durchging.

Sie hoffte, dass bei irgendeinem Bild, bei irgendeinem Satz, der gesagt worden war, ihre Erinnerung einrastete. Erst als sie wie jeden Tag mit Leon telefonierte, vergaß sie ihre Unruhe.

»Jetzt sag schon, was du vorhast morgen«, forderte er. »Wie soll man denn schlafen können, wenn du einen so auf die Folter spannst?«

»Dann wäre es doch keine Überraschung mehr. Oh nein, ich verrate nichts. Vielleicht freust du dich ja gar nicht, und dann?«

»Dann könnte ich bis morgen zumindest einen begeisterten Gesichtsausdruck einüben, um dich nicht zu enttäuschen.«

»Keine Chance. Mir machst du nichts vor! Und bevor ich

mich jetzt doch noch verplappere, mache ich Schluss. Ich liebe dich! Schlaf gut!«

»Du auch. Ich freue mich auf dich.«

Beschwingt drehte Luisa eine Pirouette durch ihr Zimmer. Sie war so glücklich, dass sie das wieder aufkeimende ungute Gefühl in ihrer Magengegend einfach ignorierte.

32

Die Fahrt am nächsten Morgen entwickelte sich zu einer Geduldsprobe. Es regnete in Strömen und auf der Autobahn herrschte dichter Verkehr, obwohl Sonntag war.

Prompt gerieten sie in einen kilometerlangen Stau, der sich wegen eines Unfalls gebildet hatte.

Im Schneckentempo passierten sie nach einer gefühlten Ewigkeit die Unfallstelle. Mehrere Autos standen schwer beschädigt auf dem linken Fahrstreifen, eines davon sah völlig zerfetzt aus. Glassplitter und Trümmer lagen herum, Feuerwehrleute waren dabei, die Fahrbahn zu säubern, zwei Abschleppwagen warteten mit blinkendem Warnlicht darauf, die Wracks abtransportieren zu können. Polizisten winkten ungeduldig den Verkehr an der Unfallstelle vorbei. Luisa, Nele und deren Schwester renkten sich fast den Hals aus, um zu erkennen, was passiert war.

Luisa musste sofort an Leon denken. Vor drei Wochen war er es gewesen, den die Sanitäter aus den Trümmern seines Autos geborgen hatten. Hoffentlich hatten die Leute bei diesem Unfall hier genauso viel Glück gehabt wie er. Sie konnte sich kaum vorstellen, dass aus diesem Blechknäuel jemand lebend herausgekommen war. Nele schienen die gleichen Gedanken durch den Kopf zu geistern.

»Wenn ich daran denke, dass Leons Auto genauso ausgesehen haben muss! Uff!«, sagte sie.

Luisa lief ein eiskalter Schauer über den Rücken. Nein, das wollte sie sich gar nicht vorstellen.

»Du hast eindeutig schon mal besser ausgesehen!«, meinte Nele trocken, als sie vor Leons Bett standen und auf die in Verbände gewickelte Gestalt hinunterschauten.

»Wieso, steht ihm doch ganz gut. Hat sich Luisa nicht in dieses Kostüm verliebt?«, lästerte auch Neles Schwester.

Leon grinste. »Was tut man nicht alles, um seine Freundin zu beeindrucken?«

Luisa hatte einen so dicken Kloß im Hals, dass sie kaum sprechen konnte. »Du Spinner! Anders gefällst du mir besser.« Doch dann ließ sie alle Zurückhaltung fallen und stürzte sich auf ihn. Mit einer Hand zog Leon sie an sich – vergessen waren die bangen Momente, die Angst und auch seine Schmerzen. Überglücklich vergaßen sie die Welt um sich herum, die ganze Familie Kleinschmidt mit eingeschlossen.

Neles Mutter räusperte sich und tippte ihren beiden Töchtern auf die Schultern. »Also ich weiß ja nicht, wie es euch geht, aber ich könnte einen Kaffee gebrauchen. Am Eingang war ein Schild zur Cafeteria. Kommt ihr mit?«

Luisa und Leon bemerkten kaum, dass die anderen längst draußen und sie beide allein im Raum waren. Nur langsam lösten sie sich voneinander. Luisa blieb auf seiner Bettkante sitzen, griff nach seiner Hand und spielte mit seinen Fingern.

»Du hättest echt nicht mehr fahren sollen an dem Abend«, flüsterte sie. »Oder früher.«

»Ich verstehe das bis heute nicht, ich habe ständig darüber nachgedacht, wie das passieren konnte. Ich meine, ich war gar nicht so müde, als ich losgefahren bin, und getrunken hatte ich ja auch nichts. Ich kann mich an den Unfall selbst überhaupt nicht erinnern. Völliger Filmriss. Das Einzige, was ich noch weiß, ist, dass mir plötzlich wie schwindelig war und ich überlegt habe, am nächsten Parkplatz rauszufahren. Ich habe noch die Autofenster aufgemacht und dann: alles schwarz. Die Polizisten, die hier bei mir waren, haben gesagt, dass es einen Zeugen für den Unfall gibt. Ein Mann, der schon eine Weile hinter mir gefahren war. Der soll gesehen haben, wie ich ganz plötzlich erst nach links über die mittlere Spur gezogen bin, dann nach rechts in die Leitplanke. Das Auto hat sich gedreht und dann überschlagen.«

»Aber wenn du sagst, dass dir schwindelig wurde, warst du vielleicht doch zu kaputt und bist eingeschlafen?«

»Das vermutet die Polizei auch. Der Bluttest war jedenfalls eindeutig: null Komma null Promille. So was ist mir noch nie passiert. Das kenne ich gar nicht, dass es mich regelrecht umhaut.«

»Was meinst du denn, was es sonst sein könnte? Hattest du vielleicht was Schlechtes gegessen?«, überlegte Luisa laut.

»Mir war ja nicht schlecht, mehr schwindelig. Als ob ich aus einem Aquarium herausgucke. Außerdem habe ich nichts anderes gegessen als du auch – und dir ging es ja gut.«

»Und was hast du getrunken?«

»Das restliche Wasser vom Morgen und die Cola, die ich mir auf dem Fest gekauft hatte.«

»Meinst du, damit hat was nicht gestimmt?«

»Kann ich mir nicht vorstellen. Hey, ich will mit dir nicht die ganze Zeit nur über den Unfall reden, wenn du schon hier bist. Ich dachte, dein Vater ist der Kommissar in eurer Familie. Schluss mit dem Verhör. Die Ärzte haben nach der letzten Untersuchung gemeint, dass ich nicht mehr operiert werden muss und wahrscheinlich bald wieder rauskann.«

»Das wäre ja super!«, jubelte Luisa, aber so ganz war für sie das Thema noch nicht erledigt. Sie beschloss, ihren Vater zu fragen, was er über die seltsamen Umstände von Leons Unfall dachte. Vielleicht hatte man ihm doch etwas untergemischt.

Nur wann und wie – und warum?

Seine Stimme holte sie aus ihren Gedanken zurück. »Die Reha kann ich vielleicht bei dir in der Nähe machen. Ich brauche ja jemanden, der meine Klamotten wäscht und so.« Er grinste. »Allerdings hatte ich dabei eher an meine Tante gedacht. Du wärst für den Freizeitteil verantwortlich.«

Die beiden merkten gar nicht, wie schnell die Zeit verging. Viel zu früh kamen die anderen wieder zurück.

Leon sah Luisa an. »Was ist eigentlich mit der Überraschung, um die du so ein großes Geheimnis gemacht hast?«

»Stimmt! Hätte ich fast vergessen!« Sie kramte in ihrer Tasche. »Voilà: mein alter tragbarer CD-Player mit Kopfhörern und ein ganzer Stapel mit Hörbüchern. Papa hat die besten aus seiner Sammlung rausgesucht.«

»Klasse. Vielen Dank. Das rettet mich über die nächsten Tage. Die ganze Zeit fernzusehen, ist öde und selber lesen ist auf die Dauer noch zu anstrengend. Was hast du denn mitgebracht?« Er sah die Cover durch und überflog die Titel.

»Und dann habe ich noch was.« Luisa griff in ihre Umhängetasche und zog das Foto heraus, das ihr am Tag zuvor der unbekannte Briefeschreiber geschickt hatte.

»Das ist ja klasse. Vielen Dank! Das stelle ich mir gleich hier auf das Tischchen.«

Nele nahm das Foto in die Hand. »Wo hast du das denn her? Das war doch auf dem Bandfestival, als wir am Sarkophag gesessen haben.«

»Habe ich geschenkt bekommen.«

»Wer hat es denn gemacht?«, wollte Nele wissen.

»Keine Ahnung, ist doch eigentlich auch egal.«

»Also mir ist es nicht egal, wer meine Freundin ablichtet«, mischte sich Leon ein. »Wer weiß, bei welcher Gelegenheit der- oder diejenige noch geknipst hat.«

Luisa winkte ab, doch die leicht hingeworfene Bemerkung von Leon bohrte in ihr weiter. Er hatte recht: Waren das wirklich die einzigen Fotos, die der Unbekannte von ihr geschossen hatte?

Sie versuchte, locker zu wirken: »Keine Panik. Schließlich habe ich einen Polizisten zum Vater. Oder bist du etwa eifersüchtig?«

Um vier drängte Neles Mutter zum Aufbruch. Auf der Heimfahrt döste Luisa ein. Sie ließ sich in die Zwischenwelt zwischen Träumen und Wachen gleiten, dorthin, wo die

Schwerkraft der Gedanken aufgehoben ist und sie frei von allen Zwängen der Logik zu fliegen beginnen.

Und plötzlich war es wieder da, das Bild, das ihr schon einmal im Traum begegnet war: Michael, der wie aus dem Nichts auftauchte und dessen Lächeln sie sogar im Schlaf erschaudern ließ. In Sekundenbruchteilen war es vorbei, aber ein kleiner Rest blieb in ihrer Erinnerung haften, setzte sich fest wie ein winziger Stachel, der zwar nicht zu sehen ist, aber bei jeder Berührung schmerzt.

Luisa wachte auf. Sie rieb sich verwirrt die Augen. Was war das doch gleich gewesen, was sie da geträumt hatte? Sie haschte nach der verblassenden Erinnerung, konnte das Bild aber nicht mehr heraufbeschwören. Sie hatte das Gefühl, dass es wichtig sein könnte, es wiederzufinden. Aber je mehr sie danach suchte, desto stärker entglitt es ihr.

33

Zu Hause wartete ein wild blinkender Anrufbeantworter darauf, seine Nachricht loszuwerden. Es war Luisas Mutter, die für das kommende Wochenende einen Überraschungsbesuch ankündigte. Sie würde eine gute alte Freundin besuchen und Carla würde sie nach Lensburg begleiten, um Luisa zu sehen.

»Super, aber dann will ich mit Carla richtig Party machen«, jubelte Luisa.

»Ich glaube nicht, dass du Carla als Berlinerin mit dem Lensburger Nachtleben beeindrucken kannst«, wandte ihr Vater ein.

»Darum geht's doch gar nicht. Wir wollen sowieso vor allem quatschen.«

Frank Berndorf lachte laut auf. »Dazu müsst ihr allerdings nicht in eine Kneipe gehen.«

»Doch, genau deswegen. Außerdem kann ich länger weg, wenn Carla dabei ist. Ihr könnt uns ja das Taxi nach Hause zahlen.«

»Sonst noch was?«

»Nein. Ach doch«, ergriff Luisa die Chance. »Ich muss mit dir reden. Dienstlich.«

»Das klingt ja gefährlich.«

»Es geht um Leons Unfall. Ich finde es komisch, wie das

passiert ist. Er glaubt nicht daran, dass er eingeschlafen ist. Er sagt, das Letzte, an das er sich vor dem Unfall erinnert, ist, dass ihm plötzlich ganz komisch geworden ist, so verschwommen.«

Frank Berndorf sah seine Tochter scharf an. »Willst du damit andeuten, dass er vielleicht Drogen genommen hat?«

Luisa brauste auf. »Leon? Niemals! Der macht so etwas nicht!«

»Woher willst du das so genau wissen?«

»Weil ich ihn kenne!«

»Niemand kennt einen anderen Menschen ganz. Das wirst du in deinem Leben noch oft genug feststellen müssen.«

»Nein, ich bin mir sicher. Aber vielleicht hat ihm ja jemand etwas untergeschoben, etwas ins Essen oder in ein Getränk gemischt.«

Ihr Vater schüttelte genervt den Kopf. »Obwohl ich dich selbst immer wieder vor so etwas warne. Welchen Grund sollte es dafür geben? Er ist ja nicht beraubt worden, oder? Und eine junge Frau, die man mit KO-Tropfen außer Gefecht setzt, um sich an ihr zu vergehen, ist er auch nicht. Also, was sollte jemand davon haben, kannst du mir das sagen?«

»Du willst also nichts tun?«

»Ich will nicht und ich kann nicht. Erstens liegt keine Anzeige vor, zweitens wäre das Sache der Kollegen des Bezirks, in dem der Unfall passiert ist. Und drittens habe ich auch noch andere Sachen zu tun. Du müsstest doch langsam wissen, dass mein Beruf kein Kasperltheater ist! Und damit Schluss mit der Debatte.«

»Oh Papa, du bist so gemein!«

Wütend und enttäuscht rannte Luisa aus dem Wohnzimmer und knallte die Tür hinter sich zu.

Gefrustet setzte sich Luisa in ihrem Zimmer an den Computer, fuhr ihn hoch und ging online. In ihrem Facebook-Postfach wartete schon eine neue Nachricht von Carina.

Hi Luisa, melde dich doch mal. Du hast schon seit Ewigkeiten nicht geantwortet. Ist irgendwas?

Hi Carina. Ja und nein. Habe gerade mit meinem Vater gestritten. Er will mir nicht helfen. Bin stinksauer. Leon hat mir heute erzählt, dass ihm kurz vor dem Unfall schummrig geworden ist, also ist er nicht eingeschlafen. Das klingt doch oberfaul! Wie nach irgendeinem Drogen-Scheiß. Aber Leon würde so was nie freiwillig nehmen. Das hat ihm jemand untergeschoben. Aber mein Vater sagt, da ist er nicht zuständig. Ich könnte schreien! Wenn er nicht will – notfalls kriege ich das auch selber raus, wer das war.

Aber jetzt die Super-Nachricht: Leon geht es viel besser und er kommt bald aus dem Krankenhaus. Und er will hierherkommen zur Reha, dann könnten wir uns jeden Tag sehen. Ist das nicht genial? Ich liebe ihn unendlich, mehr noch als vorher. Du müsstest ihn echt mal kennenlernen.

ER HATTE SO sehr auf eine Nachricht von Luisa gewartet! Mit schweißfeuchten Händen klickte er darauf. So lange nichts von ihr zu hören, war die Hölle. Die Mails und Chats waren seine einzige Möglichkeit, ihr nahezukommen, zu erfahren, was sie dachte, was sie fühlte. Sie trafen sich fast täglich und doch war sie so fern. Wie oft war er versucht gewesen, seine Hand auszustrecken, sie zu berühren? Er musste sich zwingen, nicht über ihr Haar zu streichen, sich eine ihrer goldenen Locken um den Finger zu wickeln, an ihrer Haut zu riechen.

Er knurrte vor Wut, als er las, dass es diesem Leon wieder besser ging. Bei ihrem Bekenntnis, wie sehr sie diesen Kerl liebte, schrie er fast auf. Es war alles umsonst gewesen. Mühsam zwang er sich zur Ruhe.

Er würde kommen, der Tag, an dem sie erkennen würde, dass *er* der einzig Richtige für sie war. Bald würde er sich zu erkennen geben. Luisa würde endlich begreifen, dass sie zusammengehörten, und sie würden sich nie mehr trennen. Er brauchte nur noch einen Plan.

34

Das Gespräch mit Luisa ging Frank Berndorf auch am folgenden Tag nicht aus dem Kopf. Zerstreut blätterte er in den Unterlagen zu dem Tankstellenüberfall, den er gerade bearbeitete, hin und her.

»Schlecht geschlafen?«, fragte ihn Johannes Klein über die Schreibtische hinweg.

»Geschlafen schon, aber … Ach, nicht so wichtig.«

»Na komm schon, raus mit der Sprache.«

»Es geht um Luisas Freund, der den Unfall hatte. Sie behauptet steif und fest, dass er nicht am Steuer eingeschlafen sei, sondern dass ihm jemand Drogen untergeschoben hat.«

Klein gab ein grunzendes Geräusch von sich. »Und wie kommt sie darauf?«

»Er hat ihr gesagt, ihm sei schummrig geworden und danach wäre er weg gewesen.«

»Klingt nicht sehr überzeugend.«

»Finde ich auch. Aber Luisa will unbedingt, dass ich der Sache nachgehe, und nachdem ich abgelehnt habe, ist sie explodiert.«

»Bin ich froh, dass ich keine pubertierende Tochter habe. Aber du könntest ja mal bei den Kollegen in Sachsen nachfragen, ob die in dieser Richtung ermitteln. So auf dem ganz kleinen Dienstweg.«

»Ich glaube, das werde ich auch«, meinte Frank Berndorf. »Außerdem hat sie mir damit einen Floh ins Ohr gesetzt. Jetzt will ich auch wissen, ob da Drogen im Spiel waren.«

Er hatte gerade den Telefonhörer abgenommen, als Staatsanwalt Dr. Karlsberg den Raum betrat. »Morgen, die Herren. Ich komme gerade von einer Besprechung im Rathaus und dachte, ich informiere euch gleich. Unser Landtagsabgeordneter Dr. Landsberg hat den Artikel über den Mord an Annika Willmers am Samstag zum Anlass genommen, die Sicherheit der Bürger und vor allem der Bürgerinnen in Lensburg zu seinem Thema für die anstehenden Wahlen zu erklären.«

»Und was heißt das konkret für uns?«, wollte Klein wissen.

»Dass er unter anderem alle Hebel in Bewegung setzen will, damit der Fall Annika Willmers nochmals überprüft wird und die Ermittlungen gegebenenfalls wieder aufgenommen werden.«

»Die waren doch niemals abgeschlossen«, empörte sich Frank Berndorf. »Was mischt sich so ein Politiker-Fuzzi in unsere Arbeit ein?«

»Ich weiß. Das habe ich ihm auch gesagt. Und ich weiß auch, wie nah dir dieser Fall geht«, antwortete der Staatsanwalt mit einem Blick auf das Foto der ermordeten Annika, das immer noch hinter Berndorfs Schreibtisch an der Wand hing. Er konnte den Hauptkommissar verstehen, er hatte selbst zwei Töchter. Und wenn er sich vorstellte, eine von ihnen würde wie die Opfer eines frei herumlaufenden Serienmörders aussehen, überlief ihn eine Gänsehaut.

35

Endlich war es Freitag. Es gab so viel zu erzählen. Luisa freute sich schon riesig darauf, mit ihrer Stiefschwester wegzugehen, auch wenn es »nur« in Lensburg war und nicht Berlin.

Der Wetterbericht hatte wahre Hitzerekorde angekündigt, deshalb stand das Programm für den Samstag bereits fest: erst ausschlafen, dann Schwimmbad und am Abend ins Kino.

Das Schwimmbad war natürlich bereits brechend voll, als Luisa und Carla am späten Vormittag eintrudelten. Auf die Idee, einen der beiden letzten Sonnentage vor der nächsten Schlechtwetterperiode zu nutzen, schien halb Lensburg gekommen zu sein. Mit Mühe fanden die beiden ein freies Fleckchen für ihre Handtücher, direkt neben einem der Hauptwege.

Luisa stöhnte, als sie das überfüllte Schwimmbecken und die Warteschlange an der großen Wasserrutsche sah.

Carla kletterte schon einmal voraus und klatschte ihr vom Becken aus einen Schwall Wasser entgegen. »Du bist ein echtes Landei! Was meinst du, was in Berlin in den Schwimmbädern bei so einem Wetter los ist. Da ist selbst in den Strandbädern kein Durchkommen mehr. Wenn du freies Wasser haben willst, musst du entweder weit fahren oder weit schwimmen. Jetzt stell dich nicht so an und komm rein. Oder soll ich dich holen?«

In diesem Moment trat ein Mann hinter Luisa, gab ihr einen leichten Schubs und hielt sie mit der anderen Hand gleichzeitig fest. Erschrocken quietschte sie auf und drehte sich um.

»Michael!« Sie sah in seine blassgrauen Augen und sofort rieselte ihr ein Schauer über den Rücken, aber kein angenehmer. Hastig schob sie seine Hand zurück, die noch immer um ihre Taille lag. »Mach so was nie wieder!«

Er grinste. Carla kam neugierig an den Rand geschwommen und zog sich hoch.

»Gehört ihr zusammen?«, fragte er mit einer Kopfbewegung in ihre Richtung.

»Ja, ich bin ihre Schwester«, antwortete Carla.

»Ich wusste ja gar nicht, dass du Geschwister hast.«

»Woher auch? Also. Schönen Tag noch.« Luisa konnte nicht anders – Michael wurde ihr von Mal zu Mal unsympathischer. Sie hatte das Gefühl, sie müsste weit weglaufen. Jetzt. Sofort.

»Da drüben sind Leute aus meiner Schule«, nutzte Luisa die Gelegenheit, um Michael loszuwerden, und zog Carla mit sich. »Das ist Nick, Helen, Mo, Andrea, Benni …«

»Reicht schon«, wiegelte Carla ab. »Die ganzen Namen kann ich mir sowieso nicht merken.«

Luisa fiel auf, dass Nick seine Augen nicht von ihrer Stiefschwester abwenden konnte.

Oh, oh, das wird nix, dachte sie, erstens ist sie zwei Jahre älter als du und zweitens hat sie einen festen Freund.

»Bist du länger da?«, versuchte er sein Glück. Carla lächelte mindestens so rätselhaft wie die Mona Lisa.

»Ich fahre morgen zurück. Aber vielleicht komme ich in den Sommerferien noch mal.«

In diesem Moment drehte sich Helen demonstrativ auf den Bauch und tat so, als würde sie angestrengt etwas im Gras beobachten. »Achtung, schaut bloß nicht Richtung Ausgang. Da kommt Paul. Der sucht bestimmt Anschluss. Der hat mir gerade noch gefehlt.«

Luisa war sauer. »Fängst du denn jetzt auch noch an? Ihr seid echt fies. Ihr behandelt Paul, als hätte er die Krätze! Als ob man nicht wenigstens ganz normal mit ihm reden könnte.«

Helen verdrehte die Augen. »Du weißt doch selbst, dass man Paul nicht mehr so schnell loskriegt, wenn er sich erst einmal festgesetzt hat. Und am Ende gibt's immer schlechte Stimmung, entweder, weil er sich von jedem Pups provozieren lässt oder weil er mit seinen neuesten Anschaffungen herumprotzt – Geld ist definitiv nicht sein Problem! Auf jeden Fall schafft er es, in kürzester Zeit allen die Laune zu versauen.«

Als Paul Luisa entdeckte, begann er jedoch zu strahlen.

»Hi«, grüßte er betont cool. Er schien die ablehnende Haltung der anderen nicht zu bemerken und steuerte auf sie zu.

»Hallo Paul«, grüßte Luisa zurück. »Da hatten wir wohl alle dieselbe Idee bei der Hitze.«

Paul stellte sich direkt vor sie.

»Was hast du denn heute Abend so vor? Um zehn gibt's 'ne Fete im Stardust.«

»Habe ich gehört. Ich werde was mit meiner Stiefschwester unternehmen. Aber was genau, entscheiden wir spontan.« Er musste ja nicht wissen, dass sie ins Kino gehen wollten, sonst tauchte er womöglich dort auf.

»Alles okay mit deinem Computer?«

Luisa war etwas verwundert, weshalb er jetzt darauf kam, aber sie nickte. »Ja, alles okay. Läuft tadellos.«

»Wenn ich ihn mal durchchecken soll, musst du es nur sagen.« Er beugte sich zu ihr hinüber und sagte mit gedämpfter Stimme: »Die nächste oder übernächste Woche hätte ich Zeit. Ruf mich an. Oder wir sehen uns ja auch in der Schule.«

Ohne eine Antwort abzuwarten, drehte er sich um und verschwand in Richtung Schwimmbecken. Luisa verspürte wenig Lust auf eine der blöden Bemerkungen, die mit Sicherheit kommen würde. Sie hakte Carla unter, winkte und verabschiedete sich.

»Was war denn das für eine Type?«, fragte Carla, als sie ein paar Meter weg waren.

»Das ist Paul. Der geht auf dieselbe Schule, aber in eine andere Klasse. Ich weiß nicht, so richtig mögen tu ich ihn nicht, aber er tut mir leid. Jeder lästert über ihn oder versucht, ihn auf die Palme zu bringen. Was nebenbei gesagt ziemlich leicht ist, weil er so jähzornig ist. Paul ist ein Einzelgänger, fast schon ein Eigenbrötler. Aber er kann auch ganz nett sein.«

»Ich weiß nicht, der ist mir unangenehm. Der hat so einen Hundeblick drauf, so zwischen Hand abschlecken und zubeißen.«

»Ach was. Der ist ein bisschen schräg, aber harmlos, glaub's mir.«

Später, als sie sich genüsslich auf ihren Handtüchern räkelten und von der Sonne trocknen ließen, fragte Carla: »Was hat dich denn vorhin gebissen, da am Schwimmbecken mit diesem älteren Typen? So kratzbürstig kenne ich dich gar nicht.«

»Das war der Hausmeister unserer Schule. Ich mag ihn einfach nicht. Der guckt einen immer so komisch an. Außerdem rückt er mir immer etwas zu dicht auf die Pelle. Du weißt schon. Das ist wie im Aufzug oder im Supermarkt, wenn sich die Leute zu dicht hinter dich stellen und sofort nachrücken, wenn du einen Schritt machst. Das ist so scheußlich, ich würde dann immer am liebsten wie ein Pferd nach hinten austreten. Und obendrein ist Michael steinalt, mindestens dreißig, oder sogar vierzig.«

»Vielleicht ist er kurzsichtig. Die starren auch immer so angestrengt.«

»Wer weiß. Aber das ist mir auch egal.«

Plötzlich fiel ein Schatten über sie. Luisa blickte hoch. Sie stöhnte innerlich auf. Schon wieder dieser Michael! Er ging neben ihnen in die Hocke und deutete über seine Schulter. »Bei mir hinten ist noch Platz. Da latscht euch wenigstens keiner übers Handtuch.«

»Macht nichts. Wir wollten sowieso gerade gehen.« Luisa kramte nach ihrer Uhr.

»Schon? Wenn die anderen gehen, wird's doch erst lustig. Kaugummi gefällig?«

Er hielt ihnen ein Päckchen mit Kaugummistreifen hin.

Carla nahm sich einen, Luisa lehnte ab. Michael zog einen Streifen heraus, bevor er das Päckchen zurück in die Tasche seiner Bermudashorts steckte. Er tippte sich mit dem Finger an einen imaginären Mützenschirm, sprang federnd auf und schlenderte lässig davon.

Carla setzte ihre Sonnenbrille wieder auf. »Stimmt. Der frisst dich ja regelrecht auf mit seinen Blicken. Ich muss schon sagen, ich hatte immer gedacht, in der Großstadt leben die meisten seltsamen Typen. Aber ihr seid hier auch nicht schlecht bestückt. Erst der mit dem Hundeblick, jetzt dieser Kerl, dazu noch einen freilaufenden Mörder. Spannend bei euch.«

»Ich lache später, wenn es dir recht ist. Jetzt will ich eine Runde brutzeln, bevor ich noch mal ins Wasser gehe.« Luisa räkelte und streckte sich wie eine Katze, sie genoss die brennende Sonne auf ihrer Haut.

Paul war gerade auf dem Weg zu den Toiletten, als er einen Mann sah, der, hinter einem dichten Strauch versteckt, etwas angestrengt zu beobachten schien.

Was macht der denn da?, fragte sich Paul und versuchte, unauffällig dem Blick des Mannes zu folgen. Im ersten Moment fiel ihm nichts Besonderes auf, aber dann entdeckte er Luisa und Carla auf ihren Handtüchern! Was sollte das denn? War das ein Spanner?

Als hätte der Mann bemerkt, dass er selbst beobachtet wurde, drehte er sich um.

»Michael!« Paul schwankte zwischen Erstaunen und Empörung.

»Hallo Paul«, sagte Michael, ohne im Mindesten verlegen zu wirken. »Auch auf der Suche nach Bekannten? Ist ganz schön voll heute.«

Ohne eine Antwort abzuwarten, ließ er den verdatterten Paul einfach stehen.

36

Mit verquollenen Augen kam Luisa am nächsten Morgen in die Küche und tappte wortlos zur Espressomaschine. Sie fühlte sich wie erschlagen. Nach dem Kino war es noch ganz schön spät geworden. Carla schlief noch.

Luisa setzte sich neben ihren Vater und sah zu, wie ihre Mutter Honig auf ein Toastbrot träufelte. »Wann wollt ihr eigentlich fahren?«, fragte sie Ines.

»Nach dem Frühstück. Aber das kann sich ja noch ein bisschen hinziehen.«

Frank Berndorf sah von einer zur anderen. Ein unheimliches Bild stieg vor seinem inneren Auge auf: die beiden Frauen, eingerahmt von Annika Willmers und Milena Sarkowsky.

Er würde sich gleich morgen in aller Frühe die beiden Akten noch einmal vornehmen, bis ins letzte Detail. Und dann war da noch ein dritter, immer noch ungelöster, Fall, der schon fast zehn Jahre zurücklag. Die junge Frau in Norddeutschland.

Frank Berndorf konnte das Gefühl nicht loswerden, dass sie ein früheres Opfer des Lensburger Mörders gewesen sein könnte, auch wenn die Fakten auf den ersten Blick dagegensprachen. Bei ihr hatte es sich um eine Prostituierte mit dunkelbraunen kurzen Haaren gehandelt, die in ihrer eigenen Wohnung umgebracht worden war.

Die Profiler hatten einen Zusammenhang mit den Lensburger Morden eher für unwahrscheinlich gehalten. Aber zum Zeitpunkt ihres Todes hatte sie eine blonde Lockenperücke getragen.

37

Am Montag nach der Schule wartete Luisa am vereinbarten Treffpunkt auf ihren Vater. Er hatte ihr versprochen, früher Feierabend zu machen und sie abzuholen, denn sie hatte von ihrer Mutter beim Abschied das Geld für die lang ersehnte neue Musikanlage geschenkt bekommen.

Sie sah auf die Uhr. Vor einer halben Stunde hätte er da sein sollen. Verärgert griff sie nach ihrem Handy und rief ihn im Präsidium an. »Wo bleibst du denn? Ich stehe mir hier die Beine in den Bauch!«

»Sorry, Luisa, ich wollte dich gerade anrufen. Ich muss noch was erledigen. Kannst du nicht hierherkommen? Bis dahin müsste ich eigentlich fertig sein.«

Seufzend machte sich Luisa auf den Weg. Wenn sie überhaupt jemals heiraten würde, dann niemals einen Polizisten.

Als sie in sein Büro kam, war er nicht da.

Er sei in einer Besprechung mit dem Chef, aber es würde nicht lange dauern, ließ er ihr durch Johannes Klein ausrichten.

Sie setzte sich an den Schreibtisch ihres Vaters und betrachtete die Akten und Unterlagen, die dort ausgebreitet lagen. Es juckte ihr in den Fingern, ein wenig darin zu stöbern, aber das war strengstens verboten. Was das anging, kannte ihr Vater kein Pardon. Um sich die Langeweile zu vertreiben, malte Luisa mit einem Kugelschreiber Muster auf ein leeres Blatt Papier.

Ein Handy klingelte. Johannes Klein nahm ab, warf einen kurzen Blick zu ihr herüber und drehte ihr dann den Rücken zu, während er telefonierte. Es schien ein längeres Gespräch zu werden. Die Gelegenheit war günstig – Luisa konnte ihre Neugier nicht mehr zügeln. Mit einem Finger lupfte sie das Deckblatt eines der Ordner vor ihr auf dem Tisch.

Schon wenige Augenblicke später hatte sie ihn ganz aufgeschlagen und sich in den darin beschriebenen Mordfall vertieft: Monika Maas war mittags in ihrer Wohnung von einer Bekannten gefunden worden, mit der sie sich verabredet hatte. Die junge Frau war gewürgt und geschlagen worden, der Täter musste in rasender Wut gehandelt haben, denn er hatte ihren Kopf mehrfach brutal gegen die Zimmerwand geschlagen, wie Blutspuren belegten. Er hatte sein Opfer hilflos zurückgelassen. Monika Maas starb kurze Zeit danach an einer Hirnblutung. Der Mord hatte sich vor knapp zehn Jahren zugetragen, in Paderborn, wo die Frau als Prostituierte arbeitete.

Verwundert blätterte Luisa weiter. Wo lag eigentlich dieses Paderborn? Auf alle Fälle nicht in der Nähe. Was hatte ihr Vater dann damit zu tun?

Auf dem Foto, das in einer Klarsichthülle steckte, war eine Frau Anfang zwanzig mit dunkelbraunen kurzen Haaren zu sehen. Doch in der Hülle befanden sich noch weitere Aufnahmen, unter anderem eines einer blutverschmierten Perücke, einer Perücke mit blonden Locken. Schon wieder blonde Locken! Luisa fröstelte. Konnte es sein, dass zwischen diesem und den Morden in Lensburg ein Zusammenhang bestand? Unwillkürlich griff sie sich in ihre eigenen Haare. Sie war immer so stolz auf ihre Löwenmähne gewesen, doch jetzt schien sie zu einer Gefahr zu werden. Sie war so vertieft in die Akte, dass sie ihren Vater erst bemerkte, als er neben ihr mit der Faust heftig auf den Tisch schlug.

»Ich glaub es nicht!«, brüllte er unvermittelt los. »Wenn ich dich noch einmal dabei erwische, wie du hier rumschnüffelst, wirst du dieses Büro nicht mehr betreten!«

»Aber Papa!«

»Nix, aber Papa. Ich will kein Wort hören. Du setzt dich da drüben hin und wartest, bis ich fertig bin. Sonst überlege ich mir das mit der Anlage noch mal.«

Stumm setzte sich Luisa auf den angegebenen Stuhl. Wenn ihr Vater so in Rage war, dann war es besser, still zu sein. Plötzlich war es wieder da, dieses Bohren in ihrer Magengrube, das ihr sagte, dass etwas nicht stimmte. Der Grund dafür musste direkt vor ihrer Nase liegen, aber sie konnte es nicht erkennen. Diesmal versuchte Luisa erst gar nicht, dieses Grummeln zu ignorieren, es würde sie so lange verfolgen, bis sich das Rätsel auflöste. Bevor sie jedoch länger darüber nachgrübeln konnte, machte ihr Vater ihr ein Zeichen, dass sie gehen konnten.

Auf der Fahrt zu dem Elektronik-Fachmarkt war er immer noch kurz angebunden.

»Ich will dir hiermit offiziell mitteilen, dass dein Verdacht,

Leon hätte etwas ›untergejubelt‹ bekommen, falsch ist. Die Tests, die routinemäßig im Anschluss an den Unfall gemacht worden sind, waren durch die Bank negativ. Und damit du es weißt, es hat einen Riesenärger gegeben, weil sich irgendwer verplappert hat und rausgekommen ist, dass ich aus rein privatem Interesse über die Dienststellen Auskünfte zu einem noch nicht abgeschlossenen Verfahren eingeholt habe.«

Das erklärte Luisa zumindest einen Teil seines Wutausbruchs im Büro. Diese Anfrage hatte er schließlich nur wegen ihr gestartet.

Mitten in der Nacht schreckte sie aus einem wirren Traum hoch. Plötzlich stand ein Wort vor ihren Augen wie mit brennenden Buchstaben in die Dunkelheit geschrieben: *Paderborn.* Sie hatte den Namen dieser Stadt schon einmal gelesen, nur ein einziges Mal, um genau zu sein – auf der speckigen Baseballmütze in Michaels Auto.

Das Grummeln in ihrem Bauch wurde stärker. Michael. Trotz der sommerlichen Temperaturen jagte ein Kälteschauer durch ihren Körper. Konnte er etwas mit den Morden zu tun haben? Sie schreckte vor dem Gedanken zurück. Er war Hausmeister an ihrer Schule, er hatte ständig mit Mädchen und Frauen zu tun. Sofort fielen ihr die seltsamen Begegnungen mit ihm ein, wie bedroht sie sich gefühlt hatte.

Jetzt, da sie darüber nachdachte, hatte er sie auch schon mehrfach auf ihre Haare angesprochen. Er kam aus Paderborn oder hatte zumindest Verbindungen zu der Stadt. Luisa war versucht aufzuspringen, um ihrem Vater sofort von ihrem Verdacht zu erzählen, doch mitten im Schwung hielt sie inne und zog die Beine wieder unter die Decke. So wie er gestern gelaunt gewesen war, würde er ihr wahrscheinlich nicht einmal zuhören. Er würde Beweise für ihre Behauptung einfordern und auf einmal wurde sie unsicher. War es wirklich der Name Paderborn gewesen, der auf der Mütze gestanden hatte? Wenn sie sich täuschte, würde sie Michael vielleicht zu Unrecht beschuldigen. Aber wenn er der Mörder war, dann musste sie etwas unternehmen!

An Schlafen war für den Rest der Nacht nicht mehr zu denken. Luisa wälzte sich von einer Seite auf die andere und überlegte, was sie tun sollte. Schließlich setzte sie sich an ihren Computer und schrieb eine Nachricht an Carina. Das hatte ihr schon immer geholfen, ihre Gedanken zu sortieren. Am nächsten Morgen stand ihr Entschluss fest. Bevor sie jemand anderem davon erzählte, musste sie herausbekommen, ob sie sich getäuscht hatte oder wirklich der Name Paderborn auf der Mütze stand. Wenn ja, dann konnte sie immer noch entscheiden, ob sie ihrem Vater einen Hinweis gab oder vielleicht Michael unauffällig in ein Gespräch verwickelte, um herauszukriegen, wie er zu der Mütze gekommen war.

Vor Unterrichtsbeginn ging sie zu dem Parkplatz hinter der Schule, doch von einem blauen Kastenwagen war nichts zu sehen. Auch am folgenden Morgen suchte sie die Reihen von Autos vergeblich ab, obwohl sie Michael aus der Entfernung schon erspäht hatte. Auf dem Weg zum Schulgebäude kam er ihr entgegen.

»Morgen, Michael«, rief sie ihm zu, bemüht, möglichst beiläufig zu klingen, »wo hast du denn dein Auto versteckt? Sonst steht es doch immer hier vorne in der Pole-Position.«

»Hallo Luisa. Bei so einer Hitze werde sogar ich zum Fahrradfahrer. Aber warum fragst du?«

»Och, nur so. Ich muss los«, versuchte sie auszuweichen. Sie eilte davon. Michael schaute ihr nach, bis die schwere Eingangstür hinter ihr zufiel.

»Was machst du denn für ein Gesicht?«, fragte sie Nele, die sich missmutig im Klassenzimmer neben ihr auf ihren Stuhl fallen ließ.

»Mein Computer ist abgestürzt und ich habe die halbe Nacht versucht, ihn wieder hinzubekommen. Ich habe keine Ahnung, was los ist. Er fährt einfach nicht mehr hoch. Ich glaube, ich werde Paul mal fragen, ob er mir helfen kann. Ninas Rechner hat er schließlich auch wieder hingekriegt.«

In der Pause gingen die beiden auf die Suche nach ihm. Sie fanden ihn vor dem Hausmeisterbüro im Gespräch mit Michael.

»Hallo Paul«, unterbrach Nele die beiden. »Nur eine Frage: Mein Computer fährt nicht mehr hoch. Kannst du mir helfen?« Paul schaute von Nele zu Luisa und wieder zurück.

»Ja. Schon. Aber morgen kann ich nicht und heute richte ich den Rechner bei Michael ein. Samstag könnte klappen.«

»Verdammt, das ist noch lange hin. Aber wenn's nicht anders geht. Ich bin bis nachmittags zu Hause, am Abend habe ich ein Handballspiel«, willigte Nele ein.

Auf dem Weg zurück in die Klasse keimte in Luisa eine verwegene Idee auf: Warum sollte sie nicht zu Michaels Wohnung fahren? Sein Auto würde bestimmt dort in der Nähe herumstehen. Und die Adresse konnte sie doch ganz leicht von Paul bekommen.

Sie rief ihn am Nachmittag auf seinem Handy an.

»Hallo Paul, sorry, ich weiß ja, dass du heute schon was vor hast. Aber du hattest mir doch angeboten zu helfen, wenn ich eine Frage mit meinem Computer habe. Ist bestimmt auch nur eine ganz kurze Sache. Ich dachte, vielleicht könntest du auf dem Weg zu Michael schnell mal bei mir vorbeikommen. Wo wohnt denn Michael? Ich meine, ich will nicht, dass du einen Riesenumweg machst.«

Luisa hoffte nur, dass Michael nicht in ihrer Nähe wohnte, sonst musste sie sich schnell ein Computerproblem ausdenken. Aber bei der Antwort von Paul atmete sie auf.

»Schwarzwaldstraße. Das ist genau die andere Richtung. Aber ich kann Michael absagen, wenn du willst.«

»Nein, nein, kein Problem, so wichtig ist es nicht. Ich probiere es selbst noch mal. Vielen Dank.«

Sie überlegte kurz, ob sie sofort losfahren sollte, aber mit dem Fahrrad brauchte sie quer durch die Stadt bestimmt eine Dreiviertelstunde. Und sie hatte vergessen zu fragen, wann sich Paul mit Michael treffen wollte. Keiner der beiden sollte sie dabei erwischen, wie sie dort herumschnüffelte. Nein. Morgen war einer der Tage, an dem Volkshochschulkurse in ihrer Schule stattfanden, da musste Michael als Hausmeister bis abends anwesend sein. Morgen also …

Luisa konnte sich beim besten Willen nicht auf ihre Hausaufgaben konzentrieren. Am Ende gab sie es auf, setzte sich an ihren Rechner und loggte sich bei Facebook ein. Zu ihrer Enttäuschung war Carina nicht online, also schrieb sie ihr eine kurze Mail und erzählte von ihrem Plan.

Sie hatte die Nachricht kaum abgesendet, da rief Leon an. Es brannte ihr auf der Zunge, ihn in ihr Vorhaben einzuweihen, aber sie schluckte die Worte hinunter. Leon würde sich nur Sorgen machen, vielleicht sogar ihren Vater informieren, der sie bestimmt sofort zurückpfeifen würde. Sie wusste ja nicht einmal, ob ihre Erinnerung sie nicht trog und ein ganz anderer Name auf der Mütze stand. Nein. Erst musste sie sich selbst Klarheit verschaffen.

ER LAS DIE Zeilen mit wachsender Unruhe. Du spielst mit dem Feuer, dachte er. Warum waren Frauen nur so neugierig? Konnten sie nicht verstehen, wie gefährlich das sein konnte? Man musste sie beschützen, manchmal sogar vor sich selbst.

Jetzt war es so weit, der Zeitpunkt war da. Was wusste sie sonst noch? Ahnte sie überhaupt, dass er sie liebte, dass sie zu ihm gehörte? Zu niemand anderem? Er musste es ihr sagen. Ihr zeigen. Sie würde es verstehen.

Die Zeit war reif.

Ruhig, fast kalt traf er seine Vorbereitungen.

Sie war sein Engel.

Er war ihr Schutzengel.

Er war der Todesengel.

38

Sie musste lange suchen, bis sie den blauen Kastenwagen halb versteckt hinter einem Holzschuppen entdeckte. Vorsichtig sah sich Luisa um, ob sie jemand beobachtete, doch die Umgebung lag wie ausgestorben da. Auf dem unbefestigten Platz zwischen den alten Wellblechgaragen reihten sich die Schlaglöcher, bei dem leer stehenden ehemaligen Fabrikgebäude auf dem Nachbargrundstück gab es keine Fensterscheiben mehr, die Wände waren mit Graffiti beschmiert.

Eine ziemlich trostlose Gegend, dachte Luisa. Das ferne Grollen, das schon seit einiger Zeit zu hören war, kam näher. Am Himmel ballten sich drohend Gewitterwolken. Sie musste sich beeilen, wenn sie vor dem Regen ein trockenes Plätzchen finden wollte. Nach Hause würde sie es bestimmt nicht mehr schaffen und hier in der Nähe wollte sie nicht bleiben.

Michael wohnte in einem der einfachen Backsteinhäuschen auf der gegenüberliegenden Straßenseite, das hatte sie anhand des Namensschildes überprüft. Sie hatte kurz geklingelt und sich versteckt, um sicherzugehen, dass er nicht zu Hause war. Niemand war an die Tür gekommen. Trotzdem war ihr ein wenig unwohl gewesen, als sie sich auf die Suche nach dem Auto gemacht hatte.

Luisa stellte ihr Fahrrad ab und spähte durch die Seitenscheibe ins Innere des Kastenwagens. Die Mütze lag im Fußraum. Luisa hatte Mühe, den gestickten Schriftzug auf der zerknautschten Kappe im Halbdunkel des Fahrzeugs zu erkennen: *…derborn Untouchabl…* konnte sie entziffern. Sie hatte recht gehabt. Paderborn – die Verbindung war da. Und das bedeutete, dass Michael der gesuchte Mörder sein *konnte*. Ich muss sofort meinen Vater anrufen, fuhr es ihr durch den Kopf, da riss sie jemand grob an den Haaren nach hinten. »Mit mir hast du jetzt nicht gerechnet, was?«, flüsterte eine heisere Stimme an ihrem Ohr.

Michael! Sie wollte schreien, doch bevor sie richtig Luft holen konnte, legten sich seine schwieligen Finger über ihren Mund und erstickten jeden Laut. Sie versuchte, seine Hand wegzuschieben, doch im selben Moment umklammerte er von hinten ihre Schulter und schleifte sie mit sich, rückwärts, durch das geöffnete Tor in den Schuppen hinein. Alles geschah so schnell, dass Luisa kaum reagieren konnte. Sie hatte immer gedacht, sie würde sich wehren können, wenn sie einmal angegriffen würde. Sie würde kratzen und beißen und treten und schlagen, wie sie es in dem Selbstverteidigungskurs gelernt hatte. Aber nun erkannte sie mit Entsetzen, dass sie nahezu hilflos war.

Sie konnte nach hinten austreten, so viel sie wollte, mit ihren weichen Turnschuhen tat sie ihm nicht wirklich weh. Und ihre Arme waren durch seinen Griff wie mit Stahlbändern gefesselt. Tränen schossen ihr in die Augen. Wie hatte sie nur so blöd sein können, hierherzukommen? Mit einem Tritt donnerte er die Tür zu.

»Ihr haltet euch alle für so schlau!«, Michaels Stimme klang rau, hart. Sie spürte seinen Atem auf ihrer Haut. »Ihr denkt, ihr könnt mich bescheißen, ihr hübschen Püppchen – mit dem Michael, da könnt ihr es ja machen. Ich weiß doch, dass ihr über mich lacht. Aber jetzt lache ich. Mache ich dir Angst? Du hättest keine Angst haben müssen. Du bist selbst schuld. Du mit deinem Engelshaar und deinem hübschen Gesicht. Ich war so nett zu dir. Aber ich bin ja nicht gut genug für dich. Ich werde dir zeigen, was ich alles kann.«

Luisa versuchte, sich nicht von ihrer Panik überwältigen zu lassen. Ihre Gedanken rasten. Fieberhaft suchte sie nach einer Möglichkeit, sich zu befreien. Sie wand sich vergebens wie ein Aal, um aus seiner Umklammerung zu schlüpfen. Luisa schloss die Augen. Das war ein Albtraum. Wenn sie die Augen wieder aufmachte, würde sie zu Hause in ihrem Bett liegen. Doch der harte Körper und das tiefe Keuchen ihres Peinigers machten jede Hoffnung auf einen bösen Traum zunichte.

Ein Lichtstreifen huschte durch den halbdunklen Raum, als sich die Tür für Sekundenbruchteile öffnete. Michael presste Luisa an sich, sie spürte, wie seine Hand zwischen ihre Beine glitt, grob am Reißverschluss ihrer Hose zerrte. Sie versuchte, sie wegzuschlagen, doch im selben Moment verstärkte sich der Griff auf ihrem Mund. Sie bekam keine Luft mehr, schlug in Todesangst den Kopf hin und her.

Ein dumpfer, schmatzender Schlag ertönte.

39

Luisa spürte die Erschütterung, die sich auf ihren Körper übertrug. Michaels Griff löste sich, er stöhnte, beide verloren das Gleichgewicht und stürzten zu Boden. Luisa begriff nicht, was geschehen war, sie wagte nicht, die Augen zu öffnen. Die Stille im Schuppen wurde von dem Trommeln des einsetzenden Regens auf dem Blechdach und dem Gewitterdonnern noch verstärkt. Sie roch Blut und da war noch ein anderer, süßlicher Geruch, den sie nicht zu deuten wusste. Jemand atmete schwer. Luisa kniff die Lider zusammen, sie zitterte. Sie wollte nichts sehen, nichts hören, sie wollte nur, dass dieser Albtraum vorbei wäre.

»Komm, steh auf. Ist alles okay mit dir?«, riss sie eine bekannte Stimme aus ihrer Wolke von Angst und Entsetzen.

Vorsichtig blinzelte sie in das Halbdunkel. Paul stand vor ihr und streckte ihr eine Hand entgegen. Paul?

»Du? Was ist … Ich bin … Wie kommst du?« Luisa konnte keinen zusammenhängenden Gedanken fassen. In ihrem Kopf tobte ein Wirbelsturm. Sie versuchte aufzustehen, doch ihre Beine schienen aus Gummi zu sein.

Paul griff ihr unter die Arme und zog sie hoch. »Kannst du gehen? Wir müssen hier weg, bevor er wieder aufwacht. Stütz dich auf mich.«

Luisa schielte zu dem am Boden liegenden Michael. Er stöhnte. Aus einer großen Platzwunde am Hinterkopf sickerte Blut und sammelte sich zu einer kleinen Pfütze auf dem Betonboden.

Luisa taumelte von dem zusammengekrümmten Körper weg. Sie bekam einen Stützpfosten zu fassen und lehnte sich dagegen.

Jetzt nur nicht zusammenklappen!, befahl sie sich. Sie wischte sich mit der Hand übers Gesicht. Ihre Tränen vermengten sich mit dem Blut, das aus ihrer aufgeplatzten Lippe quoll.

Voller Entsetzen betrachtete sie ihre rotverschmierten Finger. Zitternd rückte sie ihr hochgerutschtes T-Shirt zurecht, zerrte an ihrer verdreckten Jeans herum. Paul versuchte, den Arm um sie zu legen, aber mit einem leisen Aufschrei stieß sie ihn weg. Sie konnte jetzt keine Berührung ertragen. Sie wollte weg, nichts als weg.

»Komm, Luisa, alles ist gut«, murmelte Paul und streckte ihr geduldig die Hand hin. »Es ist vorbei, du brauchst keine Angst zu haben. Ich beschütze dich.«

Seine Stimme lullte sie ein, beruhigte ihr wummerndes Herz. Sie ließ sich von ihm aus dem Schuppen führen wie ein verlorenes Schaf, hilflos, willenlos.

»Warte einen Moment«, sagte er und lehnte sie im Freien an die Schuppenwand. »Ich bin gleich wieder da.« Er verschwand im Inneren des Lagerraums, wenige Augenblicke später war er wieder zurück und hakte sie unter. »Wir müssen da lang.«

Sie stolperte neben ihm her durch die peitschenden Regenschauer. Auf der Rückseite des Hauptgebäudes stand ein blauer Kastenwagen.

»Michaels Auto«, stieß Luisa hervor.

»Ja. Wir nehmen sein Auto. Mein Moped lass ich stehen. In dem Zustand, in dem du bist, fällst du mir noch hinten runter.«

»Kannst du denn überhaupt fahren?«

»Klar. Schon lange. Los, steig ein.«

»Aber Michael ...«

»Um den musst du dir keine Sorgen machen. Komm, ich bringe dich in Sicherheit.«

»Ich will nach Hause. Ich muss mit meinem Vater reden.«

»Du musst dich erst mal beruhigen. Du stehst unter Schock. Du solltest dich auch erst mal waschen, bevor du zu deinem Vater gehst. Mach einfach die Augen zu und lehn dich zurück. Es wird alles gut. Ich bin da und kümmere mich um alles.«

»Wir müssen die Polizei ...«

»Gleich. Wir müssen vor allem hier weg, bevor Michael wieder aufwacht. Also los, steig ein.«

Luisa fühlte sich wie innerlich eingefroren, abgestorben. Sie wollte nicht denken, nicht handeln. Paul war da. Er würde für sie handeln, sie beschützen, so wie er es schon ein paar Mal getan hatte.

Seltsam, zuckte plötzlich ein Gedanke durch ihren Kopf. Paul war immer da gewesen, wenn es brenzlig wurde – damals am Kiesweiher mit Philippe, bei der Musicalprobe, als Marvin sie bedrängt hatte. Wie ein Schutzengel. Ihr persönlicher Schutzengel. Aber sie verbot sich, weiterzudenken.

Ich drehe durch. Ich fange schon an, an jeder Ecke Gespenster zu sehen. Was für ein Glück, dass Paul da war, sonst …

Sonst würde sie jetzt dort in diesem Schuppen liegen und Michael … Sie wollte sich gar nicht weiter ausmalen, was passiert wäre, wenn Paul nicht gewesen wäre.

40

Paul reihte sich in den Verkehr ein, so sicher, als wäre es für ihn das Selbstverständlichste der Welt mit einem Auto durch die Stadt zu fahren. Der Regen wurde stärker, die Scheibenwischer kämpften gegen den Wasserfilm auf der Windschutzscheibe an, das Licht der Scheinwerfer entgegenkommender Autos brach sich in den Wassertropfen und blendete Luisa.

Sie lehnte den Kopf in den Nacken, schloss die Augen. Das monotone Quietschen des Scheibenwischers und das gleichmäßige Geräusch des Motors lullten sie ein. Erschöpft fiel sie in einen unruhigen Schlummer.

Sie wurde wieder wach, als sie auf einen rumpeligen Feldweg einbogen. »Was ist los? Wo sind wir?« Angestrengt spähte sie hinaus und versuchte, durch den dichten Regen die Umgebung zu erkennen.

»Wir sind gleich da. Das ist unser Wochenendhaus. Da bist du sicher. So verschmiert, wie du bist, kann ich dich nicht zu mir nach Hause bringen. Hier ist alles, was du brauchst. Auch eine Dusche. Wir lassen das Auto hier stehen, der Weg wird zu matschig. Sonst bleiben wir vielleicht noch stecken und kommen nicht mehr raus.«

Sollte sie wirklich hier aussteigen? Eigentlich wäre sie jetzt doch lieber nach Hause gefahren, nach Hause, wo alles so warm, so vertraut, so sicher war. Aber nun waren sie erst einmal hier. Wenn sie sich frisch gemacht hatte und wieder wie ein Mensch aussah, würde Paul sie sofort zurückbringen. Auf ihn konnte sie sich verlassen.

Als sie ausstieg, fand sie sich auf einem schmalen Weg wieder, der von hohen, dichten Hecken gesäumt war. Holz- oder Metalltore bildeten die Eingänge zu den verborgenen Gärten dahinter. Luisa tappte hinter Paul her zu einer Stahltür, die in eine Wand aus Buchsbaum eingelassen war. Zwischen dem Blätterwerk schimmerten die Streben eines Metallzauns und Stacheldraht. Wer hier unbefugt auf das Grundstück gelangen wollte, der würde es schwer haben.

Paul schloss die Tür auf. Sie traten in einen weitläufigen Garten, in dessen Mitte ein massives Steinhaus mit einem tiefgezogenen Dach und einem breiten, gemauerten Schornstein darauf stand. Ein Weg aus unregelmäßigen Steinplatten führte in einer geschwungenen Linie zu der Eingangstür. Bevor sie das Haus betraten, machte Paul die hölzernen Läden an einem der Fenster auf. Ein massives Eisengitter kam dahinter zum Vorschein.

»Das ist ja gesichert wie Fort Knox«, wunderte sich Luisa.

»Früher ist hier ein paar Mal eingebrochen worden. Wir hatten zwar eine Alarmanlage, aber das hat nichts genützt. Die Gegend ist einfach zu abgelegen. Aber dann haben wir die Gitter eingebaut und den Stacheldraht in die Hecke eingezogen. Seitdem ist Ruhe.«

»Bist du oft hier?«

»Ja. Meine Eltern kommen nur noch selten raus. Die haben zu viel zu tun. Sie wollten es sogar schon verkaufen, aber ich habe sie überreden können, dass wir es behalten. Außer mir ist selten jemand da.«

Luisa zitterte. Der Schock saß ihr tief in den Knochen und außerdem waren die Temperaturen nach dem Gewitterregen stark gefallen.

Paul berühte sie vorsichtig am Arm. »Komm rein. Ich schmeiß den Ofen an, dann wird's gleich warm.«

Während er Holz holte, sah sich Luisa in dem Raum um. Er war kleiner, als sie erwartet hatte, aber gemütlich eingerichtet, wie ein Wohnzimmer, mit Ledersofa, Teppichen und einem Regal voller Bücher und Krimskrams. Die Gemälde an der Wand schienen echt zu sein, keine billigen Kunstdrucke aus dem Möbelhaus. Ein antiker Schreibtisch in einer Ecke wurde von einem Computer und einem überdimensionalen Flachbildschirm dominiert. CDs und DVDs türmten sich unter der Tischplatte und an der angrenzenden Wand. Luisa blieb mitten im Raum stehen, bis Paul zurückkam und ihr eine Wolldecke um die Schultern legte.

So nass und dreckig wie sie war, wollte sie sich nicht auf das Sofa setzen. Mit einem Tritt schloss er die Eingangstür, dann machte er sich daran, den Kaminofen mit Holzscheiten zu bestücken und ein Feuer anzuzünden. Schon nach wenigen Augenblicken strahlte Wärme durch die gläserne Ofentür.

Ohne sich umzudrehen, meinte Paul: »Die Tür da links geht zum Bad. Das Wasser ist warm, Durchlauferhitzer. Du kannst duschen, wenn du willst. In dem Schrank im Bad sind Handtücher. Ich hol dir was Trockenes zum Anziehen. Die Polizei habe ich vorhin schon angerufen, auf der Fahrt.

Vermutlich hast du das gar nicht mitbekommen, so fest, wie du geschlafen hast.«

Dankbar nahm Luisa sein Angebot an. Sie wollte zwar nicht duschen, das würde sie zu Hause machen, aber zumindest konnte sie Gesicht und Hände waschen. Sie fühlte sich so schmutzig, spürte noch immer Michaels Hand auf ihrem Mund, auf ihrem Körper.

Das heiße Wasser tat gut. Sie tränkte ein Handtuch und legte es sich wie eine Kompresse aufs Gesicht. So saß sie minutenlang auf dem Rand der Duschwanne, versuchte zu verstehen, was passiert war.

Nachdem sie sich einigermaßen wieder gefangen hatte, wollte sie selbst ihren Vater anrufen und ihm sagen, dass sie okay war. Aber sie klopfte vergeblich ihre Klamotten nach ihrem Telefon ab. Vielleicht lag es in ihrer Tasche, die sie im Wohnraum vergessen hatte. Sie rubbelte sich mit einem trockenen Handtuch ab und warf einen prüfenden Blick in den Spiegel. Schminken würde sie sich auch noch müssen, bevor sie wieder unter Menschen ging. Sie griff nach der Trainingshose und dem Pulli, die Paul ihr vor die Tür gelegt hatte, und schlüpfte hinein.

Unterdessen hatte Paul zwei Gläser und eine Flasche Orangensaft auf den niedrigen Couchtisch gestellt.

»Suchst du was?«, fragte er sie, als sie ihre Kuriertasche durchwühlte.

»Mein Handy. Ich will meinen Vater anrufen.«

»Vielleicht hast du es verloren bei … Also in dem Schuppen. Aber er ist sowieso nicht da, ich habe es schon versucht.«

Sie ließ sich neben ihn auf das Sofa sinken.

»Willst du was essen?«

»Nein danke. Ich hab keinen Hunger.« Das Bild des am Boden liegenden, blutenden Mannes verfolgte sie. Sie begann wieder zu zittern.

»Wird gleich warm«, meinte Paul und griff nach einer zweiten Decke neben sich, um sie ihr um die Schulter zu legen.

»Danke. Das ist es nicht. Es …« Sie konnte nicht weiterreden. Ihre Stimme versagte.

»Schon okay, du musst nichts sagen. Alles ist gut. Du bist bei mir. Du bist in Sicherheit! Er wird dir nichts mehr tun.«

Luisa holte tief Luft. Sie musste sich zusammenreißen.

»Trink was, das hilft.« Paul drückte ihr ein Glas Orangensaft in die Hand. Erst als sie mit langen Zügen trank, merkte sie, wie durstig sie war. Paul schenkte sofort nach.

»Vielen Dank, für alles. Kannst du mich jetzt nach Hause bringen?«, bat Luisa und wollte aufstehen, doch Paul zog sie sanft, aber nachdrücklich zurück aufs Sofa.

»Nein, Luisa. Hör mir bitte zu. Ich muss mit dir reden. Das wollte ich schon lange.«

»Kannst du mir dein Handy geben?«

»Nein. Kein Handy. Kein Telefon. Wir rufen niemanden an. Wir sind hier und hier kann uns niemand stören. Darauf habe ich so lange gewartet.«

»Gewartet auf was?« Luisa rückte ein Stück von ihm ab. Ein mulmiges Gefühl breitete sich in ihr aus.

»Dass wir zusammen sind. Verstehst du nicht? Wir gehören zusammen. Du gehörst zu mir.«

Luisa schauderte. Sie schüttelte heftig den Kopf. »Nein, was redest du da? Ich bin mit Leon zusammen.«

»Leon ist nicht gut für dich. Er betrügt dich. Er will ins Bett mit dir und dann schmeißt er dich weg und nimmt sich eine andere.«

»Das ist doch völliger Blödsinn. Was redest du für eine Scheiße? Leon würde mich nie betrügen. Wir lieben uns!«

Paul lachte hart auf. »Ich kann es dir beweisen! Ich habe sogar Fotos. Auf dem Schulfest hat er ein Mädchen getroffen, als du kurz weg warst. Richtig stürmisch umarmt haben die sich!«

»Aber das war doch Neles Schwester – seine Cousine. Das habe ich selbst noch gesehen. Spionierst du mir etwa nach? Mann, Paul, das ist doch krank!«

»Ich muss doch auf dich aufpassen. Ich passe immer auf dich auf.« Paul versuchte, ihre Hand zu greifen, doch Luisa wich zurück. »Luisa, du bist einfach zu nett, zu naiv. Du merkst gar nicht, dass die Welt um dich herum böse ist. Du bist … wie ein Engel. So jemand wie Michael, der kann immer und überall wieder auftauchen. Aber keine Angst: Ich bin immer da. Ich werde dich nie alleinlassen.«

Luisa rutschte in die äußerste Ecke des Sofas zurück, drückte mit beiden Armen ein Kissen an sich, als könnte sie sich damit irgendwie schützen. Ein Verdacht keimte in ihr auf. »Sag mal, das mit den Briefen und den Fotos, warst du das?«

Er lächelte, ein Anflug von Stolz mischte sich in seine Stimme. »Sie sind wunderschön, nicht wahr? Ich habe noch viel mehr.«

Schaudernd sah Luisa in sein strahlendes Gesicht. Er war krank, er musste krank sein!

Plötzlich wurde alles zu viel für sie. Sie konnte all das nicht begreifen – erst Michael, nun Paul …

Die Angst, das Entsetzen und die Verzweiflung brachen sich Bahn. Sie barg ihren Kopf in dem Kissen und schluchzte, bis ihre Kehle brannte.

Luisa merkte nicht, dass Paul aufstand und kurz in der Küche verschwand. Er stellte ein frisch gefülltes Glas Orangensaft auf den Tisch, drückte es ihr, als ihr Schluchzen etwas abebbte, sanft, aber nachdrücklich in die Hand. Sie trank es in einem Zug leer. Es schmeckte seltsam bitter, wunderte sie sich, aber da war es schon zu spät.

41

»Hier, das sind die Auszüge aus dem Melderegister, die du haben wolltest. Du hattest mal wieder den richtigen Riecher. Wir haben ihn!« Johannes Klein warf einen Computerausdruck auf Frank Berndorfs Schreibtisch und hob seine Hand, als ob er seinen Kollegen abklatschen wollte. »Das war eine ziemliche Fleißarbeit, aber sie hat sich gelohnt«, redete er weiter, während Berndorf die Angaben auf dem DIN-A4-Blatt überflog. »Von Paderborn aus hatten wir in dem fraglichen Zeitraum keine direkte Ummeldung nach Lensburg, die gepasst hätte. Ich habe mir deshalb alle Anmeldungen in Lensburg von männlichen Personen raussuchen lassen und dann überprüft, ob sie vorher schon einmal umgezogen waren. Bingo!«

»Michael Neumann«, las Frank Berndorf laut vor, »wohnhaft: Schwarzwaldstraße, Lensburg, ledig, keine Kinder, geboren am ... Also ist er jetzt einundvierzig, gelernter Elektriker ...«

»In Lensburg angestellt als Busfahrer im Linien- und Reisebusverkehr und seit vergangenem Herbst Hausmeister am Cäciliengymnasium.«

Frank Berndorf hatte das Gefühl, als würde ihm der Boden unter den Füßen weggezogen. Im Cäciliengymnasium – Luisa! Dieser Irre hatte Luisa ständig vor Augen. Sie war die Nächste auf seiner Liste, da gab es keinen Zweifel mehr. Er griff zum Telefon und wählte mit zitternden Fingern erst die Nummer seines Festnetzanschlusses, dann die Handynummer seiner Tochter. »Mach schon, nimm ab!«, flehte er leise, doch überall meldete sich nur der Anrufbeantworter. »Luisa? Wenn du die Mailbox abhörst, ruf mich sofort zurück. Sofort! Hörst du?« Er schickte zur Sicherheit auch noch eine SMS hinterher.

»Was ist denn mit dir los?«, wunderte sich Klein, klatschte sich im selben Moment aber mit der flachen Hand an die Stirn. »Cäciliengymnasium. Mensch. Das ist doch die Schule deiner Tochter.«

Frank Berndorf war bereits aufgesprungen und griff in die Schublade seines Schreibtisches, in der er seine Waffe und das Holster verwahrte. »Genau. Um diese Zeit müsste der Hausmeister noch in der Schule sein. Deshalb gehen wir jetzt sofort dorthin. Du fährst, inzwischen versuche ich noch einmal Luisa zu erreichen.«

Die beiden stürmten aus dem Gebäude und sprangen in einen der Dienstwagen. Sie bogen gerade vom Innenstadtring ab, als sie der Funkspruch erreichte: »Männliche, nicht identifizierte Leiche in der Schwarzwaldstraße, Garagenanlage. Verdacht auf Gewaltverbrechen.«

Frank Berndorf griff zum Funkgerät. »Verstanden. Sind schon unterwegs.«

Johannes Klein sah in den Rückspiegel und ließ den Wagen in einem gewagten Wendemanöver herumschleudern. Er warf seinem Kollegen einen Seitenblick zu. »Schwarzwaldstraße? Da wohnt doch dieser Michael Neumann.«

»Verdacht auf Gewaltverbrechen? Die Kollegen haben Humor«, schnaubte Johannes Klein verächtlich, als sie vor Michaels Leiche in dem Schuppen standen.

Die Blutlache unter seinem Hinterkopf umgab ihn wie ein makabrer Heiligenschein, ein Gesicht war nicht mehr zu erkennen. Neben der Leiche lag die blutverschmierte Brechstange, mit der der Täter zugeschlagen haben musste. Frank Berndorf ging in die Hocke, vorsichtig darauf bedacht, keine Spuren zu zerstören. Er streifte sich Einweg-Gummihandschuhe über und begann, die Taschen des Toten zu untersuchen.

»Wer hat ihn gefunden?«, fragte er über die Schulter hinweg einen der Streifenbeamten.

»Einer der Garagenbesitzer. Die Schuppentür stand offen.«

Frank Berndorf zog einen Geldbeutel hervor. Er suchte nach einem Schriftstück, das auf die Identität des Opfers hinwies. »Da haben wir es. Ende der Reise.« Er hielt Klein einen Personalausweis hin. »Michael Neumann.« Er musste sich zusammenreißen, sachlich zu bleiben. Neumann, der vermutete Serienmörder, war tot. Aber wo war Luisa? Was war hier passiert? Er überließ die nächsten Schritte seinem Kollegen. Zuerst einmal brauchte er frische Luft.

42

Luisa fühlte sich völlig zerschlagen, als sie aufwachte. Benommen schaute sie sich um. Wo war sie? Es dauerte einige Augenblicke, bis sie begriff, wo sie sich befand, doch dann brach die Erinnerung wie eine Sturzflut über sie herein – Michael, der Schuppen, Paul!

Ruckartig setzte sie sich auf dem Sofa auf. Die Morgensonne drang durch die Fenster, Vögel zwitscherten. In dem Haus war kein Laut zu hören. Leise und langsam stand sie auf, ging zu den geschlossenen Zimmertüren, horchte. Wo war Paul? Ein ferner Klingelton schreckte sie auf. Das war doch ihr Handy!

Sie versuchte, den gedämpften Ton zu orten. Das Geräusch schien aus einem Eckschrank zu kommen. Sie eilte durchs Zimmer, riss die Schubladen auf und wühlte hektisch darin herum. Doch als sie ihr Telefon endlich fand, hatte das Klingeln bereits aufgehört. Fassungslos schaute sie auf das silberfarbene Klapphandy mit dem aufgeklebten roten Stern, das zwischen Stiften und anderem Krimskrams ganz hinten in der Schublade vergraben war.

Es war tatsächlich ihres. Aber warum hatte Paul es hier versteckt? In ihrer Aufregung musste sie mehrfach auf dem Tastenblock herumtippen, bis der Befehl *Antworten* aufleuchtete.

Neles Stimme klang für sie wie eine Erlösung. »Verdammt, wo steckst du denn? Warum warst du nicht in der Schule? Dein Vater hat mich auch schon angerufen und gefragt, wo du bist. Hier ist alles in heller Aufregung. Michael, unser Hausmeister, ist ermordet worden! Hast du das nicht mitgekriegt?«

Luisa fiel ihr ins Wort. »Das war Paul! Nele, hör mir zu. Ich kann nicht lange sprechen. Paul hat mich hier eingesperrt. Du musst mir helfen! Ruf –«

Brutal wurde Luisa das Handy aus der Hand gerissen. Entsetzt musste sie mit ansehen, wie Paul das Gerät auf den Boden warf und mit einem Tritt unter seinen Füßen zermalmte. Sie wollte danach greifen, als wäre dieser Brocken Schrott ihre Rettung, doch Paul bückte sich, nahm es, schloss die Vordertür auf und warf es in hohem Bogen in den Garten.

»Warum machst du das?«, brüllte er sie an. »Willst du, dass sie uns finden?«

Luisa duckte sich, als wollte er sie schlagen.

Sofort wurde sein Ton sanfter. Er streckte ihr die Hand entgegen. »Luisa. Ich tue dir doch nichts. Ich bin doch da, um dich zu beschützen! Nein, nicht weinen!«

Sie wich vor ihm zurück. »Was hast du gemacht? Du hast ihn umgebracht!«

»Luisa, bitte, das habe ich doch nur für dich gemacht, für uns! Ich habe gewusst, dass er dich verfolgt, und ich musste doch verhindern, dass er dir wehtut.«

»Das hast du gewusst? Woher? Warum?«

»Er war böse, Luisa, so böse wie Marvin.«

»Marvin … Das war doch ein Unfall.« Sie stockte. »Das warst auch du?«

»Marvin war auch böse. Er hat dich überfallen, genauso wie Michael. Ich musste dich vor ihm beschützen. Ich bin dein Schutzengel, verstehst du das nicht?«

Das Entsetzen legte sich wie ein Stein auf ihre Brust, sie glaubte, nicht mehr atmen zu können. Er war wahnsinnig. Paul war wahnsinnig!

»Das hatte ich doch geschickt gemacht, nicht? Es war nicht schwer, das Kabel zu präparieren. Ich habe mit Nadeln Löcher in das Gummi gestochen und das Kabel in Wasser gelegt. Und als er es dann angeschlossen hat: Puff!«

»Du bist krank! Du bist einfach krank!«

Paul zog eine beleidigte Grimasse. »So was darfst du nicht sagen. Ich habe dich immer beschützt, egal, was du gemacht hast. Die meisten Jungs sind nicht ehrlich. Sie wollen mit den Mädchen nur ins Bett und hinterher … Sie lieben sie nicht wirklich. Vögeln ist alles, was sie wollen. Damit prahlen sie sogar rum. Das mit dem anderen Typen, das hätte dir hinterher auch leidgetan.«

»Mit dem anderen Typen? Meinst du Leon? Mein Gott, dann hatte ich doch recht!«

»Ja. Er sollte dich in Ruhe lassen. Am besten, gar nicht mehr wiederkommen.«

»Was hast du mit ihm gemacht?«

»Ich habe ihn einschlafen lassen. Nur schlafen. Fast hätte es geklappt. Das Schlafmittel wirkt schnell. Meine Mutter hat es gar nicht vermisst. Sie braucht es nur ab und zu. Es war Schicksal, dass ich an diesem Tag das Rezept für sie abgeholt und bei der Apotheke abgegeben hatte. Ich hatte die Packung noch in der Tasche. Es war Schicksal, verstehst du – vorherbestimmt! Es sollte so sein. Du wolltest mit ihm schlafen, hast dich sogar drauf gefreut. Das musste ich doch verhindern.«

Luisa spürte, wie ihr kalter Schweiß den Nacken herrunterrann. »Woher willst du das wissen? Das habe ich niemandem erzählt außer …«

»Carina. Ich weiß alles, was ihr euch erzählt habt. Ich war immer bei dir.«

»Wie hast du …?«

»*Ich* bin Carina.«

Ein absurder Gedanke schoss Luisa durch den Kopf. »Und Philippe? War das auch kein Unfall, damals am Kiesweiher?«, schrie sie. »Du bist so krank!« Luisa versuchte, zur Eingangstür zu kommen, doch Paul fing sie ab.

»Luisa, beruhige dich doch! Es ist alles gut. Das habe ich alles für uns gemacht! Wir gehören doch zusammen! Du gehörst zu mir! Wir werden hier weggehen und ein anderes Leben anfangen!«

»Niemals! Du bist völlig verrückt! Was läuft denn bei dir für ein Film ab? Ich hasse dich! Du ekelst mich an!«

Vergeblich versuchte Paul, Luisa zu beruhigen, sie weinte, schlug nach ihm. Er streckte die Hände nach ihr aus, wollte ihr die widerspenstige Locke, die ihr über die Augen fiel, zurückstreichen, doch dann ließ er sie wieder sinken. Die Zärtlichkeit wich aus seinen Augen und machte schlagartig tiefer Hoffnungslosigkeit Platz. Luisa war ihm ferner denn je. Niemals würde sie mit ihm fortgehen, im Gegenteil: Sie verachtete ihn. So wie ihn alle verachteten – Paul, den Linkischen, Paul, den Lästigen. Was hatte sein Leben ohne Luisa überhaupt für einen Sinn?

Mit einem Ruck riss er sich zurück in die Gegenwart. Es gab für ihn nur noch einen Weg. Er packte Luisa und schleppte sie zur Abstellkammer, stieß sie hinein und schloss hinter ihr die Tür ab. Schlagartig war es dunkel um sie. Luisa hockte sich auf den Boden, schlang schluchzend die Arme um ihre Knie. Das harte Glitzern in seinen Augen, sein plötzliches Schweigen – das war nicht mehr der Paul, den sie kannte. Sie hatte einmal ein Foto von einem Soldaten gesehen, kurz bevor er zu einem Gefecht ausrücken musste. In seinen Augen standen Entschlossenheit und das Wissen, dass er dem Tod begegnen würde. So wie in Pauls Augen, die sie gerade noch angesehen hatten. Kam sie aus dieser Hölle jemals wieder heraus?

43

Zur gleichen Zeit war Nele in heller Aufregung. Paul hielt Luisa gefangen? Und was meinte Luisa mit »Das war Paul«? Etwa, dass er Michael getötet hatte? Das war doch völlig irrsinnig!

»Bleib jetzt ganz ruhig«, redete sie sich selbst gut zu. »Das kann nur ein saudämlicher Scherz sein und den wird sie mir büßen.«

Und wenn es kein Scherz ist und Luisa wirklich in Gefahr schwebt?, meldete sich eine Stimme in ihrem Hinterkopf. Paul war heute nicht in der Schule gewesen, genauso wenig wie Luisa. Und warum sonst hätte Luisas Vater heute Morgen so angespannt klingen sollen, als er angerufen und gefragt hatte, ob sie wüsste, wo Luisa sei.

Sie bereute sofort, dass sie ihn so unüberlegt angeschwindelt hatte, um Luisa möglichen Ärger zu ersparen. Sie hatte behauptet, Luisa hätte bei ihr übernachtet. Zuerst zögerte sie, dann griff sie entschlossen zum Telefon. Auch wenn es nun sie war, die Ärger bekommen würde, sie musste Frank Berndorf die Wahrheit sagen und von Luisas Anruf erzählen. Doch bei der Vermittlung in der Polizeidienststelle war für sie Endstation.

»Nein, tut mir leid. Der Hauptkommissar ist in einer dringenden Dienstbesprechung. Worum geht es denn?«

»Es geht um seine Tochter. Ich bin ihre Freundin und sie hat mich angerufen und erzählt, dass sie von einem Mitschüler – Paul – gefangen gehalten wird.« In dem kurzen Moment des Schweigens am anderen Ende der Leitung erkannte Nele selbst, wie unglaubwürdig ihre Worte klangen.

»Von einem Schulkameraden gefangen gehalten?«, kam prompt die zweifelnde Frage. »Haben Sie irgendwelche näheren Angaben. Wo soll das sein? Warum? Seit wann?«

»Das weiß ich alles nicht. Das hat sie nicht gesagt.«

»Wissen Sie was? Ich notiere mir Ihre Nummer und gebe sie an Herrn Berndorf weiter. Er wird Sie dann zurückrufen.« Doch die Minuten, dann die Viertelstunden verrannen ohne den ersehnten Rückruf. Sie versuchte es noch einmal, aber diesmal wurde sie von dem Mann in der Vermittlung schnell abgefertigt. Er werde den Hauptkommissar informieren, sobald er ihn erreichen könne, und mehr könne er nicht tun, meinte er.

Nele hielt es nicht mehr aus, so untätig herumzusitzen. Sie konnte zumindest zu Paul fahren und nachschauen, ob er zu Hause war. Zum Glück hatte sich ihre Schwester Chrissi heute Morgen dafür entschieden, mit dem Fahrrad statt dem Motorroller in die Schule zu fahren.

Sie wird zwar stinksauer sein, wenn ich mir den nehme, ohne sie zu fragen, dachte Nele, aber wenn ich ihr hinterher erkläre, warum, wird sie es bestimmt verstehen.

Zwanzig Minuten später stand Nele vor dem luxuriösen Stadthaus der Freimüllers. Es war eine auffallend teuer sanierte Gründerzeitvilla mit reich verzierter Fassade. Freimüllers wohnten im ersten Stock. Das Erdgeschoss nahm eine Anwaltskanzlei ein. Auf ihr Klingeln hin öffnete sich die schwere Eingangstür.

Eine Frau, offensichtlich Pauls Mutter, sah ihr fragend entgegen, als sie die Treppen hinauflief.

»Nein, Paul ist nicht da. Ich habe ihn heute noch gar nicht gesehen. Ich bin erst vor einer Stunde von einer Dienstreise zurückgekommen«, antwortete Frau Freimüller. Die Ähnlichkeit mit ihrem Sohn war unverkennbar. Beide waren schmal und sehnig, aber im Gegensatz zu Paul wirkte die Frau, als käme sie frisch vom Friseur.

»Aber es ist dringend, wissen Sie vielleicht, wo er sein könnte?«, wandte Nele ein.

»So?«, fragte Frau Freimüller und wartete wie selbstverständlich auf eine nähere Erklärung.

Ich kann doch nicht einfach sagen, dass Paul Luisa gefangen hält, schoss es Nele durch den Kopf, die schmeißt mich hochkant raus. Stattdessen stotterte sie eine Ausflucht: »Er hat noch ein Buch von mir, das ich ganz dringend für ein Referat morgen brauche. Das wollte er mir schon längst zurückgeben.«

Die Frau zog eine Augenbraue hoch.

»Dazu kann ich nichts sagen. Ich war die letzten Tage unterwegs, wie gesagt. Und sein Vater ist im Ausland. Auf seinem Handy hast du ihn nicht erreicht?«

»Nein. Schon gut, danke.«

Nele wollte sich gerade zum Gehen wenden, da bot Frau Freimüller überraschend an: »Das ist mal wieder typisch für meinen unzuverlässigen Sohn. Sein Zimmer ist dort drüben. Warum siehst du nicht nach, ob das Buch auf seinem Schreibtisch liegt. Entschuldige mich bitte, ich werde in der Zwischenzeit versuchen, ihn zu erreichen.«

Ist das ein Eiszapfen!, dachte Nele, als sie hinter ihr die Wohnung betrat. Kein Wunder, dass Paul so gestört ist.

Pauls Zimmer wirkte so aufgeräumt, wie ihres nur kurz vor Weihnachten aussah. Sie besah sich die Bücher, die säuberlich aufgereiht auf dem Schreibtisch standen – alles Fachliteratur über Computer und Technik. Dann konnte sie nicht widerstehen und öffnete eine Schranktüre.

»Paul geht nicht ans Telefon … Was tust du da?«, fragte seine Mutter scharf, als sie das Zimmer betrat, und blieb genauso fassungslos wie Nele vor den Dutzenden von Fotos stehen, die die Schrankinnenseiten bedeckten.

Alle hatten nur ein Motiv: Luisa.

Dazwischen, in einem Rahmen, hingen der Schal, den Luisa seit dem Musical vermisste, und verschiedene andere Dinge, die aus dem Besitz ihrer Freundin stammten. Das größte Foto, eingefasst mit einem breiten goldenen Rahmen, war das gleiche, das Nele Leon ins Krankenhaus mitgebracht hatte.

»Wer ist das?« Zum ersten Mal hörte Nele so etwas wie Verunsicherung in der Stimme von Frau Freimüller.

»Luisa. Meine Freundin Luisa. Ich suche sie. Es könnte sein, dass sie mit Paul unterwegs ist, vielleicht nicht ganz freiwillig«, versuchte Nele ein Stück der Wahrheit zu beschönigen. Denn das, was sie da vor sich sah, konnte nur der Beweis dafür sein, dass Paul geradezu besessen von Luisa war und sie tatsächlich in Gefahr schwebte.

Wortlos verließ Frau Freimüller den Raum und kam kurz darauf wieder. »Der Schlüssel zum Wochenendhaus hängt nicht an seinem Platz. Es könnte sein, dass er dorthin gefahren ist.«

Sie zog ihr Smartphone heraus, rief eine App mit einer Straßenkarte der Umgebung auf und deutete auf einen grünen Fleck etwa zwanzig Kilometer von Lensburg entfernt. Nele kannte das Gelände, es lag direkt neben dem Golfplatz. Die Naturschutzgruppe, bei der ihre Mutter Mitglied war, hatte vor etwa drei Jahren eine Unterschriftenaktion gestartet, weil das Wochenendgebiet auf den benachbarten Hang ausgeweitet werden und eine alte Streuobstwiese dafür zerstört werden sollte. Nele hatte selbst ein paar Mal an den Protestaktionen teilgenommen. Pauls Mutter erklärte ihr, wie sie das Grundstück der Freimüllers finden konnte.

»Fahren Sie nicht mit?«, wunderte sich Nele.

»Nein. Ich muss gleich in die Firma. Wenn du Paul siehst, sag ihm, dass er mich anrufen soll.«

Nele war immer noch erschüttert über die Kälte, die Pauls Mutter an den Tag legte, als sie wieder auf den Roller kletterte. Luisas Vater hatte immer noch nicht zurückgerufen. Es war wohl zwecklos, es noch einmal bei ihm zu probieren. Sie fuhr los.

44

Luisa kauerte noch immer in der dunklen Abstellkammer. Es klopfte an der Tür. Sie hörte Pauls Stimme.

»Luisa!«

»Geh weg, verschwinde. Ich hasse dich! Du bist krank, du gehörst in die Klapse, hast du mich verstanden?«, schrie sie.

Paul zwang sich, ruhig zu bleiben. Diesen Ausbruch hatte er erwartet. Trotzdem versuchte er noch einmal, seinen Traum zu retten: »Luisa, hör mir zu! Wir gehen zusammen weg. Es wird alles gut. Ich komme jederzeit an das Geld von meinen Eltern ran. Wir haben kein Problem.«

»Das ist doch völliger Schwachsinn. Ich gehe nirgendwohin mit dir! Lieber verrecke ich! Hau ab!«

»Aber Luisa. Ich habe das doch für dich gemacht, für uns. Ohne dich hat das alles keinen Sinn.«

»Das ist dein Problem, nicht meins.«

»Luisa! Wir gehören zusammen, für immer. Ich werde dich niemals gehen lassen! Wir werden immer zusammen sein – bis ans Ende! Es ist Bestimmung!«

»Hau ab, habe ich gesagt! Mein Vater wird bestimmt bald da sein, dann kommst du da hin, wo du hingehörst: in den Knast oder noch besser, in die Psychiatrie!«

Auf der anderen Seite der Tür wurde es still. Was tat er?

Luisa wagte kaum zu atmen. Sie lauschte. Nach einer Weile hörte sie, wie die Eingangstüre zugeschlagen wurde. Kurz darauf war das Geräusch eines davonfahrenden Autos zu hören.

Ich muss hier raus!, dachte Luisa. Sie tastete die Wände ab. Ihre Finger trafen auf einen Lichtschalter.

Du bist so ein Schaf, das hättest du auch früher haben können, ärgerte sie sich, als die Deckenlampe aufflammte.

Sie hielt nach einem Werkzeug Ausschau, um die Tür aufbrechen zu können. Ein Brecheisen wäre am besten gewesen, doch das Stabilste, was sie entdecken konnte, war eine blecherne Kehrichtschaufel.

Luisa gab nicht auf. Sie wühlte sich durch alle Schachteln und Kästen, die sauber aufgereiht auf dem raumhohen Regal standen. Endlich, auf dem obersten Brett, fand sie einen kleineren Hammer. Sein Kopf war zu groß, um in den Türspalt zu passen und als Hebel eingesetzt werden zu können. Andererseits schien er nicht massiv genug zu sein, um das hölzerne Türblatt zu zerschlagen. Aber er war Luisas einzige Chance.

Mit der Geduld eines Eichhörnchens begann sie, das Holz rund um den Türgriff zu bearbeiten. Zuerst schien es, als wären alle ihre Mühen vergeblich, aber dann begannen sich kleine Splitter abzulösen.

Bis das Loch so groß war, dass Luisa der Tür mit einem Tritt den Rest geben konnte, waren ihre Hände mit Blasen übersät. Trotzdem liefen ihr die Freudentränen übers Gesicht. Sie war frei! Doch die Freude währte nicht lange. Voller Wut und Enttäuschung musste sie feststellen, dass die

Eingangstür abgeschlossen und mit Metallbändern verstärkt war. Da würde sie mit ihrem Hämmerchen nichts ausrichten können. Verzweifelt rannte sie von einem Raum zum anderen, aber alle Fenster waren vergittert.

Sie saß in der Falle.

45

Endlich erreichte Nele den Wanderparkplatz, der direkt an der Zufahrt zu dem Wochenendhausgebiet lag. Sie fuhr, wie von Pauls Mutter beschrieben, den Hang in Serpentinen hinauf bis ans Ende der Teerstraße, die in einen unbefestigten Feldweg zwischen hohen Hecken überging und schließlich um eine Kurve herum führte.

Hier beschloss sie, den Roller stehen zu lassen und den Rest zu Fuß zu laufen. Es konnte nicht mehr weit sein. Das vierte und letzte Grundstück auf der rechten Seite, hatte Frau Freimüller gesagt, mit einer Buchsbaumhecke, einem zweiflügeligen Tor und daneben einer Tür aus schwarz gestrichenem Stahl.

Nele versuchte, den Pfützen in der Fahrspur auszuweichen, und stapfte durch das noch nasse Gras. Deutlich waren Reifenspuren zu erkennen. Hier musste erst vor Kurzem ein Auto entlanggefahren sein. Die Spuren endeten vor einem Schlagbaum. Doch wer auch immer hier entlanggekommen war, er war auf jeden Fall wieder weggefahren.

Das muss es sein, dachte Nele, als sie vor dem Grundstück stand. Das Tor schien schon eine Weile nicht mehr geöffnet worden zu sein, wie das Unkraut davor vermuten ließ.

Vorsichtig stupste sie gegen die schmale Metalltüre, die

ohne Widerstand aufsprang. Anscheinend war das Schloss nicht richtig eingerastet gewesen. Nele nahm allen Mut zusammen und schob sie weiter auf, bis sie auf das Grundstück spähen konnte.

Wow, das nenne ich Luxus, dachte sie beim Anblick des aus massiven Feldsteinen gemauerten Häuschens im Landhausstil und dem weitläufigen Garten. Alle Fenster waren verschlossen, nur an einem stand ein hölzerner Laden ein Stück weit auf und gab den Blick auf ein schmiedeeisernes Gitter frei.

Das Haus sah verlassen aus, trotzdem ging Nele zur Eingangstür. Diese Tür war jedoch verschlossen. Eine Klingel konnte sie nirgends entdecken. Sie lauschte: Von drinnen war kein Laut zu hören.

Scheint niemand da zu sein, dachte sie und wandte sich zum Gehen. Doch dann zögerte sie. Es konnte nicht schaden, sich einmal umzusehen, nur für den Fall, dass Luisa vielleicht doch hier gewesen war.

Sie schlich um das Haus herum zur Rückseite. Auch hier bot sich ihr dasselbe Bild. Ein schwerer Metallbügel und ein Vorhängeschloss sicherten die mit Läden verschlossenen Terrassentüren.

»Mist!«, fluchte Nele. Hier war bestimmt schon ewig niemand mehr.

Zwischen wuchernden Rosenbüschen suchte sie sich durchs hohe Gras ihren Weg zurück. Plötzlich sah sie etwas Metallisches am Boden glitzern. Neugierig ging sie darauf zu und erschrak. Sie hielt die Trümmer eines Handys in der Hand, Luisas Handy! Das war eindeutig an dem aufgeklebten roten Stern auf dem Gehäusedeckel zu erkennen. Den hatte sie ihr selbst einmal geschenkt. Doch ansonsten schien es unter eine Dampfwalze gekommen zu sein: Der Tastenblock war eingedrückt, das Display zersplittert. Wie kam es hierher und warum war es kaputt?

Nele spähte zum Haus hinüber. Luisa war hier gewesen, das war jetzt sicher. Vielleicht war sie doch noch dort drin. Ohne Rücksicht darauf, dass auch Paul noch in der Nähe sein könnte, fing Nele an zu rufen. Mit beiden Fäusten trommelte sie durch das Gitter gegen die Fensterscheibe hinter dem offenen Laden.

»Luisa, Luisa, bist du da?«

Nur Augenblicke später öffnete sich das Fenster und Luisa schaute heraus. »Nele, Gott sei Dank, dass du hier bist! Ich bin eingesperrt. Paul ist weggefahren. Ich habe keine Ahnung, wohin. Ich komme hier nicht raus, du musst mir helfen!«

Die beiden Freundinnen reichten sich durch das Gitter die Hände. In diesem Moment summte Neles Telefon. »Nele? Hier Frank Berndorf. Ich habe deine Nachricht erhalten. Wo steckst du?« Nele reichte den Apparat sofort an Luisa weiter.

»Oh Papa, es ist so furchtbar! Paul hat Michael umgebracht und dann hat er mich mitgenommen und hier eingesperrt. Der flippt total aus. Ich hab solche Angst.«

Luisa hörte ihren Vater scharf einatmen, doch als er weiterredete, klang seine Stimme nüchtern. »Bleib ganz ruhig – wo seid ihr?«

»Ich habe keine Ahnung. In einem Wochenendhaus.«

»Gib mir Nele!«, befahl er.

»Hör mir jetzt genau zu«, sagte er, als sie ihm den Weg so gut es ging beschrieben hatte. »Du verlässt sofort das Grundstück. Luisa soll sich verstecken, am besten irgendwo einschließen. Ihr macht gar nichts, ist das klar? Ich komme zu euch.«

»Ja gut, bis gleich«, versprach Nele. »Er hat gesagt, du sollst dich verstecken. Er kommt so schnell wie möglich.«

»Ich will hier raus! Hier drin habe ich kein Werkzeug, um die Tür aufzubrechen. Vielleicht gibt's ja noch einen Schuppen mit einem Spaten oder so. Kannst du nicht nachsehen? Bitte!«, flehte Luisa.

Nele zögerte kurz, doch dann lief sie zu dem Eingangsbereich, wo sie zwischen Fichten und Tannen einen Carport gesehen hatte. Zu ihrer Enttäuschung war der angebaute kleine Lagerraum leer. Eine Seite des Carports war mit einer Bretterwand abgedichtet, an der Brennholz aufgeschichtet war. Auf der Rückseite standen zwei Mülltonnen, daneben lag ein Haufen Sperrmüll und Metallschrott. Triumphierend wühlte sie einen Metallbügel heraus, ähnlich dem, wie er zur Sicherung der Terrassentür verwendet worden war, und rannte damit zum Haus zurück.

»Vorsicht, Luisa, ich versuche, das Gitter so weit aufzubiegen, dass du durch kannst.« Nele setzte den Bügel wie einen Hebel an den Gitterstäben des Fensters an. Doch sosehr sie auch zog und zerrte, außer ein paar Kratzern konnte sie dem Metall nichts anhaben. Wie sollte sie ahnen, dass Gusseisen so spröde war, dass es sich nicht biegen lässt, sondern nur brechen.

»Das gibt's doch nicht!«, fluchte sie keuchend. »Das bewegt sich ja keinen Millimeter.«

»Probier's an der Tür«, rief ihr Luisa von drinnen zu.

»Verdammt, die schließt zu dicht. Ich kann dieses Eisenstück nirgendwo ansetzen«, meinte Nele nach mehreren Versuchen. »Man bräuchte eine Säge oder noch besser eine Axt, um ein Stück wegschlagen zu können.«

»Vielleicht geht es ja auch mit einem Messer!«, hatte Luisa die zündende Idee. Wenige Augenblicke später reichte sie Nele ein kleines Schälmesser durch das Fenster. »Hier, ist das einzige, das ich finden konnte.«

Nele besah sich die magere Beute. Mühsam schnitzte sie an dem Holz herum und versuchte, den Spalt so zu erweitern, dass sie den Metallbügel wie eine Brechstange ansetzen konnte. Endlich hatte sie eine kleine Scharte herausgeschnitten. Sie rammte die Stange mit aller Kraft hinein und warf sich gegen das Werkzeug. Zweimal rutschte sie ab und prallte mit den Fingerknöcheln schmerzhaft gegen die Tür.

»Alles in Ordnung, Nele?«

»Ja, aber das ist doch totale Kacke hier! In Filmen klappt das immer. Die machen so eine Tür mit dem Taschenmesser auf! Warte, ich probiere es noch mal.«

Keuchend machte sie sich ans Werk. Sie war so vertieft, dass sie nicht merkte, wie jemand am Gartentor erschien, kurz stehen blieb und dann den Weg zum Haus hinaufeilte.

Als Nele die Schritte hinter sich hörte, war es bereits zu spät.

46

Zwei Arme packten sie und rissen sie zu Boden. Nele schlug mit dem Kopf auf der Treppenstufe auf. Für einen Augenblick war sie zu benommen, um sich zu wehren. Paul schleifte sie zurück zum Carport. Wie aus dem Nichts hielt er ein Seil in der Hand, fesselte sie und band sie an einen der Pfosten.

In seinen Augen irrlichterte es. Sie spürte seinen Atem auf ihrem Gesicht. »Du hättest nicht kommen sollen«, keuchte er, suchte nach ihrem Handy und schleuderte es zornig davon. »Das hier geht nur mich und Luisa etwas an. Wir werden fortgehen. Dahin, wo uns niemand folgen kann!«

»Sie geht mit dir nirgendwohin«, schrie Nele ihm hinterher, doch er reagierte nicht. Er lief durch das Tor zu dem davor parkenden Kastenwagen und holte zwei Benzinkanister aus Metall aus dem Kofferraum. Ohne ein einziges Mal abzusetzen, schleppte er sie vor die Tür des Hauses, schloss auf und schlüpfte hinein.

Nele hätte schreien können vor Wut und Hilflosigkeit. Nicht einmal ihr Handy konnte sie erreichen, obwohl es nur wenige Meter entfernt lag. Plötzlich zog und zerrte jemand von hinten an ihren Fesseln.

»Kein Laut!«, zischte Frank Berndorf, während er das Seil durchschnitt. »Die Spezialeinheit ist alarmiert, die Kollegen müssten jeden Moment da sein. Bleib hier und sei still. Versprich mir das. Sonst muss ich dich wieder festbinden.«

Nele rieb ihre aufgeschürften Handgelenke.

»Paul ist mit Luisa im Haus. Und er hat zwei Benzinkanister dabei«, flüsterte sie. »Der will alles in die Luft sprengen!«

Frank Berndorf erstarrte. Eigentlich hatte er strikte Order, sich als Angehöriger des Opfers aus der Aktion herauszuhalten. Sein Chef hatte ihn sowieso nur widerwillig fahren lassen – das widersprach allen Verhaltensregeln bei einem Einsatz. Er brauchte nur Sekundenbruchteile, um sich zu entscheiden.

Vielleicht gefährdete er den Ablauf der Aktion. Vielleicht würde er danach sogar seinen Job verlieren. Aber auf keinen Fall konnte er einfach zusehen, wie dieser Verrückte sich und seine Tochter in die Luft jagte.

»Nele, weißt du, ob es noch einen zweiten Zugang gibt?«

»Ja. Hinten gibt es eine Terrassentür. Aber da sind auch solche Fensterläden aus Holz wie vorne und sie ist mit einem Eisenbalken verrammelt, mit einem Vorhängeschloss dran.«

»Hat Paul eine Waffe?«

»Keine Ahnung.«

Frank Berndorf nickte und bedeutete ihr noch einmal, still zu sein. Jeden Strauch als Deckung nutzend, hastete er zu dem Haus und kroch geduckt an der Mauer entlang bis zu dem offen stehenden Fenster. Er spähte in den halbdunklen Innenraum. Niemand war zu sehen, nur aus dem rückwärtigen Teil des Gebäudes waren Geräusche zu hören.

Er griff zu seinem Funkgerät. »Die Zielperson ist mit ihrem Opfer in einem der hinteren Räume. Ich versuche, sie in den vorderen Teil des Hauses zu locken. Sie ist vermutlich nicht bewaffnet, hat aber zwei Kanister ins Haus geschleppt, vermutlich Benzin.« Er sprach so leise wie möglich.

»Verdammt, Frank, du hattest versprochen, dich rauszuhalten. Es geht hier um deine Tochter!«, ertönte die wütende Antwort.

»Eben.« Er schaltete das Funkgerät aus. Seine Kollegen wussten, was zu tun war. Sie hatten gemeinsam schon unzählige Einsätze gemeistert.

Langsam, wie in Zeitlupe, erhob er sich und schaute noch einmal in das Zimmer hinein. Noch immer war niemand zu sehen. Auf das geringste Quietschen achtend, schob er den Fensterladen zu, um Paul die Sicht in den Garten zu versperren. Zwei Männer in Kampfausrüstung huschten auf das Grundstück. Frank Berndorf winkte sie zu sich. Als einer der beiden das Visier des Schutzhelmes anhob, erkannte er Klaus Spahner, den Leiter der Spezialeinheit. »Wir müssen ihn zur Vordertür locken, während deine Männer das Haus durch den Hintereingang stürmen. Ich mache das.«

Spahner legte ihm eine Hand auf die Schulter. »Du gehst nirgendwohin, das ist unser Job hier.«

»Aber wenn er euch sieht, dreht er vielleicht sofort durch. Bitte, Klaus, ich versuche nur, mit ihm zu reden. Wenn es mir gelingt, ihn abzulenken, könnt ihr von der Rückseite rein«, drängte Frank.

»Und wenn nicht?«

Frank Berndorf wollte an diese Möglichkeit nicht einmal denken. »Sobald deine Leute in Position sind, klopfe ich an die Tür«, sagte er entschlossen.

Spahner schüttelte den Kopf, aber dann gab er nach. Jetzt war nicht der Zeitpunkt für Diskussionen. Das würden sie später klären müssen. Es kam Frank Berndorf wie eine Ewigkeit vor, bis der Einsatzleiter endlich den Daumen hob. Er klopfte.

»Hallo, ist jemand da? Paul? Paul Freimüller? Ich bin Frank Berndorf, Luisas Vater. Ich wollte sie abholen. Machst du bitte mal auf?«

Er glaubte, von drinnen einen erstickten Schrei zu hören, und klopfte noch einmal, diesmal lauter.

»Paul? Paul mach auf. Ich weiß, dass du da drin bist!« Einen Augenblick geschah gar nichts, dann schien etwas Schweres umzufallen.

»Hauen Sie ab!«, hörte er plötzlich eine Stimme direkt hinter der Tür. »Luisa und ich gehen zusammen weg. Wir gehören zusammen. Wir lieben uns. Sie kommt mit mir.«

»Wohin wollt ihr gehen? Das will ich von ihr selbst hören!«

»Hauen Sie ab, habe ich gesagt. Sie haben hier nichts mehr zu melden!«

Frank Berndorf versuchte, ruhig zu bleiben.

»Paul, das ist doch Quatsch und das weißt du genau. Ihr werdet nirgendwohin gehen. Überall wird man euch finden und zurückbringen, egal, wo ihr euch verkriecht. Und ich glaube nicht, dass Luisa freiwillig mit dir kommt. Willst du sie zwingen? Und was dann? Willst du sie einsperren für den Rest deines Lebens? Wenn du sie wirklich liebst, wie du sagst, dann lässt du sie gehen.«

»Da, wo ich hingehe, muss ich niemanden einsperren. Los, verschwinden Sie jetzt!«

Der scharfe Geruch von Benzin stieg Frank Berndorf in die Nase. Er konnte nicht mehr länger warten. Er griff zu seiner Waffe, ließ sie aber wieder sinken. Ein Funke konnte das Benzin-Luft-Gemisch in dem Haus zum Explodieren bringen. In diesem Moment hörte er, wie Holz splitterte.

Er rannte zur Rückseite des Hauses. Wo die Terrassentür gewesen war, klaffte ein großes Loch zwischen zerfetzten Brettern. Überall lagen Glassplitter herum. Die beiden Beamten mit den Rettungsäxten machten ihm hektisch Zeichen, er solle sich zurückziehen, doch er ignorierte sie.

Bevor sie ihn aufhalten konnten, trat Frank Berndorf an das Loch heran. Ein betäubender Schwall Benzindunst nahm ihm den Atem. Sein Herz stockte, als er in den matt erhellten Raum lugte. In der Mitte einer großen Benzinlache stand Paul, Luisa mit einem Würgegriff an sich gepresst. Langsam streckte er ihm die Faust entgegen. Frank Berndorf sah mit Entsetzen, dass er ein Feuerzeug in der Hand hielt.

»Paul!« Ihm versagte die Stimme.

Paul starrte ihm aus der Entfernung in die Augen. Sein Gesicht war kalkweiß. Lächelnd hob er die Hand mit dem Feuerzeug. Für Sekunden kam es Frank Berndorf vor, als würde die Welt stillstehen. Plötzlich versetzte Paul Luisa einen Stoß, sodass sie nach vorne taumelte. Frank Berndorf konnte seine Tochter gerade noch auffangen, bevor sie stürzte.

Reflexartig warf er sie halb hinter sich, in die Arme eines der Beamten. Statt in Deckung zu gehen, drehte er sich zum Haus zurück. Paul lächelte immer noch, legte den Kopf schief und zuckte mit den Schultern, dann zündete er das Feuerzeug.

Mit einem Satz brachte sich Frank Berndorf in Sicherheit, keine Sekunde zu früh. Eine Stichflamme schoss ihm entgegen. Sofort stand der ganze Raum in Flammen. Das Feuer breitete sich rasend schnell aus. Die Hitze war so groß, dass seine Haare angesengt wurden. Er hörte, wie hinter ihm Befehle gebrüllt wurden, jemand rief nach einem Feuerlöscher.

Doch für Paul gab es keine Rettung mehr. Frank Berndorf hörte ihn über das Knistern und Rauschen des Feuers hinweg schreien, doch in diese Hölle konnte niemand hinein.

»Zurück!«, schrie er den herbeilaufenden Kollegen zu, als auch schon eine heftige Detonation das Haus erschütterte.

Die Druckwelle riss die Umstehenden beinahe von den Füßen, ein Funkenregen schoss auf, die Flammen erreichten die Veranda.

»Das muss eine Gasflasche gewesen sein«, schrie Frank Berndorf. »Weg hier! Vielleicht sind noch mehr drin!«

Hilflos mussten alle mit ansehen, wie das Gebäude in einem Meer aus Flammen in sich zusammenbrach.

Frank Berndorf hielt Luisa an sich gedrückt, barg ihren Kopf unter seiner Jacke.

»Es ist vorbei«, murmelte er immer wieder und strich ihr übers Haar. »Es ist vorbei.«

47

Am folgenden Morgen kam Frank Berndorf mit einem riesigen Eisbecher zu seiner Tochter ins Krankenhaus. Zwar war sie nicht ernsthaft verletzt gewesen, stand aber noch immer unter Schock. Daher hatten die Ärzte sie eine Nacht zur Beobachtung dabehalten. Als sie ihren Vater sah, zeigte sich das erste Mal wieder so etwas wie ein Lächeln auf Luisas Gesicht.

»Na, meine Dame, wie geht es dir? Ich habe dir was mitgebracht, damit du schneller wieder auf die Beine kommst.« Frank Berndorf sah zu, wie Luisa genüsslich eine Kugel nach der anderen in sich hineinlöffelte. Es schien ihr wirklich besser zu gehen. »Sag mal«, fragte er schließlich vorsichtig. »Wie bist du nur auf diesen dämlichen Gedanken gekommen, selbst Detektiv zu spielen?«

Luisa ließ den Löffel sinken. Das alles schien Jahre her zu sein, nicht erst zwei Tage. »Weißt du, Papa, als ich in deinem Büro war, habe ich die Akte von dem Opfer aus Paderborn gelesen. Mir ist eingefallen, dass ich den Namen dieser Stadt schon mal bei Michael bemerkt haben musste, war mir aber dann nicht mehr sicher und wollte auf Nummer sicher gehen, bevor …« Sie konnte nicht weitersprechen.

»Ssscht. Schon gut. Aber du solltest ein bisschen mehr Vertrauen in deinen alten Herrn haben. Wir waren ihm nämlich schon auf der Spur. Er ist tatsächlich die Linien zu den Stadtteilen gefahren, in denen Annika Willmers und sein erstes Opfer gewohnt hatten. Kurz nach dem Mord in Paderborn ist er damals nach Lensburg gezogen, das hat die Anfrage beim Einwohnermeldeamt ergeben.«

»Warum seid ihr denn nicht gleich darauf gekommen? Vergleicht ihr die Fälle nicht?«, wunderte sich Luisa.

Frank Berndorf verzog das Gesicht. »Schon. Aber so ganz passte der erste Mord nicht zu den anderen. Die Frau trug eine Perücke. Warum er sie umgebracht hat und warum er daraufhin Milena Sarkowsky und Annika Willmers ermordet hat, hätte er wohl nur selbst erklären können, alles andere ist Spekulation. Solche Leute sind krank. Was in ihrem Hirn vor sich geht, lässt sich nur schwer nachvollziehen. Und nach außen hin führte er ein völlig unauffälliges Leben.«

Luisa leckte den Löffel ab. »Das mit Michael kapiere ich ja so einigermaßen. Ein kranker Killer. Aber Papa, das mit Paul begreife ich einfach nicht. Er war zwar ein bisschen seltsam, aber ich wäre nie darauf gekommen, dass er so gestört ist.«

»Oftmals merkt man es nicht, wenn jemand psychische Probleme hat. In vielen Fällen muss erst etwas passieren. Wie es scheint, hat Paul sich nach und nach immer mehr in seinen Wahn hineingesteigert – es fing alles recht harmlos an. Wir haben so etwas wie ein Tagebuch auf seinem Computer gefunden. Darin hat er nicht nur alle Fotos von dir archiviert und aufgeschrieben, was du gemacht hast. Er hat auch wie in einem Selbstgespräch seine Gefühle und Gedanken notiert. Er hat sich in die fixe Idee hineingesteigert, dass er dich vor der bösen Welt beschützen müsste – und vor den ganzen anderen Kerlen, die alle nur mies sind …«

»Wie Marvin.«

»Zum Beispiel Marvin. Und als er dachte, dass Marvin dich bedrohte, wollte er seine Stärke beweisen und sichergehen, dass er dir nichts mehr antun kann.«

»Indem er Marvin umbrachte.«

»Das war wohl eher ein Versehen. Er wollte Marvin einen Denkzettel verpassen, was aber schiefgegangen ist. Im Nachhinein war er jedoch sogar stolz darauf und hat es genossen, über Leben und Tod anderer bestimmen zu können.«

»So wie bei Leon – das wäre auch um ein Haar schiefgegangen«, murmelte Luisa.

»Ich fürchte, bei Leon war es etwas anderes. Seinen Tod hat er bewusst in Kauf genommen. Hinterher hat er sogar bedauert, dass Leon überlebt hat, das hat er jedenfalls geschrieben.«

»Mein Gott, ist das krank.« Luisa stellte den Becher auf den Nachttisch. Das Eis schmeckte plötzlich nach Seife. Ihr Vater griff nach ihrer Hand.

»Ja. Er war wirklich krank. Das darfst du nicht vergessen. Auch wenn das nichts von dem entschuldigt, was er getan hat.«

In diesem Moment klopfte es und die Tür flog ein zweites Mal auf. Nele stürmte herein.

»Hi, du Tomate! Schluss mit Faulenzen!« Strahlend warf sie eine Pfund-Tafel Schokolade auf Luisas Bettdecke. Luisa stöhnte.

»Ich sehe schon, ihr wollt mich mästen. Erst die zehntausend Kalorien von meinem Vater und jetzt das!«

»Ich habe dir auch noch was anderes mitgebracht!« Nele grinste verschwörerisch. »Es gibt da nämlich einen Herrn, der findet, dass du einen persönlichen Schutzengel brauchst, und sich vorgenommen hat, dich zu beschützen.«

Bei dem Wort »Schutzengel« wich alle Farbe aus Luisas Gesicht.

Nele gab ihr einen Knuff. »Na jetzt mal keine Panik, schau doch erst mal, wer es ist.«

Mit großen Augen sah Luisa, wie Leon durch die Tür kam und auf ihr Bett zuhumpelte.

»Ist bei dir noch ein Platz frei?«, fragte er.

»Aber immer!«, jubelte Luisa. »Allerdings … Wenn ich mir dich so anschaue, könntest du auch einen Schutzengel gebrauchen.«

© privat

Heike Schwandt wurde 1961 in Hanau geboren und lebt mit ihrem Mann Björn, ihrer Tochter Leonie und vier Katzen im romantischen Ort Thurnau in Oberfranken. Sie arbeitete als Geoökologin und ist Journalistin. Schon in ihrer Jugend schrieb sie nebenbei Kurzgeschichten. Sie verfasst Texte für Kinder und Erwachsene – mit Vorliebe Krimigeschichten – sowie Theaterstücke.

Ohne mich kannst du nicht leben! ist ihr erstes Jugendbuch.

ISBN 978-3-7855-7361-7

Eine Mädchenclique, die keine Gnade kennt …

ISBN 978-3-7855-7573-4

Sina ist untröstlich. Weshalb musste ihre Familie ausgerechnet von Berlin nach Kranbach ziehen? Der einzige Lichtblick: Die angesagtesten Mädchen der Schule freunden sich mit ihr an und sogar ihr Schwarm Frederik scheint in sie verliebt zu sein. Aber kurz nach ihrem ersten Kuss verunglückt Rik und fällt ins Koma. Sina findet Halt bei ihren neuen Freundinnen – doch sie weiß nicht, dass hinter deren strahlender Fassade ein tiefer, grausamer Abgrund lauert. Plötzlich nimmt ein übles Spiel seinen Lauf, das Sinas schlimmste Albträume wahr werden lässt. Und ein Ende ist nicht abzusehen.

Loewe